Eve Lambert ist das Pseudonym einer erfolgreichen deutschen Autorin. Genau wie ihrer Titelheldin Jackie Dupont wurde ihr das Reisen in die Wiege gelegt: 1979 im Tessin geboren, wuchs sie in Hamburg, Italien und Großbritannien auf. Heute lebt sie wieder in Hamburg. Wenn sie nicht gerade schreibt, arbeitet sie als Gästeführerin und begleitet Touristen aus aller Welt durch die Hansestadt.

Besuchen Sie uns auf www.penguin-verlag.de
und Facebook.

EVE LAMBERT

DIE TOTE MIT DEM DIAMANT-COLLIER

Ein Fall für Jackie Dupont

Roman

PENGUIN VERLAG

MIX
Papier aus verantwortungsvollen Quellen
FSC® C014496

Verlagsgruppe Random House FSC® N001967

PENGUIN VERLAG

1. Auflage 2019

Umschlag: Favoritbüro
Umschlagmotiv: © Ilina Simeonova/Trevillion Images;
inblack/photo one/Andrey Bayda/Aleksei Gurko/Shutterstock
Redaktion: Angela Troni
Satz: Greiner & Reichel, Köln
Druck und Bindung: GGP Media GmbH, Pößneck
Printed in Germany
ISBN 978-3-328-10375-2
www.penguin-verlag.de

Dieses Buch ist auch als E-Book erhältlich.

Für meine Eltern

New York, 14. April 1913

Sir,

ein Jahr ist es nun her, dass die RMS Titanic *in den eisigen Fluten des Atlantiks versank und Ihre junge Gemahlin Diana mit ihr. Groß war die Anteilnahme am Tod der Duchess of Surrey. Ein so unschuldiges, zartes Geschöpf, dessen Schicksal grauenvoll, dessen Tod sinnlos war.*

Dazu der Verlust Ihres Schwiegervaters, dessen Vermögen mitsamt dem gewaltigen Eisenbahnimperium nun Ihnen gehört. Großzügig haben Sie an die Hinterbliebenen der armen Familien gespendet, die einen Ernährer durch dieses Unglück verloren. Als tragischer Held stehen Sie nun da, unermesslich reich, unermesslich geschätzt. Sie, der kultivierte, der begabte, der edle Duke of Surrey. Eines sollten Sie jedoch wissen: Wir kennen die Wahrheit. Wir haben gesehen, wie die junge Duchess an der Reling stand, einen Hundewelpen auf dem Arm, in einen weißen Pelzmantel gehüllt. Wir haben gehört, wie Ihr Schwiegervater, der wusste, er würde in jener Nacht den Tod finden, seine Tochter anflehte, an Bord unseres Rettungsbootes zu gehen. Doch sie weigerte sich standhaft, ihn zu verlassen. Wir haben miterlebt, wie Mister Henry Gould sich in den Kopf schoss, um seine Tochter daran zu hindern, bei ihm zu bleiben. Nie werden wir vergessen, wie Diana, schön wie ein Engel, mit entrücktem Blick zu uns sagte: »Richten Sie bitte Christopher aus, er sei nun frei für Rose Munroe, und sagen Sie ihm auch, es tue mir unendlich leid, dass er mich nicht lieben konnte. Ich habe alles versucht.«

Nie werden wir vergessen, wie sie nach einem letzten Blick in die Ferne mit wehendem Haar davonlief, ihrem Untergang entgegen.

Mögen auch Sie, Sir, an diesem Wissen zugrunde gehen. Wann immer Sie die Früchte Ihres Erbes und die Bewunderung dieser Welt genießen, denken Sie daran: Wir kennen die Wahrheit.

Die Damen von Rettungsboot X

1.

Monaco im Februar 1920

Christopher St. Yves sprang behände an Bord der *Celluloid*, drehte sich um und reichte seiner Begleiterin die Hand. Miss Fortescue oder vielmehr Anne, wie der Duke of Surrey sie seit einiger Zeit nennen durfte, stieß sich ebenfalls ab, und er fing sie galant auf. Sie salutierten dem Kapitän des Schleppers, der sie vom Hafen zur schneeweißen Motorjacht ihrer Gastgeber gebracht hatte. Wie ein Eisberg lag die *Celluloid* in der Bucht von Monaco, und Christopher konnte sich des Gedankens nicht erwehren, dass es der Amerikaner bedurfte, um mit einem derartigen Ungetüm an der Riviera aufzukreuzen.

Einmal an Bord, ging der Eindruck verloren, und die erhöhte Position gewährte dem Besucher einen unverstellten Blick auf das funkelnde kleine Fürstentum, in dem elegante Damen und vermögende Herren gerade auf dem Weg ins Casino waren, um dort weiterzumachen, wo sie vor dem Krieg aufgehört hatten.

»Guten Abend, Sir.«

Ein streng dreinblickender Herr war an Deck erschienen und musterte die Neuankömmlinge in einer Art und

Weise, die ihn als britischen Butler auswies. Christopher, von guten Freunden Kit genannt, griff in die Innentasche seines Smokings und holte seine Karte hervor. Der Butler blickte weitaus weniger streng drein, kaum dass er den Namen las, der in zart geschwungenen Lettern auf das dicke Papier gestanzt war. Er verneigte sich.

»My Lord Duke … Madam.«

»Miss«, korrigierte Anne ihn lachend.

Kit küsste ihr die Hand. »Noch.«

Erneut verbeugte sich der Butler.

Im selben Moment erklang eine durchdringende Frauenstimme. »Christopher! Christopher! Jetzt komm schon her!«

»Ich wünsche Ihnen einen angenehmen Abend, Sir«, gelang es dem Butler noch zu sagen, bevor eine goldblonde Frau in einem ebenso goldenen Kleid und mit einem beachtlichen Diamantcollier mit ausgebreiteten Armen über das hintere Deck gelaufen kam.

»Was für eine Freude, Christopher!« Carla Tush ließ sich von Kit die behandschuhte Hand küssen. »Herrlich, endlich wieder hier zu sein und dich zu sehen … älter zwar, aber nach wie vor im Besitz sämtlicher Körperteile. Das kann man heutzutage nicht gerade über viele Männer deines Alters sagen.«

Kit lachte. »Du bist frech wie eh und je. Die meisten meiner Soldaten waren deutlich jünger als ich. Mittlerweile bin ich eher vierzig als dreißig.«

Er stellte seine Verlobte vor, und die amerikanische Gastgeberin brach erneut in Freudengeschrei aus.

»Anne, Verehrteste! Herzlich willkommen! So ein Glück! Was für eine eine reizende junge Dame, *very british*. Wie heißt es noch? Gleich und Gleich gesellt sich gern. Kommt, kommt mit, ihr seid beinahe die Letzten. Die anderen können es kaum erwarten, dich in die Arme zu schließen, Christopher. Zumindest diejenigen, die dich kennen. Wissen Sie, Anne, Ihr Verlobter war in seiner Jugend jeden Winter hier, mit seiner Frau Mama. Die beiden haben Tag und Nacht gemalt. Das waren Zeiten! Wir waren zwar ärmer, aber wir waren guter Dinge.«

»Liebe Carla, ich war arm. Du nicht.«

Sie winkte ab. »Auf Geld kam es doch damals nicht an.«

Anne hakte sich bei Kit ein. »Das muss wunderbar gewesen sein. Meine Eltern haben mich immer in England gelassen, wenn sie an die Riviera gefahren sind.«

»Wie es sich für ein Mädchen aus gutem Hause gehört. Unsere Kinder hätten sich gefreut, wenn wir sie in Amerika gelassen hätten. Seit wir von New York nach Kalifornien gezogen sind, wollen sie gar nicht mehr verreisen. Sie sind mittlerweile erwachsen und haben uns gefragt, warum wir überhaupt noch nach Europa fahren wollen, wo wir doch das Meer direkt vor der Haustür haben. Dabei ist es die Kultur, verstehen Sie, Anne? Die Kultur, die Leute! Außerdem liebe ich die Seefahrt! Die großen Schiffe. Ich stamme aus einer Reederfamilie. Ohne unsere Schiffe könnten Sie heute keine Filme im Filmtheater ansehen. Glauben Sie mir, ich habe das Geld in diese Familie gebracht.« Sie zwinkerte verschwörerisch. »Und dann ist da natürlich noch die Sache mit dem Alkohol. Sie wissen sicher, dass wir drüben keinen mehr bekommen. Jedenfalls nicht so leicht.«

»Natürlich.«

Wie schon viele Male zuvor erfreute es Kit, mit welcher Leichtigkeit Anne sich auf dem gesellschaftlichen Parkett bewegte. Sie war höflich und stets für einen humorvollen Kommentar zu haben, ohne jemals gewöhnlich oder gar laut zu werden. Als Tochter eines Barons aus einer Familie mit langer Tradition, besaß sie das der britischen Upperclass quasi angeborene Gefühl der Zugehörigkeit und Selbstsicherheit. Dazu sah sie hübsch aus und war von wachem Verstand. Ja, mit Anne hatte er eine gute Wahl getroffen.

Carla führte Kit und Anne eine Treppe hinauf, die zu dem großen Deck am Heck des Schiffes führte, wo eine amerikanische Jazzband spielte. Carla ist offenbar immer noch auf der Höhe der Zeit, dachte Kit amüsiert. Überhaupt zeugte die Ausstattung der Jacht davon, dass Carla weder Kosten noch Mühen gescheut hatte, um sich einen schwimmenden Palast zu schaffen. Sogar die Reling war vergoldet.

»Champagner. Ihr braucht Champagner!« Carla sah sich um, als würde der Perlwein auf Zuruf zwischen den Edelholzplanken des Decks hervorsprudeln. »Oder möchtet ihr lieber etwas Stärkeres?«

Kit lachte. »Champagner ist wunderbar, Carla.«

Die Gastgeberin eilte in Richtung Bar davon.

»Sieh nur, ist das da drüben nicht Maya Fay, die Schauspielerin?«, flüsterte Anne. Mit einer Kopfbewegung machte sie Kit auf ein junges Paar aufmerksam, das schwungvoll über die Dielen tanzte.

»Ich glaube schon.«

»Sie ist wirklich hinreißend schön.«

Kit winkte ab. »Nicht mein Typ.«

Das stimmte nicht ganz. Maya Fay war der Typ eines jeden Mannes: die klassische Filmgöttin mit rabenschwarzem Haar und kohlumrandeten Augen, exotisch und ein wenig schlangenhaft in ihren Bewegungen. Dennoch war Kit die natürliche Anne, grauäugig, unaffektiert und ohne jegliche Umrandungen, um ein Vielfaches lieber. Frauen wie Maya Fay trieben Männer in den Wahnsinn. Das wusste Kit nur zu gut.

»Wer ist ihr Tanzpartner?«, fragte Anne.

»Das ist Graf Yuri Balaton. Ein Ungar.«

»Kennst du ihn?«

»Flüchtig«, log Kit und hoffte, Anne bemerkte das leichte Zittern seiner Stimme nicht. »Wir haben uns selten in denselben Kreisen bewegt.«

Erinnerungen an lange Nächte im Casino von Monte Carlo stiegen in ihm auf, an schöne Frauen, an viel zu schnelle Fahrten über kurvige Straßen. An Yuri, ihn selbst und die vielen anderen jungen Männer, die einander nur wenige Jahre später im Kugelhagel der Maschinengewehre gegenüberstehen sollten. Es waren unbeschwerte Zeiten für ihn und seine Freunde gewesen. Die Aristokratie und der Geldadel hatten sich unbeobachtet und verschworen gefühlt. Hier, an der bezaubernden Riviera, hatten die gut betuchten Urlauber sich als Weltbürger verstanden. Russen, Ungarn und Deutsche. Amerikaner, Briten und Franzosen. Südamerikaner, Australier, Skandinavier, ja sogar indische Radjas wollten die Wintermonate in den prächtigen Villen und luxuriösen Hotels verbringen, die sich an die Klippen der französischen Mittelmeerküste schmiegten. In den Gärten funkelten inzwischen wieder die Lampions, wie in den Jahren vor dem Krieg.

Kits Gedanken drifteten ab zu einer Nacht in Nizza, erleuchtet von ebensolchen Lampions. Damals hatte sich die wesentlich jüngere Carla Tush ihre Kette vom Hals gerissen, die einzelnen Perlen ins Meer geworfen und behauptet, in fünfzehn Jahren würde man die Perlen im Inneren einiger Muscheln wiederfinden, doppelt so groß. Ob eine dieser Perlen unter der *Celluloid* lag und auf dem stillen Meeresboden unaufhörlich wuchs?

Anne kniff ihn sanft in den Arm. »Alles in Ordnung, Kit? Du bist so seltsam …« Sie lächelte ihn fragend an, und er küsste sie rasch auf die Wange.

»Danke, Anne, alles bestens.« Er sollte besser nicht mehr über den Meeresboden nachdenken. Dort unten lauerten Gedanken, mit denen er diesen schönen Abend nicht trüben wollte.

»Champagner!«

Carla kam wie gerufen.

Die Amerikanerin reichte ihnen jeweils ein Glas und betrachtete nun ebenfalls das tanzende Paar. »Yuri ist mittlerweile verheiratet. Seine Frau leidet an Migräne und geht abends nicht aus dem Haus, während er sich ständig die Nächte um die Ohren schlägt. Trotzdem bekommt sie ein Kind nach dem anderen.«

»Oh?« Anne hob eine Augenbraue.

Carla lachte reumütig. »Die Kleinen sind ihm wie aus dem Gesicht geschnitten. Leider. Es gibt viel zu wenig Klatsch und Tratsch in diesem Jahr, der Krieg hat uns alle geläutert. Na ja, wer weiß, was sich noch so ans Tageslicht bringen lässt. Ich bin ein guter Spürhund, wenn es um Geheimnisse geht, müssen Sie wissen, Anne.«

Kit war erleichtert, dass Carla keine Anstalten machte, die Tanzenden zu unterbrechen. Jetzt war nicht der Moment, um gemeinsam in Erinnerungen an geteilte Jugendsünden zu schwelgen. Er wollte mit Anne ein neues Leben anfangen, da musste das alte nicht unbedingt ausgegraben werden.

»Christopher!« Ronald Tush, der wichtigste Filmproduzent Hollywoods, schüttelte ihm zur Begrüßung die Hand und drückte sie dabei so fest, dass Kit die Zähne zusammenbeißen musste. »Und Sie, junge Dame, sind die Auserwählte? Gratulation, alter Junge. Du hast schon immer Geschmack bewiesen, sei es in der Kunst oder in der Liebe … Sie wissen sicher, dass Ihr Verlobter den Gainsborough restauriert hat, den wir bei Rotherhithe's in London ersteigert haben. Das Porträt der Duchess of Devonshire.«

»Oh, ja. Christopher findet großen Gefallen an seiner Tätigkeit für Rotherhithe's«, antwortete Anne. »Gelegentlich muss ich ihn allerdings dazu zwingen, sich eine Pause zu gönnen.«

Carlas Ehemann schmunzelte. »Granatsplitter, nicht wahr, mein Junge?«

Kit nickte.

»Wenigstens hatte deine Rekonvaleszenz etwas Gutes. Wenn ich es richtig verstanden habe, hast du deine entzückende Verlobte im Sanatorium kennengelernt.«

Anne lachte glockenhell. »Das Sanatorium war mein Elternhaus, und wäre es nach uns gegangen, wäre das auch so geblieben. Die Armee war da anderer Meinung. Sagen wir mal, es war Glück im Unglück.«

»Reden wir nicht länger von diesem schrecklichen Krieg!«, rief Carla und zog Kit mit sich. »All die Toten, das Elend. Ich will nichts davon wissen. Hören wir uns dieses törichte Gerede nicht weiter an. Da vorne steht dein alter Freund Heinrich Weidemann. Er hat mittlerweile großen Erfolg mit seiner Kunst. Diese grauenhaft verstörenden Bilder … Wenn du mich fragst, ist er ein Kriegsgewinnler, aber er trifft den Geschmack der Zeit.«

Weidemann war ebenfalls ein Bekannter aus früheren Tagen, ein stiller, durchaus begabter Maler. Kit hatte sich in den letzten Jahren hin und wieder gefragt, was im Elend von Verdun wohl aus Weidemann geworden war. Ein zartbesaiteter Mensch wie er musste daran eigentlich zugrunde gegangen sein.

Die beiden Männer begrüßten sich förmlich. Weidemanns Hand war eiskalt und klamm, und Kit erkannte in ihm auf der Stelle einen Kriegsversehrten. »Zitterer« wurden sie gelegentlich genannt, jene Soldaten, die einen Explosionsschock erlitten hatten. Ein Kribbeln lief Kit den Rücken hinunter. In Fortescue Hall, Annes Familiensitz und dem improvisierten Sanatorium der britischen Streitkräfte, waren ihm viele Opfer mit diesem Krankheitsbild begegnet, und Kit dankte dem Herrgott jeden Tag, dass der Kelch an ihm vorübergegangen war. Schließlich war er selbst in jedes Feuer gerannt, auf der Suche nach dem Tod. Oder dem Vergessen. Oder neuer Ehre. Nach dem Schock über den Verlust seiner Frau und den nie enden wollenden Schuldgefühlen und Zwangsvorstellungen von Henry Gould mit der Waffe am Kopf und Diana in den eisigen Tiefen des Ozeans.

Kit zwang seine Gedanken in die Gegenwart zurück. Immerhin schien Weidemann in der Lage, sein Leben erfolgreich weiterzuführen. Vielen anderen blieb eine Rückkehr in den Alltag auf ewig verwehrt. Kit selbst hätte es um Haaresbreite in tausend Stücke zerrissen.

Carla zog schon wieder an ihm. »Da drüben sind Ségolène und Zelda, unsere Suffragetten der Extraklasse.«

»Meine Güte«, hauchte Anne, »ich werde Schwierigkeiten haben, mir alle Namen zu merken.«

»Mach dir nichts daraus«, beruhigte Kit sie flüsternd. »Die haben vermutlich schon so viel Sherry intus, dass sie selbst nicht mehr wissen, wie sie heißen.«

Ségolène Pistou und Dame Zelda Monteserra saßen an einem kleinen Tisch und sahen in freudiger Erwartung zu ihm auf. Kit war erleichtert, nach Heinrich Weidemann und Yuri auf zwei Menschen zu treffen, mit denen er nur Angenehmes verband.

»Der schönste Duke von ganz Britannien!« Dame Zelda sprang auf und warf sich Kit in die Arme.

Ist es möglich, fragte er sich, dass sie in den vergangenen Jahren noch kleiner und runder geworden ist? Ihr Kopf reichte kaum an seine Brust. Er kannte die große Diva seit frühester Kindheit, sie war für ihn so etwas wie eine extravagante Tante. Stets trug sie die opulentesten Juwelen. Auch an diesem Abend funkelten und strahlten Edelsteine – in ihren Haaren, an den Ohrläppchen, dem Hals, den Handgelenken und an jedem einzelnen ihrer kurzen Finger.

»Eine Wonne, mein Junge, eine Wonne!«

»Die beste Opernsängerin, die die Welt je hervorgebracht hat«, sagte Kit gleichermaßen verzückt und küsste die ältere Frau aufs schwarze Haupt.

»Mein Junge, mein guter Junge. Wie geht es deiner lieben Mutter?« Ihr spanischer Akzent war kaum mehr herauszuhören. Dame Zelda hatte über Jahrzehnte in London gelebt, bis sie zum Ausbruch des Krieges nach New York gezogen war.

»Danke, ausgezeichnet. Sie wäre selbst liebend gerne gekommen, wenn unsere alte Nanny nicht so schlecht beieinander wäre. Du weißt, wie sehr sie Mama nach Vaters Tod zur Seite stand. Aber Mama wird sich unendlich freuen, wenn ich ihr schreibe, dass wir beide uns einmal mehr die Nacht miteinander um die Ohren geschlagen haben.«

Dame Zelda hob mahnend den Zeigefinger. »Daraus wird nichts, du Wildfang. Ich singe morgen vor der

Fürstenfamilie in der Oper, und als ob das nicht genug wäre, wird Puccini höchstpersönlich anwesend sein. Was glaubst du, was er mir antut, wenn ich seine Arien verschandele? Nein, nein, ich werde gleich nach dem Dinner abgeholt.«

»Liebe Zelda, noch nie hast du eine Arie verschandelt.«

»Alter Charmeur! Und eine junge Dame hast du uns auch mitgebracht. Dass ich das noch erleben darf.« Tränen füllten ihre Augen, und sie legte Anne eine mit Edelsteinen besetzte Hand auf die Wange. »Sie ahnen nicht, mein Kind, wie glücklich mich das macht. Seine Mutter und ich wurden zur gleichen Zeit Witwen, viel zu jung. Das hat uns eng verbunden.«

»Ich habe davon gehört, Dame Zelda. Wir werden morgen Abend übrigens auch in der Oper sein, es ist für mich das erste Mal, dass ich Sie singen höre … hören darf. Ich kann es kaum erwarten.«

Eine tiefe Frauenstimme unterbrach das ausgelassene Geplänkel. »Wenn wir den morgigen Tag überhaupt erleben.«

»Guten Abend, Ségolène.« Kit beugte sich vor und küsste die Hand der hohlwangigen Französin.

Ségolène Pistou war eine – ihrer Meinung nach – bedeutende Romanautorin. Unglücklicherweise fanden in jedem ihrer Werke sämtliche Charaktere nach fürchterlicher, detailliert beschriebener Läuterung ein frühes Ende unter Schmerzen. Seit Kit sich erinnern konnte, wartete sie mit ungebrochener Zuversicht auf den Tag des Jüngsten Gerichts. Dazu aß und trank sie wie ein

Scheunendrescher und bestand trotzdem nur aus Haut und Knochen. Zu ihrem Glück hatte sie ein Vermögen geerbt und war auf die Einkünfte aus ihren – verständlicherweise schwer verkäuflichen – Werken nicht angewiesen.

»Wie ihr so ausgelassen feiern könnt«, hauchte sie.

»Liebe Ségolène, ich habe den Weltuntergang mit eigenen Augen gesehen. Er kann überhaupt nicht mehr eintreten. Wir haben ihn bereits hinter uns.«

»Ach, ihr Jungen, ihr seid ahnungslos.«

Kit ging nicht weiter darauf ein. »Das ist meine Verlobte, Miss Anne Fortescue.«

»Das habe ich gehört, ich bin ja nicht taub. Sie müssen eine sehr mutige und leichtsinnige junge Frau sein. Seine erste Ehefrau ist ertrunken, und Rose Munroe wurde von der Spanischen Grippe dahingerafft, was ihr übrigens ganz recht geschah.«

Kit erstarrte innerlich, denn er befürchtete, hilflos dabei zusehen zu müssen, wie Ségolène leichtfertig das dunkelste Kapitel seiner Vergangenheit zutage brachte. In Annes Augen war er ein Kriegsheld, ein tragischer Witwer, und so sollte es auch bleiben. Die Rolle des ehebrecherischen Lebemanns wollte er endlich hinter sich lassen.

»Ségo!« Zelda stieß einen spitzen Schrei aus und biss sich danach mädchenhaft auf die Unterlippe. »Das gehört nicht hierher.«

Doch die Französin ließ sich nicht beirren. »Eine Dirne wird stets die Früchte ihrer Sünde ernten. Sie wird …«

»Apropos Früchte«, unterbrach Zelda sie. »Ich habe festgestellt, dass der Saft der Passionsfrucht meiner Stimme überhaupt nicht guttut.«

Leider blieben Zeldas ehrenwerte Bemühungen ohne Erfolg, denn prompt fragte Anne: »Rose Munroe? Wer ist Rose Munroe?«

Carla Tush erkannte die Gefahr. »Eine Bekannte aus früheren Zeiten, für die Kit als Jugendlicher geschwärmt hat. Wir hatten schon seit Ewigkeiten keinen Kontakt mehr zu ihr. Kommen Sie weiter, Anne. Es sind auch Gäste hier, die Ihren Verlobten noch nicht seit einer halben Ewigkeit kennen.« Sie legte Anne die Hand auf den Rücken und schob sie vor sich her.

Kit blieb einen Moment bei Zelda und Ségolène stehen. »Also wirklich, Ségolène«, seufzte er. »Musste das sein?«

»Ich wollte das arme Kind nur warnen.«

»Dazu besteht überhaupt kein Anlass. – Ach, was soll's? Wir sprechen uns nachher.«

»Wenn wir bis dahin …«

»Ja, ja, wenn wir bis dahin noch am Leben sind.«

»Jetzt komm schon.« Carla hatte sich seiner erneut bemächtigt. »Lord und Lady Wrexley, sehen Sie nur, wen ich Ihnen hier bringe.« Zu Kit und Anne sagte sie leise: »Lord Wrexley war bis vor Kurzem Vizekönig von Indien.«

Kit wusste nicht, ob er lachen oder weinen sollte. Auch Anne hüstelte, als versuchte sie, ein albernes Kichern zu unterdrücken.

»Das ist uns durchaus bewusst«, erklärte Kit der Gastgeberin und bemühte sich, dabei nicht allzu überheblich zu klingen.

Die Wrexleys machten allerlei freundliche Bemerkungen über Kits Familie, stellten Anne allerlei Fragen zu ihrer Herkunft, sprachen über Indien und das englische Wetter und waren alles in allem genau so, wie man sich britische Kolonialherren vorstellte: selbstsicher, von stählerner Konstitution und irgendwie beige.

»Sind Sie auch zum ersten Mal an der Riviera, Miss Fortescue?«, wollte Lady Wrexley wissen. »Wir kommen ja jetzt erst in den Genuss. Davor waren wir immer in Kalkutta oder Neu-Delhi. Kaum zurück in England, da brach auch schon der Krieg aus, und niemand konnte mehr verreisen.«

»Ja, ich war auch noch nie in Monaco«, erwiderte Anne, »aber der Duke kommt seit seiner Kindheit hierher.«

»Ich hoffe, er ist in der Zwischenzeit erwachsen geworden«, sagte eine Männerstimme hinter Kit.

Yuri Balaton hatte seine Partnerin von der Tanzfläche geführt, und die beiden hatten sich zur Gruppe gesellt.

»Duke«, säuselte Maya Fay und legte ihm sanft eine Hand auf den Arm. »Es ist mir eine Ehre.«

Kit gelang es, seine Befangenheit halbwegs abzuschütteln. »Mir ebenfalls. Wann lernt man schon ein Juwel der Leinwand kennen?«

Zum Dank schenkte sie ihm ein Strahlen für die Ewigkeit. »Mit Carlas Juwelen kann ich kaum mithalten.«

Die Gastgeberin legte demonstrativ die Hand an den Hals, wo das Collier aus weißen Diamanten glitzerte. Die

Steine waren von überragender Qualität und identischer Größe; ein perfekter Kranz, zweifelsohne einzigartig und vor allem unbezahlbar.

Der ungarische Graf legte den Kopf schief und betrachtete das Schmuckstück genauer. »Im Schloss Schönbrunn in Wien hing einst ein Porträt von Désirée Bernadotte. Es zeigt sie, kurz nachdem sie zur Königin von Schweden gekrönt wurde. Auf dem Bild trägt sie ein Diamantcollier, das deinem zum Verwechseln ähnlichsieht.«

Carla spitzte den Mund. »Yuri, Yuri, was du alles weißt.«

»Es heißt, das Collier sei ein Geschenk von Napoleon gewesen, aus Reue, weil er seine Verlobung zu ihr aufgekündigt hatte.«

Lord Wrexley rümpfte die Nase, was allerdings nichts Schlechtes zu bedeuten hatte, denn er entrüstete sich keineswegs über Napoleons Benehmen, sondern wollte sich lediglich weiter über die Riviera unterhalten. »Die Gegend hier muss vor dem Krieg noch eindrucksvoller gewesen sein. Als die Russen noch herkamen. Nicht wahr?«

Carla, die gerade mit Yuri Balaton getuschelt hatte, schlug die Hände über dem Kopf zusammen. »Lasst uns bitte nicht davon sprechen. So viele gute Freunde, die uns fehlen. Diese armen Menschen! Furchtbar! Sie mussten alles verkaufen, um etwas zu essen zu haben. Es ist unendlich traurig. Betrachtet doch nur mal die Bucht. Die Villen, in denen die Fenster dunkel bleiben, haben allesamt russischen Familien gehört. Wer weiß, ob sie überhaupt noch leben. So eine schreckliche Revolution!«

»Immerhin haben wir dank der schrecklichen Revolution dein Erbstück wiederbekommen«, rief ihr Mann von seinem Tisch herüber und zündete sich eine Zigarre an.

»Du sollst nicht vor dem Essen rauchen, Ronny.«

»Ein Erbstück?«, fragte Anne interessiert.

Ronald Tush rauchte fröhlich weiter. »Das Collier.«

Carla juchzte wie ein junges Mädchen. »Eigentlich wollte ich mit der Geschichte bis zu unserem Rundgang über die Jacht warten, aber es stimmt. Yuri hat natürlich recht … Hörst du, Yuri? Es ist das Collier von Désirée Bernadotte. Mein Vater erstand es seinerzeit in New York und schenkte es meiner Mutter zur Hochzeit. Es war ihr liebstes Stück, bis es eines Tages gestohlen wurde. Wir glaubten es auf ewig verloren, doch vor einigen Monaten erreichte uns ein Brief von einer Detektei aus Boston. Darin teilte man uns mit, dass das gestohlene Collier in Paris zum Verkauf stehe. Es war all die Jahre im Besitz einer russischen Adelsfamilie gewesen, die es nach ihrer Flucht aus Russland veräußern musste. Wir haben es den armen Leuten selbstverständlich abgekauft, sie waren schließlich unschuldig an seinem Verschwinden. Ihr seid die Ersten, die davon erfahren.«

Maya Fays dunkelroter Mund verzog sich zu einem gequälten Lächeln, und die Stimme der Schauspielerin war neiderfüllt, als sie sagte: »Liebste Carla, was für ein Glück, dass dein Mann sich so eine Kostbarkeit leisten kann.«

»Mein Mann, Schätzchen?« Carla reagierte merklich verschnupft. »Was glaubst du, wer das hier alles bezahlt hat?« Sie zeigte auf die Holzdielen zu ihren Füßen, meinte damit aber wohl die gesamte Jacht. »Mein Ehemann ist nur gut darin, mein Geld für viel zu teure Filme auszugeben.«

Ronald erhob sich und küsste seine Frau auf die Wange. »Man sollte eben ein goldenes Händchen haben, auch bei der Wahl seiner Liebsten.«

»Na …«

»Ich für meinen Teil bin froh, dass meine Erinnerung mich nicht täuscht.« Yuri schob Ronald beiseite und küsste Carla mit einer galanten Verbeugung die Hand. »Ein herrliches Juwel, das dank seiner Trägerin nur noch schöner wird.«

Carla senkte verschämt den Blick. »Da fühlt man sich ja wie ein Schulmädchen.«

»Welche Detektei war es, Ronald?« Ein Neuankömmling trat der Gruppe bei.

»Ach!«, rief der Gastgeber erfreut. »Ihr Lieben, das ist mein guter Freund Samuel Greenberg aus New York. Er ist Bankier und ein bedeutender Kunstsammler, Kit. Ihr beide habt euch bestimmt eine Menge zu erzählen.«

»Es ist mir eine große Ehre, Mister Greenberg«, sagte Kit. »Ich kenne Ihre Sammlung. Ich habe sie im Metropolitan Museum in New York gesehen.«

»Die Ehre ist ganz meinerseits, Duke. Ronald hat kürzlich erwähnt, dass Sie Experte bei Rotherhithe's sind. Ich bin schon ganz gespannt auf Ihren Gainsborough.«

Fast wäre Kit das Glas aus der Hand gefallen. »Meinen was?«

»Na, den Gainsborough. Er ist doch an Bord … oder nicht?«

»Ach so? Das wusste ich gar nicht.« Kit spürte ein plötzliches Unwohlsein und stellte mit einem Seitenblick auf Anne beruhigt fest, dass sie es nicht mitbekam. So hatte er sich den Abend nicht vorgestellt.

»Carla kann gar nicht mehr ohne das Bild leben.« Ronald Tush grinste. »Ich habe ihr mehrfach gesagt, wir sollten es lieber zur Bank bringen, aber sie hat darauf bestanden, es mitzunehmen.«

Kits Knie wurden immer weicher. Das Gemälde war an Bord? Nicht in einem Safe irgendwo in Kalifornien?

Es gab einen guten Grund, warum ihn diese Information derart aus der Bahn warf. Das Original, der echte Gainsborough, hing nämlich gänzlich unrestauriert im Keller seines eigenen Hauses in London, und zwar neben einem weniger bekannten Stillleben von Turner und einem Landschaftsbild von Fragonard. Kit hatte nach seiner Rückkehr aus dem Sanatorium ein altes Hobby wieder aufgenommen: das Fälschen von Kunstwerken. Ein Talent, das seine Familie in den schlechten Jahren vor seiner Heirat mit Diana Gould über Wasser gehalten hatte.

Er hatte anfangs gehadert, ob er das Risiko eingehen sollte, sich an ein so berühmtes Bild wie Gainsboroughs Porträt der Duchess of Devonshire heranzuwagen, zumal er im Krieg an Feinmotorik eingebüßt hatte. Bis zum Schluss hatte er nicht geglaubt, dass er es wirklich tun würde. Als Rotherhithe's ihm das herrliche Kunstwerk dann aber zur Restaurierung lieferte, konnte er der Verlockung nicht widerstehen. Immerhin war er in der glücklichen Lage gewesen, die Echtheit des Bildes vor der Auktion selbst beurkunden zu können. Niemand, wirklich niemand, würde ihn, den steinreichen Duke of Surrey, des Kunstfälschertums verdächtigen. Nach der Auktion hatte er die Tat bereut, denn die Käufer Ronald und Carla Tush waren gute Freunde seiner Familie. Immerhin würde das Bild weit, weit weg hängen, und er konnte es vergessen. Sein schlechtes Gewissen war eben der Preis für das Vergnügen, die eigene Fälschung für eine Rekordsumme unter den Hammer kommen zu sehen und das Original zu behalten. Nie hätte er damit gerechnet, dass Carla und Ronald dieses – vermeintlich – unschätzbar wertvolle Kunstwerk auf ihrer Jacht durch die Welt schippern und es so mir nichts, dir nichts ihren Besuchern zeigen würden.

Der Bankier Samuel Greenberg wollte längst wieder mit Ronald über Carlas kürzlich aufgetauchtes Collier sprechen.

»Nun sag schon, Ronald, welche Detektei hat die Halskette aufgetrieben? Dupont & Dupont?«

»Ja genau.« Ronald paffte an seiner Zigarre. »Kennst du sie?«

»Natürlich. Es hätte mich gewundert, wenn es jemand anderes gewesen wäre. Wir haben sie selbst mehrfach in Anspruch genommen.«

Heinrich Weidemann, der bislang blass und still an der Reling gestanden hatte, ergriff das Wort. »Miss Dupont … weilt gegenwärtig in Monaco. Sie wohnt für einige Zeit … im Fürstenpalast.«

Greenberg drehte sich um. »Sie kennen Jackie Dupont? Miss Dupont ist hier? In Europa?«

Heinrich fuhr sich über die Stirn. »Ich … ja … Ich … ich verehre sie sehr. Ich … durfte im letzten Jahr in Boston ausstellen … und dort habe ich … sie getroffen.«

»Sie sind nicht der Einzige, der Miss Dupont verehrt. Was macht sie hier?«

»Ein Auftrag … für das Fürstenhaus, nehme ich an?«, stotterte Heinrich.

»Ich kenne Jackie Dupont ebenfalls«, zischte Maya Fay und machte sich in Richtung Bar davon.

»Da wird wohl jemandem zu wenig Beachtung geschenkt«, raunte Anne Kit ins Ohr und kicherte leise.

Kit entspannte sich ein wenig. Es gefiel ihm, dass seine Verlobte sich im Kreis seiner Freunde wohlfühlte. Immerhin waren einige von ihnen echte Paradiesvögel, also nicht unbedingt das, womit der biedere britische Landadel sich umgab.

»Die Frau ist die Expertin für Juwelen schlechthin, Ronald.« Greenberg war noch nicht fertig mit Miss Dupont. »Sie besitzt ein enzyklopädisches Wissen, was Diebesgut angeht, und ein unfassbares Auge.«

»Vielleicht kommen wir ja noch in den Genuss von Miss Duponts Anwesenheit«, sagte Carla strahlend. »Ich habe sie natürlich ebenfalls eingeladen, aber sie diniert heute Abend mit dem Prinzen und hat es sich offengehalten, zu späterer Stunde noch vorbeizuschauen. Ihre Zeit ist zwar knapp bemessen, aber sie hat allergrößtes Interesse daran zu sehen, was Christopher aus dem Bild gemacht hat.«

Kit wurde flau im Magen. War diese mysteriöse Jackie Dupont ihm etwa auf der Spur? Einige seiner Fälschungen aus der Zeit vor dem Krieg hingen mittlerweile in berühmten Museen. War sie ihm auf die Schliche gekommen? Nein, ausgeschlossen. War die Echtheit eines Gemäldes erst einmal beurkundet, wurde sie nicht so bald erneut überprüft. Ohnehin zweifelte niemand an der Echtheit jener Bilder, die aus dem britischen Hochadel stammten, schon gar nicht, wenn es sich um Porträts von Reynolds aus der Ahnengalerie oder um Pferdebilder von Stubbs handelte. Nur warum hatte eine Detektivin ein so großes Interesse an seiner Arbeit?

»Es wäre mir eine ganz besondere Freude, Miss Dupont wiederzusehen«, sagte Greenberg, der von Kits innerem Aufruhr keine Ahnung hatte. »Es überrascht mich nicht, dass sie vom Collier deiner Mutter weiß.«

Carla hakte sich bei ihrem Mann ein. »Ich habe die Kette als Kind über alles geliebt und immer davon geträumt, sie bei meinem ersten Ball zu tragen. Dieser Wunsch blieb mir leider verwehrt.«

»Es ist aber auch wirklich ein herrliches Stück«, bestätigte Dame Zelda, während Ségolène Pistou sinnend über das Meer in die Dunkelheit blickte und schwieg – kein außergewöhnlicher Zustand für die Schriftstellerin. Zelda trällerte weiter: »Abgesehen davon ist es eine Schande, dass die Russen nicht mehr kommen, gerade wegen des Schmucks. Der Zar hat mir bei meinem ersten Gastspiel in Sankt Petersburg meine berühmte Rubintiara geschenkt. Seitdem ich weiß, dass die Roten ihn erschossen haben, kann ich sie nicht mehr tragen. Ach, keiner war je so großzügig wie er.«

Kit hörte die Stimmen wie aus der Ferne. Sein Herz schlug wild. Was sollte er tun, wenn die Detektivin noch vorbeikam? Ruhe bewahren. Er musste vor allen Dingen Ruhe bewahren.

»Zum Glück hast du genug Juwelen zur Auswahl, liebste Zelda«, sagte Carla lachend. »Ich weiß, du würdest dich nur unter größten Schmerzen von ihnen trennen. Obschon dein schönster Schmuck deine unvergleichlichen Augen sind. Schwarz wie die Perlen der Südsee …«

»Die ihr die Bolschewiken eines Tages auskratzen werden«, raunte Ségolène.

Carla eilte zu der mittlerweile schluchzenden Opernsängerin und nahm sie in den Arm. »Hab keine Angst, Zelda. Niemand wird dir etwas antun.«

»Alberne Weiber!«, schimpfte Ronald Tush vergnügt. »Gibt es jetzt endlich etwas zu essen?«

Newport, Rhode Island, 12. Mai 1911

Werte Mama,
ich schreibe Dir aus einer unglaublichen Gegend. Dieser Reichtum! Diese vulgäre Angeberei! Ich glaube, die Leute hier in Newport haben mehr Porträts von unserer Familie an den Wänden hängen als wir selbst. Ich habe mindestens einen Reynolds sowie diverse Gainsboroughs und Raeburns gesehen, ja, sogar einen Turner mit der Aussicht von Deinem Schreibtisch. Zu wissen, dass diese Gemälde verkauft wurden, um das Dach in Seventree zu erneuern, tut mir in der Seele weh. Ich könnte jedes einzelne an nur einem Tag kopieren, und keiner von diesen Philistern hier würde etwas bemerken. Warum Papa nicht weise genug war, eine amerikanische Erbin zu heiraten, anstelle einer blendend aussehenden armen Aristokratin mit Kunstverstand, ist mir ein Rätsel. (Du weißt, ich scherze. Keine andere Mutter wäre mir lieber als Du.)
Damit zu den Neuigkeiten, die mit diesem unglücklichen Umstand zu tun haben. Ich habe in New York den Eisenbahnmagnaten Henry Gould kennengelernt. Ein Cowboy, wie er im Buche steht, blond, rosig, self-made … und einer der reichsten Männer überhaupt. Wie in Amerika üblich, öffnet ihm das alle Türen. Seine Frau, eine Erbin aus dem Hause Dalton (genau, Mama, die Zeitungseigentümer), starb nach wenigen Ehejahren bei einem Geländeritt. Seine Tochter, die siebzehnjährige Diana, ist soeben aus der Schweiz zurückgekehrt, wo sie eine höhere Schule für junge Da-

men besuchte. Ohnehin hat Gould an der Vervollkommnung dieses Kindes nicht gespart. Britische Nanny, französische Gouvernante, Klavier, Harfe, Zeichnen, Tennis … Sie ist von außergewöhnlicher Schönheit: blondes Haar, lange, zarte Glieder, und wenn sie spricht, gleicht es einem andächtigen Hauchen. Die ganze Welt scheint für sie voller Wunder zu sein, und das größte bin aktuell ich. Wenn ich außen vor lasse, dass ihr Vater früher Rinderherden durch Texas getrieben hat, könnte ich sie mir durchaus als meine Duchess vorstellen. Denk nur an die Erbschaftssteuer, die Dächer, die Stallungen, die Kunstwerke … Deinen Schmuck!

Miss Gould würde Dir aufgrund ihres schüchternen, zurückhaltenden und versöhnlichen Wesens gewiss nicht die Stellung streitig machen, wie es so oft geschieht, wenn man sich eine amerikanische Erbin ins Haus holt.

Selbstverständlich erwarte ich Deinen Kommentar, bevor ich um ihre Hand anhalte. Gönne Dir jedoch bitte ausnahmsweise ein Telegramm.

Küsse an die Hunde und Pferde, grüß mir das Personal.

Dein Dich vermissender Sohn

Kit

2.

»Wir sehen uns morgen Abend, Schätzchen.« Dame Zelda gab ihr Bestes, um Kit auf die Wange zu küssen, auch wenn es für sie bedeutete, sich auf die Zehenspitzen zu stellen und auf seine Mithilfe zu hoffen.

»Bis morgen, Zelda. Und flirte nicht so heftig mit dem Schlepperkapitän.«

Die Sängerin hob den Zeigefinger. »Du Schlingel.«

Kit half ihr von Bord und winkte dem Schlepper noch so lange nach, bis er das Hafenbecken erreicht hatte und hinter den unzähligen Segeljachten und Motorbooten verschwunden war. Dabei hielt ihn weniger seine Zuneigung zu Zelda hier als vielmehr der Wunsch, nach einem sich nähernden Boot Ausschau zu halten. Diese verfluchte Detektivin musste, wie alle anderen Gäste auch, per Schlepper zur *Celluloid* kommen. Zu Kits Beruhigung war jedoch weit und breit kein Boot mit Kurs auf die Jacht in Sicht.

»Komm endlich, Christopher, wir wollen anfangen.« Carla wedelte ungeduldig mit den Armen.

Kit schloss sich den anderen Gästen an, die zur Besichtigungstour über die Jacht aufbrachen.

Anne lehnte sich gegen ihn und flüsterte: »Du hast den Vortrag über die Bauweise der Jacht verpasst. Sehr modern und für mich völlig unverständlich. Offenbar fährt sie mit Petroleum, wie ein Automobil.«

»Man nennt das einen Schiffsdieselmotor.«

»Du bist ja ein wahrer Kenner.«

Carlas Stimme war durchdringend. »Ich liebe diese Jacht zwar, aber auf hoher See fühle ich mich auf einem wirklich großen Schiff geborgener. Die Ozeanriesen sind heutzutage ja absolut sicher … Um Himmels willen! Entschuldige bitte, Christopher, ich vergaß.«

Kit räusperte sich. »Nicht doch, Carla. Ein tragisches Unglück. Lange her.«

Samuel Greenberg legte die Stirn in Falten. »Wir alle haben damals mit Ihnen gelitten, Duke. Zwar haben die meisten von uns an jenem schrecklichen Tag Freunde verloren, aber Ihr Verlust muss der schlimmste gewesen sein.«

Lord und Lady Wrexley murmelten ihre Zustimmung, ebenso Yuri Balaton.

Anne drückte Kit die Hand, und er war froh, dass nun eine Weile niemand von ihm erwartete, gepflegte Konversation zu betreiben. So konnte er sich darauf konzentrieren, ob ein herannahendes Schiff zu hören war. Dabei hätte er nach Carlas unüberlegter Äußerung durchaus die Gelegenheit nutzen, Unwohlsein vortäuschen und das Weite suchen können.

Maya Fay zog ihre Stola fester um die Schultern. »Ich bin zum Glück zu jung, um damals Freunde gehabt zu haben, die auf der *Titanic* hätten umkommen können. Ein kleines Ding auf einer Farm in Ohio war ich.«

»Ist es wahr, Miss Fay«, fragte Lady Wrexley, die Kit wohl den Wunsch nach einem Themenwechsel von den Augen abgelesen hatte, »dass Sie bei einer Wahl zur Maiskönigin entdeckt wurden? Ich habe darüber in einer Zeitschrift im Zug von Calais hierher gelesen.«

»Oh ja.« Die Schauspielerin lachte laut auf. »Ein verrückter Filmproduzent, der unbedingt mit dem Auto von New York nach Chicago fahren wollte, hatte in der Nähe meines Dorfes eine Reifenpanne.«

»Was für ein Glücksfall!«

»Absolut.«

»Nicht wahr?« Carla Tush lachte ebenfalls. »Es muss nur der richtige Mann bei einem liegen bleiben, und schon klappt es mit der Weltkarriere. Hab ich recht, Maya? Hier entlang bitte, als Erstes zeige ich euch den großen Salon. Bei schlechtem Wetter hätte das Dinner hier stattgefunden. Ich denke, wir werden die Party später nach drinnen verlegen.«

Begleitet von anerkennendem Raunen präsentierte Carla den pompösen Saal. Hätte Kit nicht gewusst, dass er sich auf einer Motorjacht befand, er hätte geglaubt, in einem barocken Lustschloss zu stehen. Angesichts der typisch amerikanischen Geschmacklosigkeit entspannte er sich. Was verstand eine Detektivin aus Boston schon von der britischen Malerei des achtzehnten Jahrhunderts? Nur warum wollte sie unbedingt das Bild sehen? War es Neugier? Oder doch ein Verdacht?

Während Kit seinen unausgegorenen Gedanken nachhing, wies Carla mit ausladender Geste auf die edlen Louis-quinze-Möbel und die eigens für sie in Paris entworfene Tapete.

»Mit echten Goldfäden, behauptet jedenfalls der Hersteller.«

»Ein … ein … schwimmendes Versailles«, stotterte Heinrich Weidemann, und die Anwesenden lachten höflich.

Carla zwinkerte ihm zu. »So kann man es auch sagen.«

»Und der Gainsborough?« Samuel Greenberg sah sich um. »Wo hängt er denn nun?«

»Nicht hier, Samuel. Dafür müssen wir in mein Schlafzimmer. Ich möchte gar nicht mehr aufwachen, wenn ich nicht als Allererstes einen Blick auf meine geliebte Georgie werfen darf.«

»Georgie?« Maya Fay verschränkte die Arme. »Wer ist Georgie?«

Kit wollte gerade zu einer Erklärung ausholen, da legte Lady Wrexley auch schon los, und zwar in durchdringender Tonlage.

»Die Duchess of Devonshire, Georgiana Cavendish, wer denn sonst! Das ist ein sehr berühmtes Porträt, das Sie da haben, Carla. Kompliment. Gainsborough war einer der wichtigsten Maler aller Zeiten und selbstverständlich *Brite*.« Der Stolz in ihrer Stimme war kaum zu überhören.

Dabei hatte sie das Bild weder gemalt noch dafür Modell gestanden. Das wusste Kit aus erster Hand. Aber

Lady Wrexley gehörte wohl zu jenen Damen, die bei jeder Gelegenheit aufsprangen, um »God save the King« zu schmettern.

Carla führte die Gäste über eine Treppe zu einem Balustradengang, der mit einem roten Läufer ausgelegt war und an dessen Ende sich eine imposante Flügeltür befand. Ebenfalls barock. Mit großer Geste stieß sie die Tür auf, hinter der ihr Schlafgemach lag. Es handelte sich um einen Rokoko-Albtraum in Rosa und Gold, dessen Höhepunkt ein Himmelbett in der Form eines Schwanes war.

»Ich glaube, das Bett hat früher Marie Antoinette gehört«, wisperte Anne.

Kit warf ihr einen scherzhaft mahnenden Blick zu, auch wenn sein Herz seit Betreten des Zimmers heftig pochte.

»Hast du denn keine Angst, dass hier jeder hineinsehen kann?« Ségolène trat an die Fensterfront, die sich über die gesamte Breite des Raumes erstreckte.

»Es gibt doch Vorhänge. Seht her, sie sind in der Decke versteckt. Mit der Kurbel da hinten lässt das Zimmermädchen sie herunter, bevor ich zu Bett gehe. Auf hoher See ist der Blick einfach himmlisch.«

»Da ist sie ja!«

Greenberg schenkte dem Panorama keine Beachtung. Immerhin hing an der Wand, gegenüber von Carlas Schwanenbett, das berühmte Porträt der Duchess of Devonshire, gemalt von Thomas Gainsborough im Jahre des Herrn 1785. Jedenfalls glaubten das die Anwesenden. Alle, außer Kit, der eindeutig wusste, dass Gainsborough nicht einen Strich auf der Leinwand gemacht hatte. In seinem Hals bildete sich ein Kloß. Zum Glück war die Detektivin noch nicht da.

»Ist sie nicht hinreißend?« Carla eilte zu Greenberg, der vor dem Kunstwerk stand, und bedeutete allen anderen mit einer Handbewegung, es ihr gleichzutun. »Als sie auf den Markt kam, wusste ich sofort, dass ich sie haben muss. Dieser Blick! Dieser Mund! Dieser Hut! Und wie fantastisch Kit sie wieder hinbekommen hat.«

»In der Tat«, sagte der Bankier und kniff die Augen zusammen. »Wie schön die Farbtöne zum Vorschein gekommen sind, sie strahlen wie neu. Gute Arbeit, Sir.«

»Vielen Dank«, entgegnete Kit, den es überhaupt nicht wunderte, dass die Farben derart strahlten. Schließlich war dieser »Gainsborough« keine sechs Monate alt.

Ronald Tush verschränkte die Arme und berichtete stolz von der Versteigerung des Bildes. Wen er alles ausgestochen hatte: Prinz sowieso und Baronin sowieso, sogar diesen schrecklich geschmacklosen Menschen aus Chicago. »Dieses Gemälde ist nun schon zum zweiten Mal in seiner Geschichte das teuerste, das jemals bei einer Auktion unter den Hammer gekommen ist.«

»Beeindruckend.« Auch Yuri Balaton sah gebannt auf die schöne Georgiana. »Sie war eine echte Ikone ihrer Zeit, eine Freidenkerin. Ihre politischen Salons und Feiern sind unerreicht.«

Heinrich Weidemann wischte sich die Stirn mit einem Taschentuch. »Dieser … dieser … dieser göttliche Strich. Einmalig.«

Kit konnte sich nur mit Mühe beherrschen, sich nicht bei Heinrich für diese Einschätzung zu bedanken.

»Georgiana Cavendish war eine tragische Figur, so viel Eros, so viel Tod!«, erklärte Ségolène Pistou, ohne hinzusehen. Wie immer hatte sie eine düstere Prophezeiung zur Hand. »Es kommt der Tag, an dem wirst du durch eines dieser Fenster stürzen, Carla, und niemand wird deine Schreie hören. Georgiana Cavendish wird dir da nicht helfen können.«

Niemand reagierte auf die Bemerkung, und Lord Wrexleys Interesse war ohnehin rein technischer Natur.

»Und Sie, verehrter Duke, haben das Bild gereinigt? Wie geht man denn da vor? Ist das nicht sehr zeitaufwendig?«

Kit erinnerte sich mit einigem Unbehagen daran, wie er die leere Leinwand auf den Holzrahmen gespannt, die Farben angerührt und langsam, aber sicher das Antlitz der schönen Georgiana von Gainsboroughs Original abgemalt hatte. »Ich hatte nicht allzu viel zu tun. Eigentlich habe ich nur mit Lösungsmittel und weichen Tüchern gearbeitet. Eine staubige Fettschicht lag auf der Farbe, ansonsten war das Gemälde intakt. Meine Mutter hat mir schon als Kind beigebracht, wie man so etwas macht. In unserem Stammsitz in Seventree hängen unzählige Kunstwerke, die der dauernden Instandhaltung bedürfen. Auch wenn es nicht mehr dieselben sind wie zu unseren Glanzzeiten.«

Greenberg faltete die Hände und feixte. »Wissen Sie eigentlich, mein lieber Duke, dass wir einen Rembrandt in der Bank hängen haben, der ursprünglich im Besitz der herzöglichen Familie von Surrey war?«

»Ja, das ist mir bekannt, und ich gebe zu, es versetzt mir einen Stich. Meine Großeltern väterlicherseits waren leider beide der Spielsucht verfallen und verschwendeten ihre Mittel. Sie machten alles zu Geld, was sie in die Finger bekamen, nur um beim nächsten Kartenspiel erneut alles zu verlieren. So manche Wand jenseits des Atlantiks wird von unserem ehemaligen Eigentum geschmückt.«

Greenberg lachte schallend. »Wollen Sie den Rembrandt zurückkaufen? Sie könnten ihn sich heute durchaus leisten, Gould Iron & Railways geht es schließlich besser denn je. Die Aktie steigt bis in den Himmel. Sie wissen bestimmt gar nicht, wohin, vor lauter Profit.«

Kit spürte die Röte in die Wangen steigen. »Damit befasse ich mich kaum, muss ich gestehen. Die Großmutter meiner verstorbenen Frau leitet die Geschäfte.«

»Haha, die alte Maria! Das sieht ihr ähnlich. Und Sie kassieren nur? Clever. Sehr clever.«

Kit hatte wenig Interesse an einem vulgären Gespräch über Geld, aber so waren die Amerikaner, und er wollte es sich mit Samuel Greenberg auf keinen Fall verscherzen. Eigentlich sollte er sich darüber freuen, dass es dem Bankier wichtiger war, über den monetären Aspekt des Kunstwesens zu reden als über die Kunst selbst, denn so schenkte er dem Bild weniger Beachtung. Kit überlegte, dass es ein kluger Schachzug wäre, das Gespräch zu vertiefen, bevor Greenberg noch einfiel, die Fälschung aus nächster Nähe zu betrachten. Der Mann galt zwar als Experte für Alte Meister, aber Kits Nervosität hatte mittlerweile die Oberhand gewonnen.

»Ich kaufe im Moment nur moderne Kunst«, sagte er daher im Brustton der Überzeugung. »Das ist für mich die aufregendere Investition.«

Greenberg sprang wie erhofft auf den Köder an. »Impressionisten müssen Sie kaufen, mein Lieber, wenn es Ihnen um Investitionen geht. Die werden in ein paar Jahren alles bisher Dagewesene in den Schatten stellen. Aber was erzähle ich Ihnen, Sie sind schließlich der Profi von Rotherhithe's.«

Kit winkte ab. »Ein angenehmes Hobby, mehr nicht.«

»Vielleicht überlasse ich die Bankgeschäfte in Zukunft ebenfalls anderen und mache es Ihnen nach.«

»Dazu kann ich Ihnen nur raten.«

Ronald Tush gefiel es gar nicht, dass die Herren Experten seinen Erfolg bei der Auktion unerwähnt ließen. »Wie euch hinlänglich bekannt sein dürfte, wurde dieses Gemälde 1876 gestohlen und ist erst vor knapp zwanzig Jahren wiederaufgetaucht. Es hat einiges durchgestanden, und niemand weiß, wo es gewesen ist. Bei einem Bild wie diesem bezahlt man nicht nur für die Kunst selbst, sondern auch für die *provenance*.« Er tat sich mit dem französischen Fachbegriff sichtlich schwer. »Damit ist die Herkunft eines Bildes gemeint. Seine Geschichte, nicht wahr? Mit einer aufregenden Story gewinnt ein Gemälde eben an Wert.«

»Genau wie deine Diamanten, Carla«, kommentierte Maya Fay. Das Bild übte auf sie offenbar weniger Faszination aus als die glitzernden Steine am Hals der Gastgeberin. »Sind die nicht zur selben Zeit verschwunden?«

»Ganz so alt bin ich nun auch wieder nicht.«

»Wann war es denn? 1886?«

»Ach je, mein liebes Kind, sonne dich nur im Glanze deiner Jugend … Du wirst auch noch erfahren, dass es gewisse Vorzüge hat, eine reife Frau zu sein.«

»Sollte sie jemals so alt werden.« Der Einwand kam, selbstverständlich, von Ségolène. »Schauspielerinnen ereilt stets ein grauenhafter Tod im Zenit ihres Erfolges.«

Anne stieß einen Schrei aus. »Sie sind makaber, Madame Pistou!«

»Ich sage nur die Wahrheit, wo ich sie sehe.«

Carla richtete den Blick auf eine verschnörkelte Standuhr in einer Ecke. »Schon so spät! Na, dann wird Jackie Dupont wohl nicht mehr vorbeikommen. Sie sagte, wenn sie bis elf nicht hier sei, schaffe sie es nicht mehr.«

Kit fiel ein gewaltiger Stein vom Herzen. Er atmete einige Male tief durch, dann erst wagte er es, sein Werk in Ruhe zu betrachten. Samuel Greenberg hatte die Frische der Farbe auf die Reinigungsarbeiten zurückgeführt, und Heinrich Weidemann schien kein wirklicher Kenner der britischen Porträtmaler zu sein, sonst hätte er sicherlich Vergleiche zu anderen Gemälden angestellt. Ohne das Damoklesschwert der Entdeckung über sich zu wähnen, erkannte Kit, dass seine Fälschung wirklich perfekt war. Eine Glanzleistung. Ein Kunstwerk für sich.

Ein Zucken umspielte seine Mundwinkel, und er fühlte Stolz. Ja, Stolz, Genugtuung und sogar Freude.

Freude? War etwa die diebische Freude seiner Jugend zu ihm zurückgekehrt? Konnte das sein? Jenes Gefühl, das sich ihm so lange entzogen hatte? Das Gefühl, das ihn als Kind schon überkam, wenn er wieder mal mit einem seiner Streiche davongekommen war? Die Genugtuung, die er empfunden hatte, als er nach seiner Hochzeit mit Rose …

Eine Wand aus Eis raste auf ihn zu. Eine tosende Welle brach über seinem Kopf zusammen. »Diana!«, hörte er sich noch rufen, dann wurde ihm schwarz vor Augen.

»Mein lieber Duke? Alles in Ordnung?«

Lord Wrexley packte ihn mit kräftiger Hand an der Schulter, und Kit kam wieder zur Besinnung.

»Gleich vorbei«, keuchte er. »Gleich vorbei.«

»Du brauchst sofort einen Brandy«, befahl Anne. »Komm mit nach unten. Das ist die Verletzung, die dich plagt. Du setzt dich jetzt erst mal hin.«

Kit versuchte die Panikattacke zu überspielen, indem er lächelte. »Zu Befehl, Darling.«

Trotzdem ließ die Kälte ihn nicht los, die eisigen Wellen rollten über ihn hinweg, unaufhörlich. Lange hatte er keinen solchen Anfall mehr gehabt. Lag es daran, dass er an Bord eines Schiffes war, oder daran, dass er seine alten Freunde wieder traf? Eine wohlbekannte Angst bemächtigte sich seiner: dass auf den Schlachtfeldern von Frankreich nicht nur sein Körper Schaden genommen hatte, sondern auch sein Geist, dass er langsam wahnsinnig wurde, wie so viele seiner Kameraden.

Er sank auf eines der Sofas im Salon, und der Butler brachte ihm den von Anne georderten Brandy. Einen dreifachen, wenn er das richtig sah.

Der Alkohol tat seine Wirkung schnell, und schon bald kamen Kit seine Ängste albern vor. Natürlich war er längst nicht ganz auf der Höhe, noch vor einem Jahr hatte er nicht aus dem Bett aufstehen können. Und das entsetzliche Schicksal seiner jungen Ehefrau würde er wohl niemals verwinden. Er durfte nicht so ungeduldig sein. Immerhin war er nach Frankreich gereist, um wieder zu Kräften zu kommen, um sich zu erholen, um die Sonne und die Leichtigkeit des Lebens an der Riviera zu genießen und dem feuchten, kalten englischen Winter zu entfliehen.

Nach einer halben Stunde ging es ihm wieder so gut, dass er aufstand und sich zu den anderen Gästen gesellte, die sich bereits zu den Klängen der Jazzband übers Parkett bewegten. Bald vergaß Kit seine Sorgen, und er tanzte, trank und lachte, er rauchte mit den Männern an Deck kubanische Zigarren, erzählte Geschichten vom Krieg, schlürfte edlen Whisky und wurde mit der Zeit immer betrunkener.

So glitt der Abend in die Nacht hinüber, und das fröhliche Treiben wäre wohl bis zum Morgengrauen weitergegangen, hätte nicht plötzlich Ronald Tush am Fuße der Treppe des Salons gestanden und geschrien: »Carla ist tot!«

Newport, Rhode Island, 7. Mai 1911

Liebste Großmama,
ich habe mich verliebt! So sehr!
Es geschah gestern Abend beim Empfang. Eigentlich hatte ich gar keine Lust hinzugehen, es ist immer so langweilig bei den Astors, aber dann stand auf einmal ein Märchenprinz vor mir. Er ist sogar beinahe ein echter Prinz, ein englischer Herzog: Christopher St. Yves, der Duke of Surrey.
Noch nie bin ich einem so gut aussehenden Mann begegnet. Er ist groß, schlank, hat glänzendes, fast schwarzes Haar, strahlend weiße Zähne, und seine Augen sind so dunkel wie die eines spanischen Stierkämpfers. Dabei ist er überaus kultiviert und charmant, nicht wie die aufgeblasenen Kerle hier aus der Gegend. Er konnte mir die Namen jedes einzelnen Werkes nennen, das bei Tante Astor an der Wand hängt, mitsamt der Biografie des Künstlers. Er hat mit mir getanzt, und als seine Hand die meine berührte, fühlte ich einen elektrischen Schlag!
Ich konnte kaum mit ihm sprechen, so sehr hat er mich verzaubert. Es war Liebe auf den ersten Blick, Großmama, und ich werde nie mehr einen anderen lieben können. Niemals! Ich habe Daddy gebeten, Christopher unter einem Vorwand nach Newport einzuladen, damit Großpapa und Du ihn bald kennenlernt, und wie Du weißt, schlägt Daddy mir keinen Wunsch ab. Wie herrlich das wird!
O Großmama, vielleicht werde ich bald seine Duchess und reite mit

ihm über seine Ländereien. Sein Anwesen soll wunderschön sein, ein richtiges Schloss. Seventree heißt es, und es ist gar nicht weit von London entfernt. Was für ein Leben das wäre, was für ein Glück!
Ich hoffe, es geht Dir weiterhin blendend und Du genießt die gute Luft.
Bis sehr bald.
Deine Dich liebende Enkelin

Diana

3.

»Was sagst du da?«, fragte Samuel Greenberg.

»Tot!«, kreischte Ronald. »Sie ist tot!«

Die Band hörte auf zu spielen.

Lord Wrexley machte einige Schritte auf Ronald zu und griff ihn fest am Arm. »Tush! Was ist passiert?«

»Carla ist tot!«, keuchte der Gastgeber, riss sich los und deutete die Treppe hinauf. »Dort oben!«

»Greenberg. Balaton. Surrey. Weidemann … Sie!« Lord Wrexley zeigte auf den Butler. »Kommen Sie mit. Die Damen bleiben hier. Passen Sie auf Tush auf, er soll sich hinsetzen. Er hat offensichtlich einen Schock erlitten.«

Wie in Trance eilte Kit hinter den anderen Männern her. Die hatten sich bereits in Bewegung gesetzt und erklommen die Stufen zum Balustradengang.

Die Flügeltür zu Carlas Schlafzimmer stand offen, und schon von Weitem konnte Kit ein Paar Damenschuhe sehen. Damenschuhe, in denen Füße steckten. Keine Frage, da lag jemand. Er verspürte den Wunsch, stehen zu bleiben, doch da winkte Lord Wrexley ihn auch schon durch die Tür.

Carla lag regungslos auf dem Rücken, die Augen weit aufgerissen und von knallroten Adern durchzogen. Heinrich Weidemann sank neben der Tür auf die Knie und fing hemmungslos an zu schluchzen.

Kit zog ihn wieder auf die Beine. »Komm, Heinrich, dort drüben ist ein Stuhl. Setz dich.«

Lord Wrexley kniete sich neben Carla auf den Boden. Seine langjährige Kommandoerfahrung zahlte sich aus. Zu Kits Erleichterung war er vollkommen handlungsfähig.

»Sie, Butler.«

»Jawohl, Sir.«

»Das hier ist doch ein neues Schiff. Hat es Funk?«

»Jawohl, Sir.«

»Veranlassen Sie, dass der Kapitän dem Hafenlotsen funkt, damit er sofort die Polizei verständigt. Hier hat ein Verbrechen stattgefunden.« Er wies auf die bläulichen Markierungen an Carlas nacktem Hals.

»Mord«, wisperte Yuri Balaton, und Greenberg bediente sich eines Fäkalausdrucks.

Kit sah sich um. Alle wirkten betroffen und schockiert, und er selbst fühlte sich eigenartig taub. Eigentlich empfand er gar nichts. Da war nur ein Rauschen in seinen Ohren.

Lord Wrexley erhob sich. »Wir sollten den Raum so schnell wie möglich verlassen. Die zuständigen Behörden werden ihn auf Spuren untersuchen.«

»Mord!«, stieß Yuri Balaton abermals hervor. »Wie kann das sein? Carla? Carla!«

Greenberg raufte sich die Haare. »Die Diamanten. Die Diamanten sind weg.«

»Ja.« Lord Wrexley teilte Greenbergs Verdacht. »Es sieht nach Raubmord aus. Kommen Sie, meine Herren.«

Anne war, Lord Wrexleys Anweisung zum Trotz, die Treppe hinaufgekommen. »Ich dachte, vielleicht irrt er sich und Carla braucht Hilfe … Aber … um Himmels willen.« Sie schüttelte traurig den Kopf. »Hier kommt jede Hilfe zu spät.«

Kit und Greenberg halfen Weidemann auf die Beine und schleppten ihn aus dem Zimmer. Yuri Balaton wankte hinter ihnen her die Treppe hinunter, wo Lord Wrexley die übrigen Damen über Fund und Zustand der Leiche in Kenntnis setzte. Zeitgleich war von draußen ein Knarren zu hören. Maya Fay begann zu weinen.

»Das ist der Anker, Miss Fay«, erklärte Lord Wrexley. »Wir fahren in den Hafen ein, wo die Polizei an Bord gehen wird … Wie geht es Mister Tush? Wo ist er?«

Der Gastgeber saß auf einem Stuhl, zitternd und schluchzend. Anne fühlte seinen Puls.

»Nicht gut«, sagte sie ernst. »Er braucht ein Sedativum, vermute ich.«

Der Motor der *Celluloid* fing an zu brummen, und bald setzte sich die Jacht in Bewegung.

»In wenigen Minuten laufen wir in den Hafen ein«, erklärte Lord Wrexley. »Ich schlage vor, dass wir uns bis auf Weiteres im Salon aufhalten und warten, bis die Polizei eintrifft. Wir müssen uns wohl mit dem Gedanken anfreunden, dass sich ein Mörder an Bord befindet.«

»Bitte nehmen Sie Platz. Sie werden einzeln von den Messieurs der Polizei und der Sûreté befragt. Es ist Ihnen verboten, miteinander zu sprechen. Sollten Sie dagegen verstoßen, müssen wir Sie leider in Gewahrsam nehmen. Ein Gendarm wird Sie beaufsichtigen. Wenn Sie etwas benötigen, sprechen Sie am besten mit ihm. Wir danken Ihnen für Ihre Kooperation.«

Die Crew, die Bandmitglieder und die Gäste setzten sich auf die ihnen zugewiesenen Holzbänke in dem kleinen Wartezimmer des Polizeipräsidiums von Monaco. Ségolène Pistou und Lady Wrexley hatten die Beamten aufgrund ihres fortgeschrittenen Alters gehen lassen, und Ronald Tush war mit einem Schock ins Krankenhaus gebracht worden.

Kit versuchte sich die Stunden in Erinnerung zu rufen, die zwischen seinem Schwächeanfall und der Entdeckung von Carlas Leiche vergangen waren.

Die Band, drei schwarze Musiker, die Carla angeblich auf der Überfahrt von Amerika für den Abend angeheuert hatte, war während der Besichtigungstour der Gäste in den Salon umgezogen. Kaum waren die anderen vom Oberdeck heruntergekommen, hatte Yuri Balaton die Gastgeberin zum Tanz aufgefordert, während Anne sich zu einer Runde mit Lord Wrexley und anschließend Samuel Greenberg hinreißen ließ.

Kit selbst war irgendwann aufgestanden und hatte Samuel Greenberg abgelöst. Die Musik war ohnehin zu laut gewesen, um sich zu unterhalten, deshalb hatten sie unbekümmert ihre Kreise gedreht, in dem Glauben, sich später noch ausgiebig über die anderen Gäste austauschen zu können. Was für ein Irrtum!

Nach dem Tanz mit Anne hatte Kit erst Lady Wrexley, dann Carla und schließlich Maya Fay aufs Parkett geführt, nur um anschließend wieder von vorne zu beginnen. Zwischendurch war er mit einigen Herren zum Rauchen an Deck gewesen. Wann, um Himmels willen, hatte bei all dem Trubel jemand die Gelegenheit gehabt, sich unbemerkt nach oben zu stehlen, um dort die arme Carla zu strangulieren?

Nun denn, es war an den Behörden, dies herauszufinden, und wie immer, wenn man es mit Behörden zu tun hatte, war wohl auch der Prozess der Wahrheitsfindung in einem Mordfall ein zäher Vorgang. Einer nach dem anderen forderte ein Gendarm die Wartenden dazu auf, ihm zu folgen. Erst kamen Besatzung und Musiker an die Reihe, danach die Gäste. Die meisten wirkten beim Warten einigermaßen gefasst, nur Heinrich Weidemann saß blass und zitternd in einer Ecke, was Kit allerdings keinen Hinweis auf sein Innenleben gab, denn Weidemann war ständig blass und zitterte pausenlos.

Maya Fays Blick ruhte, bis sie an der Reihe war, ununterbrochen auf Anne. In ihren Augen stand die Frage, die Kit in jüngerer Vergangenheit häufig in den Augen der glamourösen Schönheiten dieser Welt gesehen hatte, wenn er in Begleitung seiner neuen Verlobten unterwegs war: Was wollte dieser Mann, der unermesslich reich war, mit dieser zwar hübschen, aber wenig aufregenden Frau? Wo waren die Pelze, wo die Juwelen?

Kit wünschte, er könnte Anne vor dieser Missgunst abschirmen, doch er vermochte nichts zu tun. Nichts, außer zu warten.

Manchmal dauerte es nur wenige Minuten, bis jemand aufgerufen wurde, manchmal eine halbe Ewigkeit. Kit war entsetzlich müde. Immer wieder sank ihm das Kinn auf die Brust, immer wieder fuhr er zusammen und wachte auf, weil ihm im Halbschlaf das schreckliche Bild der toten Carla vor Augen trat. Im Krieg hatte er unzählige Leichen gesehen, doch war ihm keine so kläglich, so überflüssig vorgekommen wie Carlas regloser Leib in dem goldenen Kleid. Gerade so wie die zerfallenen Mumien im British Museum, umgeben von Reichtum und doch tot.

Nach unendlichen Stunden des Schweigens, mäßigen Kaffees und noch mäßigeren Keksen, die der Gendarm als lebenserhaltende Maßnahme verteilte, saßen nur noch Anne und Kit auf den Stühlen im Warteraum.

Eine weitere Ewigkeit geschah nichts. Was hatte das zu bedeuten? Zuletzt hatten sie Heinrich mitgenommen, aber der konnte nun wirklich nichts mit der Sache zu tun haben. Oder etwa doch? Waren sie bei der Spurensuche dem gefälschten Gemälde und damit ihm auf die Spur gekommen? Kit spürte, wie die Müdigkeit mit seinem Verstand spielte. Er konnte nicht mehr klar denken.

Eine weitere Stunde verging. Die arme Anne saß zusammengekauert in einer Ecke und döste unruhig. Allein diesem Umstand war es geschuldet, dass die Polizei von Monaco nicht ihr blaues Wunder erlebte, denn Kit war drauf und dran, die Fassung zu verlieren und lauthals nach dem Polizeipräsidenten zu verlangen. Aber solange Anne sich ausruhte, würde er sich beherrschen.

»Mademoiselle Fortescue.«

Endlich trat der zweite Gendarm ins Wartezimmer.

Anne öffnete die Augen, seufzte erleichtert, erhob sich und warf Kit einen bedauernden Blick zu. Er hob die Hand zum Gruß und salutierte ihr in bester Offiziersmanier. Kit wusste, dass es eine zynische Geste war, aber das stundenlange Herumsitzen hatte ihm die Pietät ausgetrieben.

»Hier entlang bitte, Mademoiselle.«

Anne verschwand hinter der inzwischen vertrauten Tür des Wartezimmers, die sich in Kits Vorstellung immer mehr in ein von seinem Idol, dem mittlerweile zu großer Bekanntheit gelangten Pablo Picasso, gemaltes Höllenloch verwandelte.

Er verschränkte die Arme und streckte die Beine aus. Der wachhabende Gendarm – ein neuer Mann, da der vorherige seine Pflicht, im Gegensatz zu Kit, offenbar schon getan hatte – begann Zeitung zu lesen. Seine Aufgabe beschränkte sich nunmehr darauf, eine eventuelle Flucht des Dukes zu verhindern, und bestand nicht mehr darin, jegliche Gespräche zwischen den Zeugen zu unterbinden.

Vierzig Minuten später, und immer noch schien Anne sich im Verhörzimmer zu befinden. Gar nicht weiter überraschend, überlegte Kit. Anne war eine überdurchschnittlich intelligente junge Frau, darüber hinaus dem Champagner und dem Scotch weniger zugetan als der

Rest der Gesellschaft, und sie verfügte über eine ausgeprägte Beobachtungsgabe.

Dann endlich öffnete sich die berüchtigte Tür.

»Monsieur le Duc.«

Kit stand auf und nahm sich vor, sich trotz Übermüdung und Wut weltgewandt zu geben. Er war immerhin ein sehr wohlhabender Mann und darüber hinaus das Oberhaupt eines der ältesten Adelshäuser Europas. Davor hatte man in Monaco den allerhöchsten Respekt. Sowohl vor dem Geld als auch vor dem Titel. Diesen Umstand sollte er für sich nutzen.

Der Gendarm führte ihn einen Korridor entlang, an dessen Ende eine weitere Tür auf ihn wartete. Kit richtete sich zu seiner vollen Größe auf und trat mit einem wohlwollenden Lächeln auf den Lippen hindurch.

»Guten Morgen, Messieurs.«

Der Raum, in den er gelangte, war verdunkelt, der Dunst von hundert Zigaretten hing in der Luft. An einem Tisch saßen zwei Herren mittleren Alters, die ebenfalls nicht mehr sonderlich frisch wirkten. Sie würden sicher froh sein, wenn sie diese letzte Befragung schnell hinter sich brachten.

»Monsieur le Duc, bitte nehmen Sie Platz.«

Kit setzte sich auf den ihm zugewiesenen Stuhl. »Gern. Ich sage Ihnen am besten gleich, dass ich nichts beobachtet habe, was für Sie von Interesse sein könnte. Da es meine erste Party nach längerer Abstinenz war, hatte der Champagner erhebliche Wirkung auf mich. *Je n'ai rien vu. Rien du tout.*«

Der Herr rechts am Tisch nickte. »Das werden wir gleich besprechen. Erlauben Sie mir, dass ich mich vorstelle. Ich bin Maréchal Georges Tranquil von der fürstlichen Staatspolizei. Mein Kollege hier ist der Leiter der Kriminaldivision der Sûreté von Nizza und der Küstenprovinz, Commissaire Jean-Louis Chatillon.«

»Monsieur le Duc.«

»Habe die Ehre, Maréchal, Monsieur le Commissaire.«

»Freundlicherweise dürfen wir in diesem Fall auf die Unterstützung einer engen Vertrauten des Fürstenhauses zurückgreifen, Madame Jackie Dupont.«

Kit hob den Blick. Erst jetzt fiel ihm die dritte Person auf, die mit dem Rücken zu ihm vor dem einzigen Fenster des Zimmers stand und durch einen Schlitz zwischen den zugezogenen Vorhängen nach draußen sah. Der dichte Qualm hüllte sie in einen dunstigen Schleier. Haltung und Statur der Gestalt deuteten darauf hin, dass es sich um eine Frau handelte. Bei genauerem Hinsehen stellte Kit verblüfft fest, dass die Frau einen Herrenanzug trug und dass ihr welliges weißblondes Haar extrem kurz geschnitten war. Es reichte ihr kaum bis ans Kinn. Zwischen den Fingern der rechten Hand hielt sie eine Zigarettenspitze, die sie nun an die Lippen setzte. Sie zog daran und stieß eine Rauchwolke aus, die sie für einen Moment gänzlich vor Kits Augen verbarg.

»Madame. Hocherfreut.«

»Hallo, Christopher.« Die Stimme der Frau war tief und rau und eindeutig amerikanisch. Daher auch die in den Staaten übliche Anrede mit dem Vornamen. Das war also die berüchtigte Expertin für Diebesgut. Langsam drehte die Frau sich um. Wieder zog sie an der Zigarette, wieder umhüllte der Rauch sie vollständig. »Dann wollen wir mal.«

Kit lächelte noch ein bisschen süffisanter, was den Damen seiner Erfahrung nach besonders gut gefiel, dann holte er sein Zigarettenetui aus der Jackentasche seines Smokings und platzierte es vor sich auf dem Tisch. »Ich bitte darum.«

»Erzählen Sie uns doch bitte in Ihren eigenen Worten von den Ereignissen an Bord der *Celluloid*.« Jackie Dupont machte ein paar Schritte nach vorn und trat aus der Dunkelheit ins gleißende Licht der Schreibtischlampe.

Zuerst sah Kit den rot geschminkten Mund, dann die Wangen und schließlich die Augen, ein wenig schräg, wie die einer Katze, in der Farbe des Nordatlantiks im eisigsten aller Winter. Nicht grau, nicht grün, nicht blau, sondern alles zugleich.

Sie holte tief Luft. »Soweit Sie sich noch erinnern.«

Die Worte, die Kit im Geiste bereits zu einer unverbindlichen Antwort zusammengefügt hatte, fielen wie Bauklötze in sich zusammen und verschwanden unrettbar in einem schwarzen Abgrund. Seine ganze Existenz reduzierte sich auf das Gesicht vor ihm. Ein Gesicht, schön und kalt zugleich.

Das Gesicht einer Toten.

New York, 17. Mai 1911

Meine geliebte Medusa,
ich vermisse Dich, ich vermisse Dich, ich vermisse Dich. Mein Herz, mein Körper, alles verzehrt sich nach Dir. Es gibt jedoch gute Nachrichten! Bald wirst Du mich wieder in Deinen Armen halten können, denn ich habe meinen Auftrag erfüllt und eine solvente Erbin an Land gezogen. In Zukunft kann ich Dich also nicht nur mit den ausgezeichneten Attributen meiner Person, sondern auch mit Pelzen und Juwelen beglücken. Meine Zukünftige ist ein zwar hübsches, jedoch beeindruckend blutarmes junges Ding, dem – ganz im Gegenteil zu Dir, Darling – jegliches Feuer fehlt.
Nun gut, sie betet mich an, und sie ist reicher als die Königin von Saba, was wollen wir also mehr? Ich füge Dir eine Zeichnung bei. Die Vorstellung, mit einem so jugendlichen, weltentrückten Wesen einen Erben zu zeugen, scheint mir zwar brutal, aber es ist für unser Vaterland, nicht wahr? Für Liebe, Lust und Konversation habe ich ja Dich, meine Göttin. O Rose, wie sehr ich mich danach sehne, meine Finger in Deinen Locken zu vergraben und Dich zu besitzen.
Ich kann leider nur kurz schreiben, der nächste Ball wartet. Doch in weniger als einem Monat bin ich wieder bei Dir.
Ich liebe Dich, für immer und ewig.

Dein Kit

Aus den Memoiren der JACKIE DUPONT

Ein herrlicher Abend, guter Wein, ein aufmerksamer Tischherr in Gestalt des Erbprinzen von Monaco … was wollte ich mehr? Nichts, überhaupt nichts! Ich war rundherum zufrieden und genoss die entspannte Atmosphäre – nicht ahnend, dass zur exakt selben Zeit keine zwei Meilen vom monegassischen Prinzenpalast entfernt ein grausamer Mord geschah.

Während ich genussvoll Austern schlürfte, kämpfte Carla Tush um ihr Leben. Während ich mich in der Bewunderung des Prinzen sonnte, verschwand ein unbezahlbares Collier, dessen Schicksal mir durchaus am Herzen lag.

Doch wusste ich von alldem nichts, bis zu fortgeschrittener Stunde – ich spielte gerade zur Begeisterung der Fürstenfamilie eine Beethovensonate auf dem Flügel – ein aufgeregter Offizier auf den Prinzen zueilte und mit den Armen fuchtelte.

»Meurtre! Meurtre!«, rief er.

»Ein Mord? Hier in Monaco?« Derartige Neuigkeiten gefielen dem Prinzen überhaupt nicht. Schließlich war es sein erklärtes Ziel, Monaco zum Hort der Reichen und Superreichen zu machen, ein Ort, an dem sie sich sicher und vor allem unter sich wähnen konnten. Da kam ihm ein Kapitalverbrechen ganz und gar ungelegen. »An wem denn?«

»Madame Tush. Sie verstarb an Bord ihrer Jacht, Hoheit. Es ist eben erst passiert!«

»Um Gottes willen!« Der Prinz schlug die Hände über dem Kopf zusammen, dann trat leise Hoffnung in seine Miene. »War die Jacht denn noch in unseren Gewässern? Oder ist es ein Fall für die Franzosen?«

»Das ist nicht eindeutig, *mon Prince.*«

Ich erhob mich und ging gelassen, aber zügig vom Klavier zu den beiden Männern hinüber. Nun wollte ich jedes Detail erfahren. Immerhin war ich zu der Party auf der Jacht ebenfalls eingeladen gewesen.

»Carla Tush, sagten Sie?«

Der Offizier sah mich fragend an. »Madame?«

»Sie dürfen ganz offen vor Madame Dupont sprechen, Lieutenant. Sie ist eine enge Vertraute.«

»Gewiss, Hoheit. Erste Berichte besagen, dass es sich um einen Raubmord handelt. Madame Tush wurde erwürgt, und ein wertvolles Schmuckstück ist verschwunden.«

»Von ihrer Jacht auf See?«, hakte ich überrascht nach. »Wie ungewöhnlich.«

»*Oui*, Madame.«

Der Mann machte nicht den Eindruck, als würde er über viel Erfahrung im Bereich der Kriminalistik verfügen, daher verkniff ich mir die Bemerkung, dass sich ein wertvolles Schmuckstück nicht so leicht stehlen ließ, wenn es keinen Fluchtweg gab. Es würde auch nichts bringen, ihn zu fragen, um welches der vielen Schmuckstücke von Carla Tush es sich handelte. Womöglich war das Bernadotte-Collier im Spiel – was eine Schande wäre, da ich die Diamanten erst kürzlich unter großem Zeitaufwand wiederbeschafft hatte.

Stattdessen fragte ich das Offenkundige: »Welche Maßnahmen hat man bisher getroffen? Sind die Gäste noch an Bord?«

»Ja. Sie werden von einigen Gendarmen bewacht.«

»Die Personen dürfen mit niemandem sprechen, außerdem müssen alle durchsucht werden. Auch die Damen, hören Sie?«

»Jawohl, Madame. Ich werde es sofort weitergeben. Maréchal Tranquil hat bereits nach Nizza telegrafieren lassen, um Verstärkung anzufordern.«

»Sehr gut, Lieutenant … Jackie, hätten Sie eventuell die Güte …« Der Prinz zögerte und errötete leicht. »Ich frage Sie nur ungern, aber unsere Leute sind wenig erfahren in solchen Dingen, ganz im Gegenteil zu den Franzosen, die sich mit derartigen Verbrechen gerade hier an der Riviera hervorragend auskennen. Würden Sie unseren Ermittlern assistieren, damit wir die Federführung nicht aus der Hand geben müssen?« Er verbeugte sich tief. »Es soll Ihr Schaden nicht sein.«

»Sie kennen meine Honorare, Albert.«

»Und Sie kennen meine Schatztruhe.«

»Ich helfe Ihnen gern, auch wenn Mord nicht mein Steckenpferd ist. Raub und Schmuggel liegen mir eher. Diebe haben mehr Flair als Mörder, finden Sie nicht?«

»Äh, nun ja. Wenn Sie es sagen.«

»Erlauben Sie, dass ich mich in meine Suite zurückziehe und mich angemessener kleide. Ich kann wohl kaum in diesem Hauch von Nichts das Polizeipräsidium besuchen. Darin würde man mich sicher verhaften.« Ich sah an mir hinab.

»Niemals, Teuerste. Sie sehen bezaubernd aus. Hinreißend.« Der Prinz lächelte.

»Ja, das ist mir bewusst. Bitte sorgen Sie dafür, Albert, dass mein Hund morgen früh pünktlich um neun sein Wachtelfleisch bekommt und dass sein Wasser ausgetauscht wird. Sargent muss mindestens eine halbe Stunde im Park spazieren geführt werden, aber bitte nur von Ihrer Tochter, zu der hat er bereits Vertrauen gefasst. Männer mag er überhaupt nicht, wie Ihnen hinlänglich bekannt sein dürfte. Ich würde ihn unter anderen Umständen mitnehmen, doch er braucht seine Nachtruhe, sonst ist er unausstehlich und nicht einsatzfähig.«

»Selbstverständlich, Verehrteste. Selbstverständlich.«

Ich überließ den Prinzen sich selbst und machte mich auf den Weg in meine Suite.

Wie erwartet lag Sargent zusammengerollt auf meinem Kopfkissen. Ein perfekter Kreis aus weichem weißem Fell. Er zuckte bei meinem Eintreten, hob für eine Sekunde den Kopf, öffnete die schwarzen Äuglein und wackelte mit den Schlappohren, rollte sich gleich noch fester zusammen und schlief sofort wieder ein. Ich lächelte und entledigte mich lautlos meines Kleides. Dann nahm ich ein Bad, schlüpfte in meinen schwarzen Anzug – maßgeschneidert von Huntsman & Sons, versteht sich – und zog die Lippen nach. Warum sich in enge Korsetts zwingen?, fragte ich mich stets, ein Anzug umspielte die weibliche Figur doch sehr vorteilhaft. Ich warf mir den schwarzen Mantel über die Schultern und setzte einen Hut auf.

Draußen wartete bereits ein Wagen auf mich. Der Fahrer, ein Gendarm, hielt mir die Tür auf. Seine Augen wurden groß wie Untertassen.

»Madame … äh … Madame Dupont, Monsieur le Maréchal hat mich gebeten, Sie zunächst zum Hafen zu fahren, um den Tatort zu besichtigen.«

»Sehr gut. Haben Sie Feuer?«

»Natürlich, Madame.«

»Dann gucken Sie nicht so erschüttert. Haben Sie noch nie eine Frau im Anzug gesehen? Geben Sie mir endlich Feuer, und fahren Sie los.«

Die Fahrt durch die dunklen Straßen Monacos dauerte nur wenige Minuten. Schließlich ist das Fürstentum winzig, kleiner als der New Yorker Central Park. Nur lebten hier noch mehr reiche Menschen auf einem Quadratmeter als dort. An jeder Ecke gab es Boutiquen und Juweliere, sündhaft teure Autos parkten am Straßenrand, und die Straßen waren so sauber, dass man davon hätte essen können.

Am Hafen standen bereits mehrere Streifenwagen vor der durchaus imposanten Jacht der Tushs. Ein Herr um die fünfzig hob die Hand und zeigte meinem Fahrer, wo er die Limousine abstellen sollte. Dieser folgte der Anweisung, sprang aus dem Wagen und riss die Tür auf.

»Madame, wir sind da.«

»Das sehe ich.« Ich entstieg dem Automobil und blickte in die Runde.

Der Herr von eben nahm den Hut ab und verbeugte sich. »Madame Dupont. Gestatten Sie. Ich bin Maréchal Tranquil, der Leiter der monegassischen Polizei. Ich habe die Nachricht des Prinzen erhalten und stehe Ihnen zu Diensten.«

»Wo ist die Leiche?«

»Oben, in einer der Suiten. Ich muss Sie allerdings warnen, Madame, es ist kein schöner Anblick.«

»Sind Sie deshalb so blass?«

Er räusperte sich. »Nun ja, ich bekomme so etwas nicht alle Tage zu Gesicht.«

»Seien Sie froh.« Ich betrat die *Celluloid* über die Gangway. »Was sagen Sie dazu? Auf so einer Jacht ermordet zu werden … das lässt auf Klasse schließen, finden Sie nicht, Maréchal?«

»Wie meinen, Madame?«

»Carla Tush entstammt einer bedeutenden Reederfamilie. Sehr prominent in den Vereinigten Staaten. Meiner Heimat.«

»Sie … sind Amerikanerin, Madame?«

»Natürlich.«

»Ihr Name … Ihr Akzent … Ihr Französisch ist makellos!«

Ich schenkte ihm ein Lächeln. »Wie reizend von Ihnen. Die Treppe hinauf? Ach, sehen Sie nur, die schönen Louis-quinze-Möbel. Vielleicht kann ich dem Witwer ein Angebot machen. Ich liebe diese Art von Fauteuil, Sie nicht?«

Er blinzelte nervös. »Ich glaube, ich kann Ihnen nicht ganz folgen.«

Ich erreichte das obere Deck und sah mich um. Eine aufwendige Balustrade verlief einmal ringsherum um das ganze Schiff, fast wie in einem Theater, sodass es möglich war, das Treiben unten im Salon von hier oben zu verfolgen. Gleichzeitig konnte man ungesehen vom Bug zum Heck gelangen, so vermutete ich, sofern man dicht genug an der Wand entlangging. Zwei große Flügeltüren befanden sich einander genau gegenüber, jedoch bestimmt neunzig Fuß auseinander. Der Salon war so groß wie ein Ballsaal. Eine der Türen, die zum Bug hin, war geschlossen, die andere stand weit offen. Dahinter waren zwei Beine in Seidenstrümpfen und ein Paar Schuhe zu sehen, zweifelsohne gefertigt von dem in Hollywood ansässigen Salvatore Ferragamo.

»In Hollywood müsste man leben«, sagte ich zu Maréchal Tranquil. »Diese Schuhe werden in einigen Jahren Frauen auf der ganzen Welt begeistern. Leider nicht meine Größe. Ich habe sehr kleine Füße.«

Die Suite, die ich nun betrat, war gänzlich in Pastellrosa und Gold gehalten und von drei Dingen dominiert: einer gewaltigen, mit Vorhängen bedeckten Fensterfront, einem scheußlichen Bett und einem Gemälde.

Ich beugte mich über die Leiche. »Sie fügt sich farblich sehr schön ein, nicht wahr? Als hätte sie sich für diese Gelegenheit gekleidet.«

»Jawohl, Madame. Ganz Ihrer Meinung, Madame.«

»Erwürgt, daran besteht kein Zweifel.«

»Mit dem fehlenden Schmuckstück, meinen Sie? Der Abdruck ließe darauf schließen.«

Grundgütiger, dachte ich, kein Wunder, dass der Prinz mich zur Unterstützung seiner Truppe angeheuert hat. »Auf gar keinen Fall. Dabei wäre die Kette gerissen. Handelt es sich um das Bernadotte-Collier?«

»Um was bitte, Madame?«

»Das fehlende Schmuckstück.«

Tranquil zuckte die Achseln. »Das weiß ich leider nicht.«

»Hat keiner der Verdächtigen etwas dazu gesagt?«

»Nein … äh … nein, Madame, nicht dass ich wüsste. Man hat sie aufs Präsidium gebracht, nachdem wir sie durchsucht haben. Dort werden wir sie befragen.«

»Monsieur le Maréchal!«, rief eine Stimme von unten. »Der Commissaire aus Nizza ist eingetroffen. Soll ich ihn an Bord lassen?«

Der Maréchal rieb sich die Augen und holte tief Luft. »Natürlich sollen Sie das! … Verzeihen Sie, Madame. Meine Männer sind nicht gerade erfahren in diesen Dingen.«

»Soso.«

Zwei Minuten später gesellte sich Commissaire Chatillon von der Sûreté aus Nizza zu uns.

»Monsieur le Maréchal … Oh, Madame, ich wusste ja nicht …«

Maréchal Tranquil, offenbar froh, den Blick von der Leiche abwenden zu dürfen, reichte dem Neuankömmling die Hand. »Monsieur le Commissaire, dies ist Madame Dupont, eine Expertin aus Amerika und eine Vertraute der fürstlichen Familie.«

»Madame Du… Jackie Dupont? Sie sind … Jackie Dupont?«

»Selbstverständlich.«

Er verbeugte sich tief. »Es ist mir eine große Ehre, Madame. Die allergrößte. Ich hatte bereits das Vergnügen, vor dem Krieg mit Monsieur Daniel Dupont bei einigen Juwelendiebstählen an der Riviera zusammenzuarbeiten.«

Ich nickte. »Cat's Eye, nehme ich an?«

»Ja, genau, das berühmte Juwel. Ein schwieriger Fall. Aber Ihr werter Onkel hat die Täter dingfest gemacht.«

»Alles andere hätte mich auch gewundert. Was sagen Sie zu unserer Leiche, Commissaire?«

Er warf einen kurzen Blick auf Carla. »Erwürgt. Aber nicht mit bloßen Händen.«

»Nein, den Abdrücken nach würde ich auf ein Seil tippen, etwa ein Viertelzoll stark.«

»Da könnten Sie recht haben, Madame. Die Kollegen von der Rechtsmedizin und der Spurensicherung sind bereits unterwegs. Man hat mir gesagt, dass es an Expertenwissen mangelt. Da stellen wir unseren monegassischen Nachbarn unsere Kräfte doch gerne zur Verfügung. Hoffen wir nur, dass dem Täter nicht einfällt, einen ähnlichen

Raubmord in Antibes oder in Cannes zu begehen. Dann müssten wir Sie mit Ihrem Mord sitzen lassen.«

»Machen Sie sich keine Gedanken, Chatillon, die Leute nehmen heutzutage viel weniger Schmuck mit in den Urlaub als früher. Es lohnt sich kaum noch, jemanden dafür umzubringen. Ich werde die Untersuchung leiten, bis der Fall aufgeklärt ist. Natürlich freue ich mich über Ihre kompetente Unterstützung.«

»Danke, Madame. Ich wiederhole, es ist mir eine Ehre.«

Ich schritt zu dem eindrucksvollen Gemälde hinüber, das gegenüber des Bettes an der Wand hing. »Georgiana Cavendish, die Duchess of Devonshire, gemalt von Gainsborough. Was für ein Bild! Die Tushs haben es erst vor wenigen Monaten ersteigert, wussten Sie das?«

»Nein, Madame«, sagten die beiden Polizisten im Chor.

»Sieht es nicht aus wie neu? Wer waren überhaupt die Anwesenden an Bord heute Abend? Oder sollte ich besser sagen, gestern Abend? Der Morgen graut fast schon.«

Maréchal Tranquil zog eine Liste aus der Jackentasche seiner Uniform. »Da war zunächst einmal eine Band namens *Harlem Jazz* aus New York City.«

»Ah, ein sehr bekanntes Ensemble.«

»Außerdem das Personal, der Kapitän, acht Matrosen, ein Koch, zwei Küchenhilfen, ein Butler und zwei Diener.«

»Nicht besonders viele für so ein großes Schiff. Hat man sie alle durchsucht?«

»Sicherlich.«

»Die Gäste?«

Beflissen zählte er die Namen auf, von denen mir die meisten mehr oder weniger geläufig waren. Einige der Gäste kannte ich sogar persönlich.

»Was für eine illustre Runde. Vielleicht hätte ich doch hingehen sollen? Der Duke of Surrey und Miss Maya Fay! Der reichste Mann Englands und die schönste Filmdiva, die Amerika derzeit zu bieten hat, auf ein und derselben Party? Das ist ja eine Schlagzeile wert.«

»Der Duke war mit seiner Verlobten dort, einer gewissen Miss Fortescue.«

»Nie gehört. Waren das alle?«

»Ja, Madame. Und der Ehemann des Opfers natürlich.«

»Ronald.«

»Richtig, Madame. Er hat einen Zusammenbruch erlitten und befindet sich im Krankenhaus.«

Ich verschränkte die Arme und betrachtete die Leiche. »Na, Carla? Nun sag schon, wer war's?« Wie erwartet erhielt ich keine Antwort, nur die anwesenden Herren sahen mich entgeistert an. Ich hob die Hände. »Man kann es doch mal versuchen.«

Wieder wand ich mich Georgiana Cavendish zu. »Du hast doch alles mitbekommen, oder? Was hast du beobachtet mit deinen cleveren Augen? … Haben Sie gewusst, Messieurs, dass dieses Gemälde einst gestohlen wurde?«

Die Herren schüttelten die Köpfe.

»Im Jahr 1876. Vom sogenannten Napoleon der Diebe, dem berüchtigten Adam Worth, einem Meister seines Fachs. Dass er der Täter war, blieb über viele Jahre unentdeckt. Eines Tages, völlig überraschend, meldete Worth sich nach seiner Freilassung aus dem Gefängnis, wo er wegen anderer Delikte eingesessen hatte, bei der Detektei Pinkerton, unserem größten Konkurrenten übrigens. Und siehe da, er hatte all die Jahre die Duchess in einem Keller in New York versteckt. Worth war einer der Lieblingskriminellen meines Onkels, müssen Sie wissen. Schon als Kind kannte ich seine Coups in- und auswendig. Mein Onkel war daher sehr enttäuscht, dass er die Übergabe der Duchess nicht selbst durchführen durfte, sondern Pinkerton. Freundlicherweise hat Mister Pinkerton senior meinem Onkel als Gegenleistung später Akteneinsicht gewährt. Faszinierend. Und nun hängt sie hier, die schöne Georgiana.« Ich nahm sie von der Wand und betrachtete das Gemälde genauer. »Wirklich wunderschön. Das alte Holz, die alte Leinwand … und die Farben, frisch wie am ersten Tag.«

»Jawohl, Madame. Ich möchte zu bedenken geben, dass die Gäste der Tushs im Präsidium auf uns warten. Einige von ihnen sind ziemlich betagt … Ich würde daher vorschlagen, wir befragen sie so schnell wie möglich. Möchten Sie der Spurensicherung beiwohnen oder lieber mit uns zu den Verhören kommen?«

Ich nickte. »Lassen wir die Gäste nicht länger warten. Ich will dennoch bei der Durchsuchung des Schiffes dabei sein. Alles muss unverändert bleiben, bis ich später wieder an Bord bin, verstanden?«

»Natürlich, Madame.«

Ich wollte gerade gehen, da spürte ich einen Windhauch im Nacken und drehte mich um. Die Vorhänge bewegten sich. Schnell machte ich einige Schritte durch den Raum und zog den schweren Stoff beiseite. Eines der Fenster stand offen.

Chatillon trat zu mir und pfiff leise durch die Zähne. »Was haben wir denn da?«

»Hier muss der Mörder eingestiegen sein«, hauchte Maréchal Tranquil, der nun ebenfalls den Weg zur Fensterfront gefunden hatte.

Ich schüttelte den Kopf. »Mir geht es nicht darum, wer hier hereingekommen ist, sondern was alles auf diesem Weg das Schiff verlassen hat. Es wäre sicherlich interessant, den Meeresgrund abzusuchen.«

»Den Meeresgrund?«, riefen Chatillon und Tranquil im Chor.

Ersterer fuhr fort: »Hier ist das Wasser ziemlich tief, bestimmt fünfzehn, zwanzig Meter. Wie sollen wir denn da den Grund absuchen? Und wonach überhaupt?«

»Nach einem Diamantcollier. Wir müssen wohl einen Taucheranzug kommen lassen.«

»Einen was?«

»Einen Taucheranzug. Damit werden heutzutage U-Boote ausgerüstet, wussten Sie das nicht? Damit kann ein Mensch in größere Tiefen tauchen und wird weiterhin mit Luft versorgt. Die Angelegenheit ist ein wenig kompliziert, wegen des Luftdrucks.«

Tranquil schüttelte den Kopf. »Wer um Gottes willen soll denn da hinuntertauchen?«

»Ich natürlich.«

Ungläubig riss er die Augen auf. »Sie? Haben Sie das denn schon einmal gemacht?«

»Gewiss.«

»Und Sie hatten keine Angst?«

»Glauben Sie mir, das Meer hält keine Schrecken für mich bereit. Man taucht einfach immer tiefer und anschließend sehr langsam wieder auf. Hochinteressant. Das Einzige, was mich an den Geräten stört, ist die Tatsache, dass man darin nicht rauchen kann. … Jetzt stehen sie doch nicht mit offenen Mündern herum. Worauf warten Sie noch? Ab ins Präsidium!«

Das Polizeipräsidium von Monaco war ein unattraktives Gebäude im pompösen Stil eines Renaissancepalastes, in dessen Inneren auf einen Palast allerdings nichts hindeutete. Ganz im Gegenteil. Der Raum, in dem wir die Verdächtigen befragen sollten, war von einer Scheußlichkeit sondergleichen. Ein Tisch, einige Stühle, ein fürchterlicher Teppich, eine Lampe, die ein entsetzlich grelles Licht produzierte, und – zum Glück – ein Aschenbecher. Die Beschreibung von Formalitäten wie Aktenstapeln und des Bleistiftanspitzers erspare ich mir.

Zu meiner Erleichterung sprach Commissaire Chatillon ausgezeichnet Englisch, wenn auch mit starkem Akzent. Maréchal Tranquil, der meiner Muttersprache offenbar kaum mächtig war, hielt sich im Großen und Ganzen während der Verhöre zurück.

Wir begannen mit den Musikern und dem Personal. Es

entpuppte sich als unerquicklich, da die Musiker zu keinem Moment das obere Deck der Jacht betreten hatten und sich gegenseitig wasserdichte Alibis für den Tatzeitpunkt gaben. Sie hatten nonstop gespielt und allesamt beteuert, dass sie sich ab elf Uhr abends nicht mehr von ihren Plätzen erhoben hatten bis zur Entdeckung der Leiche eine ganze Weile nach Mitternacht. Sie alle hatten das Opfer zuvor mit verschiedenen Herren tanzen sehen. Wir entließen sie, baten sie aber, ihre Unterkunft, eine Herberge jenseits der Grenze, bis auf Weiteres nicht zu verlassen und sich für Fragen der Polizei zur Verfügung zu halten.

Mit dem Koch erging es uns ähnlich. Er und seine Gehilfen hatten pausenlos unter Deck geschuftet. Nie im Leben hätte sich einer von ihnen nach oben zu den Herrschaften gewagt. Mit dem Butler sei in dieser Hinsicht nicht zu spaßen, der habe Augen wie ein Luchs und die ganze Zeit direkt an der Treppe gestanden. Nicht einmal auf eine Zigarette habe sich jemand hinausschleichen können, ohne dass er es bemerkt hätte. Die Zimmermädchen waren gar nicht an Bord gewesen, Misses Tush hatte jeder ein paar Franc gegeben, damit sie im Grand Hotel einen Cocktail trinken gingen.

Der Butler bestätigte die Geschichte. Er habe sich über Stunden nicht vom Fleck gerührt. Die Kellner seien immerfort zu sehen gewesen. Eine Pause für menschliche Bedürfnisse? Dafür hätten alle ausreichend Gelegenheit gehabt, als Madame den Rundgang mit den Gästen machte. Auch die Musiker hatten sich nicht entfernt, das hätte er niemals zugelassen. Die Gäste hingegen seien immer wieder mal nach oben verschwunden, schließlich befanden sich dort die Bäder. Außerdem hatte der Gastgeber gelegentlich einen der Herren nach oben gebeten. Welche Herren genau, vermochte der Butler nicht mit Sicherheit zu sagen, war er doch auf den reibungslosen Service konzentriert gewesen. Er glaubte allerdings, dass es sich um Lord Wrexley und Samuel Greenberg gehandelt hatte.

Der Kapitän und die Matrosen versicherten uns geschlossen, dass sie zu besagter Zeit, die wir mittlerweile auf etwa eine Stunde zwischen halb zwölf und halb eins eingegrenzt hatten, auf der Brücke eine Flasche Whiskey geleert hätten, die Misses Tush ihnen vor Beginn der Party hochgebracht hatte.

Das alles führte zu nichts. Sämtliche Bedienstete waren schon seit geraumer Zeit Angestellte der Tushs und hatten, meiner Meinung nach, jeden Tag bessere Gelegenheiten, eines der Schmuckstücke zu stehlen und sich damit aus dem Staub zu machen oder Carla Tush zu ermorden und unentdeckt zu bleiben. Oder beides. Ein Schubs auf hoher See, ein Tropfen Gift im Tee …

Ich favorisierte ohnehin von Anfang an die Theorie, dass Carla Tush nicht aus Gier ermordet worden war und dass das Verschwinden des Colliers nur der Vertuschung dienen sollte. Ein Raubmord ohne Fluchtmöglichkeit ergab einfach keinen Sinn, wenn nicht gerade ein Komplize mit einem Boot an die Jacht herangerudert war, um das Schmuckstück entgegenzunehmen. Aber selbst dafür hätten der oder die Täter zunächst einmal in die Gemächer von Carla Tush gelangen müssen, unentdeckt vom Butler, von den Musikern und den übrigen Gästen. Sie hätten bestimmt einen Verdacht geäußert, wenn einer der Matrosen oder der Koch durch den Salon geschlichen wäre. Die einzig brauchbare Information, die wir vom Butler erhielten, war jene, dass der Duke of Surrey einen Schwächeanfall erlitten hatte, der allerdings nicht im Zusammenhang mit dem Mord stand. Commissaire Chatillon und ich waren uns bald darüber einig, dass wir den Mörder eher nicht unter dem Personal finden würden, und wir verständigten uns darauf, unser Augenmerk auf die Gäste zu legen.

»Bitte zeigen Sie sich unter keinen Umständen überrascht, falls ich während der Befragung etwas tue oder sage, womit sie nicht gerechnet haben«, warnte ich die Herren von der Polizei, bevor wir den ersten Partygast hereinbaten. »Meine Methoden entsprechen dem neuesten Stand der psychologischen Forschung, und wir dürfen nie vergessen, dass wir es hier mit potenziellen Mördern zu tun haben. Rang und Status der Befragten dürfen keine Rolle spielen. Haben wir uns verstanden?«

Die Herren nickten, aber verstanden hatten sie mich nicht. Das war ihnen auch unmöglich, denn außer mir hatte noch niemand meine Verhörmethoden erforscht. Psychologen schon gar nicht. Doch es klang sehr überzeugend, fand ich.

»Dann möchte ich zuallererst mit der Autorin sprechen, Ségolène Pistou.«

Der Maréchal gab einen strangulierten Laut von sich. »Aber … aber Madame, das geht nicht. Madame Pistou ist längst zu Hause.«

Ich glaubte, mich verhört zu haben. »Wie bitte? Wo ist sie?«

»Zu Hause. Aufgrund ihres hohen Alters halten wir sie nicht für verdächtig.«

Ich schlug mit der Faust auf den Tisch. »Sind Sie denn völlig …?« Es gelang mir gerade noch rechtzeitig, mich zu zügeln. Die armen Monegassen konnten schließlich nichts dafür, dass in ihrer Heimat so selten jemand um die Ecke gebracht wurde. »Es geht mir nicht darum, ob jemand verdächtig ist, sondern darum, was die Anwesenden beobachtet haben. Wir brauchen die Zeugenaussagen so schnell wie möglich. Ich hoffe, Madame Pistou ist als Einzige nicht mehr da.«

»Nun ja«, antwortete der Maréchal zögerlich. »Lady Wrexley haben wir ebenfalls ins Hotel gefahren.«

Ich zündete mir eine Zigarette an und zog mehrere Male kräftig daran. »Grundgütiger! Na, was soll's. Es hilft ja nichts. Sorgen Sie bitte wenigstens dafür, dass beide unter Polizeischutz stehen. Also, dann möchte ich als Erstes Lord Wrexley sehen, sofern es Ihnen möglich ist.«

Der Maréchal eilte hinaus und kam kurz darauf mit der gewünschten Person zurück.

Lord Wrexley war ein schlanker, sich aufrecht haltender Mann mittlerer Größe mit grau-weißem Haar und einem Schnurrbart. Ein Kolonialist par excellence. Seinen Blick konnte man sicherlich als scharf bezeichnen, und kaum war er eingetreten, versuchte er, die Situation zu kontrollieren.

»Meine Herren, Madam, ich bitte Sie, meine Aussage direkt niederzuschreiben. Ich bin der Ansicht, dass Misses Tush mit einem Seil stranguliert wurde, mit allergrößter Wahrscheinlichkeit von einem Mann, der mit einem Boot an das Schiff herangerudert ist, von außen an Bord kletterte und anschließend mit der Beute floh.«

Der Maréchal reagierte auf der Stelle mit einem unterwürfigen »*Oui*, Monsieur.«

Chatillon spitzte die Lippen und machte sich eine Notiz. »Einiges müssen wir dennoch von Ihnen erfragen, Mylord.«

Wrexleys Augenbrauen zuckten kurz. Ihm gefiel die Anrede. Soweit ich mich erinnerte, war er ein Emporkömmling, der es durch geschickte Heirat und große Anstrengung zum indischen Vizekönig gebracht hatte. Ich sah förmlich vor mir, wie er auf einem Elefanten ritt, seinen Untertanen mit der Reitpeitsche zuwinkte und selbst im tiefsten Dschungel auf seinen Fünfuhrtee bestand.

Er war ein intelligenter Mann, das musste ich ihm lassen. Er beantwortete Chatillons Fragen sachlich und auf den Punkt.

Nein, er habe nichts Auffälliges bemerkt. Es sei viel getanzt worden. Zwischenzeitlich sei er mit Ronald Tush in dessen Suite gewesen, der ihm und Samuel Greenberg seine neuen Golfschläger gezeigt habe.

»Golf?«, fragte ich, ging um den Tisch herum und sah mit einem sanften Lächeln auf ihn hinab.

Er rutschte kurz auf dem Stuhl hin und her. »Ich halte nicht viel von diesem Sport, aber die Amerikaner sind verrückt danach.«

»Als Amerikanerin kann ich Ihnen da nur zustimmen. Ich selbst habe mehrmals die Damenmeisterschaften von Connecticut gewonnen.«

Angespannt blickte er zu mir hoch und schien sich zu fragen, ob er sich mit seiner Bemerkung unbeliebt gemacht hatte. Doch er fing sich schnell. »Ich spiele am liebsten Cricket, das macht in Indien jeder. So haben wir alle unsere Vorlieben.«

Eine kluge Antwort. Wrexley hatte sich nicht von mir aus dem Konzept bringen lassen. Ich nickte. »Sehr gut.«

Er nickte ebenfalls, wohl wissend, dass er nicht in meine Falle getappt war. Er entspannte sich sichtlich.

»Fahren Sie fort, Chatillon«, sagte ich.

»Gern. Lord Wrexley, woher kannten Sie Ronald und Carla Tush?«

Wrexley verschränkte die Arme vor dem Körper. »Wir haben sie hier an der Riviera kennengelernt, vor etwa drei Wochen. Danach sind wir uns mehrmals im Grand Hotel von Cap Ferrat begegnet. Dort sprach Carla Tush, Gott hab sie selig, vor einigen Tagen die Einladung zu ihrer Dinnerparty aus.«

»Kannten Sie noch weitere Partygäste?«

»Nein, niemanden. Natürlich war uns Miss Maya Fay aus dem Filmtheater ein Begriff, und Dame Zelda durften wir schon mehrfach in der Oper bewundern.«

»Dame Zelda?«, hakte ich nach. »Dame Zelda Monteserra war Teil der Gesellschaft? Warum wissen wir nichts davon?«

»Ja, sie wurde direkt nach dem Abendessen abgeholt, da sie morgen Abend … nein, entschuldigen Sie, heute Abend in der Oper von Monaco singt.«

Chatillon zückte seinen Stift. »Das heißt, sie war zur Tatzeit gar nicht mehr an Bord?«

»Nein.«

»Gut, wir müssen dennoch mit ihr sprechen.«

Ich drückte meine Zigarette im Aschenbecher aus. »Das übernehme ich. Ich bin heute Abend mit dem Prinzen in der Oper. Im Anschluss findet ein Empfang zu Dame Zeldas Ehren statt.«

»Gut.« Chatillon nickte. »Lord Wrexley. Das Personal hat uns von einem Zusammenbruch des Dukes berichtet. Können Sie dazu nähere Angaben machen?«

Wrexley schlug ein Bein über das andere. »Eine Schulterverletzung, die ihm bisweilen Schwierigkeiten bereitet. Kein Wunder, er ist dem Tod nur um Haaresbreite entronnen. Lag fast ein Jahr im Krankenhaus. Das zwingt die Besten in die Knie, sogar unsere größten Kriegshelden.«

»Hat sich sonst noch jemand auffällig verhalten?«

»Nun ja, der deutsche Maler Weidemann ist beim Anblick der Toten in Ohnmacht gefallen. Der Duke musste ihn die Treppe hinuntertragen.«

»Der Duke hatte sich demzufolge inzwischen erholt«, bemerkte ich, »und konnte trotz Schulterverletzung einen Mann von hundertfünfzig Pfund die Treppe hinuntertragen?«

»Wären Sie im Krieg gewesen, Madam, würden Sie nicht so leichtfertig urteilen.«

Ich ging darauf nicht ein, sondern gab Chatillon ein Zeichen fortzufahren. Was gingen Wrexley meine Kriegserfahrungen an?

»Waren Sie dabei, als die Leiche entdeckt wurde?«

»Nein, Mister Tush hat seine Frau entdeckt. Wir anderen sind erst später dazugestoßen.«

»Und Sie, Mylord, haben daraufhin das Kommando übernommen?«

»Richtig. Während meiner Laufbahn sind mir schon allerhand Grausamkeiten begegnet. Indien ist nicht Kensington. Mich bringt nichts so leicht aus der Ruhe. Einer muss in solchen Momenten den Überblick behalten.«

Ich setzte mich auf die Tischkante. »Würden Sie sich als kaltblütig bezeichnen?«

Er zögerte kurz. »Nein. Kaltschnäuzig beschreibt es besser.«

»Ist Ihnen denn im Laufe des Abends irgendein Moment, irgendein Vorfall oder irgendein Umstand aufgefallen? Ganz unabhängig von der Tat?«

»Nein, es war ein angenehmer Abend mit guten Getränken und bestens organisiertem Personal. Ich achte auf solche Dinge. In Indien ist kaum gute Dienerschaft zu bekommen.«

Chatillon schloss seine Akte. »Das war alles von meiner Seite. Madame Dupont, haben Sie noch Fragen?«

»Bislang nicht«, antwortete ich, »aber ich werde auf Sie zurückkommen, Clifford.«

Wrexley presste die Lippen aufeinander. Kaltschnäuzig war er vielleicht, aber nicht unerschütterlich, wenn es um seinen Status ging. Es passte ihm überhaupt nicht, dass ich ihn lapidar mit seinem Vornamen ansprach. Er erhob sich steif.

»Danke, Madam.«

Ich flötete ein fröhliches »Good Bye-hye« und richtete den Blick auf die nächste Akte.

Der Maréchal schloss die Tür hinter Wrexley. »Aber Madame Dupont, warum waren Sie denn so … so … salopp zu dem Herrn?«

Ich ließ mir von Chatillon eine weitere Zigarette anzünden. »Um ihn aus der Fassung zu bringen, natürlich. Um ihn von allem abzulenken, was er sich vorher möglicherweise zurechtgelegt hat. Abgelenkte Menschen vergessen zu lügen. Wussten Sie das denn nicht?«

»Warum haben Sie das vorhin nicht auch beim Personal getan? Da waren Sie ausgesucht höflich und korrekt.«

Ich trat ans Fenster und schob den Vorhang ein Stückchen zur Seite. Draußen war inzwischen die Sonne aufgegangen. Sargent würde bald aufwachen und nach seinem Frühstück verlangen.

»Weil Bedienstete es gewohnt sind, von oben herab behandelt zu werden. Zudem sind sie für uns als kooperative Zeugen interessant. Sie dürfen nicht das Gefühl bekommen, durch uns in Schwierigkeiten zu geraten. Noch wichtiger sind in diesem Zusammenhang die Zimmermädchen.«

»Die waren doch gar nicht da.«

Chatillon nickte. »Ganz genau, Tranquil. Zimmermädchen wissen normalerweise alles, was vor sich geht, und tratschen ausgiebig darüber.«

»Gut möglich«, sagte ich und kehrte an den Tisch zurück, »dass Carla Tush einen Grund hatte, die Zimmermädchen wegzuschicken. Eine geheime Verabredung etwa. Aber schweifen wir nicht ab.«

»Was denken Sie über Wrexley, Madame Dupont?«, fragte Chatillon. »Ein erfolgreicher Mann.«

»Nicht wahr?« Ich ging im Raum auf und ab. »Ein Mann, dem viel an seinem Stand und seinem guten Ruf liegt. Da könnte ein Motiv begraben sein. Abgebrüht genug ist er allemal.«

Maréchal Tranquil räusperte sich. »Er kannte das Opfer doch nur flüchtig.«

»Das wissen wir erstens nicht genau«, erklärte ich ihm, »und zweitens muss das gar nichts bedeuten. Gelegentlich reicht das Wissen um einen bestimmten Umstand, etwa von einer dritten Partei überliefert, um jemanden ausschalten zu wollen.«

»Und die Diamanten?«

»Ach, vergessen Sie die Diamanten. Ich wette hundert Dollar mit Ihnen, dass sie auf dem Meeresgrund liegen.«

Chatillon zuckte unverbindlich mit den Schultern. »Es ist sicher sinnvoll, die Wrexleys weiter zu beobachten. Übrigens ein sehr ärgerlicher Umstand, dass Lady Wrexley nicht mehr hier ist. Möglicherweise wäre sie weniger standhaft als ihr Mann. Zu zweit lässt sich ein solcher Mord viel leichter begehen. Die beiden sind mit Sicherheit ein eingespieltes Team, das auch früher schon über Leichen gegangen ist. Ich meine das an dieser Stelle sprichwörtlich, versteht sich.«

Maréchal Tranquil unterdrückte ein Gähnen. Der arme Mann war es nicht gewohnt, die Nacht durchzuarbeiten. »Selbstverständlich, Monsieur le Commissaire … Madame, als Nächstes wäre Samuel Greenberg an der Reihe. Soll ich ihn rufen lassen?«

»Nein, Maréchal. Ich möchte nun doch zunächst Maya Fay sehen. Sie hat sicher einen ganz anderen Blickwinkel auf die Geschehnisse.«

Chatillon stimmte zu, und wir ließen Maya Fay hereinbitten.

Sie schwebte in den Raum, angstvoll und mutig zugleich. Eine Märtyrerin der Herzen. Schauspielern konnte sie in der Tat.

»Hallo, Maya.«

Ihr Gesichtsausdruck veränderte sich schlagartig, als sie mich bemerkte. »Oh, Miss Dupont! Ich wusste gar nicht, dass Sie auch hier sind.«

»Sie kennen einander?«, fragte Chatillon.

»Oh ja.« Maya nickte eifrig. »Miss Dupont ist eine Freundin von Mister Chaplin.«

»Der gute alte Charlie. Komm, Maya, an die Arbeit. Hast du etwas mitbekommen? Erzähl.«

»Nein, nichts Besonderes. Jedenfalls nichts, was mit Carla zu tun hat.«

»Soll heißen? Hat sich jemand komisch benommen?«

Sie schien abzuwägen. »Hm. Ja, durchaus.«

»Und wer?«, fragte ich und zog die Augenbrauen hoch. »Ich habe keine Lust, dir jedes Wort aus der Nase zu ziehen.«

»Yuri … Graf Balaton. Wissen Sie, wir sind zusammen gekommen, und ich dachte zunächst, er sei an einem Flirt mit mir interessiert. Nur hat er nicht ein einziges Mal versucht, mir näherzukommen, wie Männer es sonst tun. Das fand ich eigenartig.«

»Sie vermuten, eine andere Frau ist im Spiel, Mademoiselle Fay?«, fragte Chatillon.

»Es hat sich so angefühlt. Nur wer? Außer mir kommt ja nur noch Miss Fortescue infrage, und die ist eine graue Maus. Noch dazu mit einem viel größeren Fisch an der Angel. Das war überhaupt das Eigenartigste am ganzen Abend. Der Duke kann die schönsten Frauen der Welt haben … Was will er mit diesem Mauerblümchen? Sicher, ganz hübsch ist sie ja, aber er ist wunderschön. Und unermesslich reich!«

»Sicher schätzt er den guten Charakter der Miss«, schloss der Maréchal. »Ein Mann wie der Duke wird von den Damen geradezu gejagt, solange er Junggeselle ist.«

»Witwer«, sagte ich. »Der Duke ist verwitwet. Seine blutjunge Frau ist mit der *Titanic* untergegangen. War das Thema seinerzeit. Die Gould-Erbin Diana, Duchess of Surrey und kaum achtzehn, ihr Vater Henry Gould und ihr Großvater … alle abgesoffen.«

»Ja.« Maya nickte eifrig. »Wir haben kurz davon gesprochen, und nur Minuten später ging es dem Duke sehr schlecht. Er muss sie sehr geliebt haben.«

»Wen?«

»Seine junge Frau.«

»Na, wenn du meinst. Wohnst du auch im Hotel in Cap Ferrat, Kleines?«

»Ja, wie die meisten anderen. Nur die alte Französin nicht, die hat hier ein Haus. Yuri Balaton ebenfalls, trotzdem ist er sehr oft im Hotel und sitzt an der Bar.«

Ich schenkte ihr ein Lächeln. »Gut. Das war's fürs Erste. Auch dir sei gesagt, dass du dich bei einem der anwesenden Gendarmen abzumelden hast, sobald du das Hotel verlässt. Wir wollen sicher noch einmal mit dir sprechen.«

»Haben Sie schon einen Verdacht?«

Ich lachte. »Als ob ich dir das erzählen würde. Los, raus mit dir.«

Sie flatterte hinaus, begleitet von dem sich wiederholt verbeugenden Maréchal.

»Nun, Madame?« Chatillon erhob und streckte sich, trat ans Fenster und öffnete es. »Verzeihen Sie, ich brauche ein wenig frische Luft.«

»Bitte, bitte«, sagte ich und zündete mir eine Zigarette an. »Maya ist wirklich ein Landei.«

»Hat sie ein Motiv?«

»Ja, Eifersucht.«

»Auf wen denn?«

»Auf Carla. Ich nehme an, Maya hat es auf Ronald Tush abgesehen.«

Der Maréchal schüttelte den Kopf. »Sie beeindrucken mich wirklich. Was lässt Sie darauf schließen?«

»All das, was Maya nicht gesagt hat. Ich kenne Mädchen wie sie, in Hollywood stehen sie an jeder Ecke. Für eine Schauspielerin, die bereits ein Leinwandstar ist, gibt es nur einen weiteren Schritt nach oben: einen Studioboss zu heiraten. Nur war Ronald Tush vom Geld seiner Frau abhängig, und eine Scheidung kam für ihn nicht infrage.«

»Meinen Sie, Madame, Ronald Tush hat seine Frau umgebracht, um sie zu beerben und anschließend Maya Fay zu heiraten?«

»Ich glaube aktuell gar nichts, aber nach unserem derzeitigen Wissensstand ist es eine erwähnenswerte Hypothese. Lassen Sie jetzt bitte Mister Greenberg holen, außerdem hätte ich gern einen Kaffee und etwas Gebäck. Hoffentlich geht es meinem Sargent gut.«

»Ihrem Sergeant?«, fragte Chatillon verwundert.

»Meinem Hund. Sargent. Wie der Maler.«

»Ach, Sie meinen John Singer Sargent. Ist der nicht Amerikaner?«

»Selbstverständlich. Ich liebe sein Werk.«

Die Tür ging auf, und Samuel Greenberg trat ein. Er eilte sofort auf mich zu. »Jackie! Was für ein heller Stern an diesem düsteren Tag.« Er küsste meine Hand. »Sind Sie etwa mit dem Fall betraut?«

»Ja, der Prinz hat mir die Federführung übertragen.«

»Gott sei Dank, Gott sei Dank, dann werden Sie den Täter bestimmt bald überführen. Irgendwann muss er den Schmuck verkaufen, spätestens dann kriegen Sie ihn.«

»Ihr Wort in Gottes Ohr. Setzen Sie sich, Samuel.«

Die Antworten Greenbergs deckten sich ziemlich genau mit denen der zuvor Befragten. Auch ihm war nichts weiter aufgefallen, und er bestätigte Lord Wrexleys Bericht über die Golfschläger.

»Der Gainsborough ist fantastisch, nicht wahr?«, sagte ich zu dem Bankier, nachdem Chatillon ihm die üblichen Fragen gestellt hatte.

»Allerdings. Beeindruckend, wie gut die Farben wieder zum Vorschein gekommen sind. Der Duke hat wirklich ausgezeichnete Arbeit geleistet.«

»Das habe mir ich auch gedacht. Haben Sie zufällig eine Ahnung, warum mich das beschäftigt? Ein Berufsdieb hätte das Bild meiner Meinung nach niemals hängen lassen, denn es ist zehnmal mehr wert als das Collier. Ein Kenner wüsste das.«

»Was wollen Sie damit sagen, Jackie?«

»Ich glaube, dass jemand Carla ermordet und das Collier hinterher aus dem Fenster geworfen hat, um die Tat nach Raub aussehen zu lassen.«

Seine Augen wurden riesengroß. »Wer würde denn so etwas tun?«

»Was meinen Sie? Kostbare Juwelen ins Meer werfen oder jemanden umbringen?«

Er errötete. »Jackie, Sie wollen mich aufs Glatteis führen. Warum sollte nicht jemand mit einem Boot an die Jacht herangerudert sein?«

»Woher hätte der Eindringling wissen sollen, dass er nicht entdeckt würde? Er hätte das Boot an der *Cellu-*

loid befestigen müssen, und die Besatzung war auf der Brücke.«

Greenberg sah mich fassungslos an. »Sie haben recht. Aber … aber … dann muss es ja … einer von uns gewesen sein. Oder jemand von der Crew.«

»Die Crew-Mitglieder geben sich gegenseitig Alibis und hätten jederzeit bessere Gelegenheiten gehabt.«

Er schwieg und strich sich mit der flachen Hand über die pomadisierten Haare.

»Stimmt es, Samuel, dass Ronald Tush allein im oberen Bereich des Schiffes war, bevor er seine Frau tot auffand?«

»Sie glauben, *er* war es? Nun denn, das liegt wahrscheinlich nahe. Ist es nicht immer der Ehemann? Statistisch gesehen?«

Chatillon räusperte sich. »Recht häufig.«

Greenberg überlegte. »Die beiden schienen mir ein zufriedenes Paar gewesen zu sein. Ich kenne sie eine Ewigkeit, auch wenn wir uns nur selten sahen. Meine Bank und die Schifffahrtsgesellschaft von Carlas Vater machen schon lange Geschäfte miteinander. Als ich in der Bank anfing, in den frühen Neunzigern, haben wir mehrere Schiffe für den Südseehandel finanziert. Nur warum hätte Ronald Carla umbringen sollen?«

»Eine junge Geliebte vielleicht?«

»Möglich, aber ich glaube nicht, dass Carla Tush ihrem Mann eine Affäre übel genommen hätte. Sie war nicht von gestern.«

»Männer in einem gewissen Alter verlieren schon mal

jegliche Vernunft, wenn eine junge Schönheit sich ihnen anbietet.« Ich dachte kurz nach. »Eigentlich kommt das bei Männern jeden Alters vor. Egal, Sie logieren ebenfalls im Grand Hotel in Cap Ferrat?«

»Ja genau. Ich reise erst in einer Woche ab.«

»Danke, Samuel. Für heute sind wir fertig.«

Er stand auf und nahm wieder meine Hand. »Auch wenn es unter scheußlichen Umständen ist, freue ich mich sehr, Sie nun häufiger zu sehen, Verehrteste. Mein Angebot steht nach wie vor. Wollen Sie es sich vielleicht doch noch einmal überlegen?«

Ich lächelte geheimnisvoll. »Wir sehen uns bald wieder, Samuel.«

»Welches Angebot denn?«, fragte Chatillon, kaum dass Greenberg den Raum verlassen hatte.

»Seinen Heiratsantrag.«

Der Maréchal riss die Augen auf. »Sie sind gar nicht verheiratet, Madame? Ich meine, Mademoiselle?«

»Bleiben Sie ruhig bei Madame. Ich bevorzuge es, vor allem bei der Arbeit. Ich bin keine kleine Unschuld vom Land, wissen Sie. Mademoiselle klingt sehr nach Debütantin. Außerdem dürfen Sie das nicht so ernst nehmen. Meines Wissens hält Mister Greenberg um die Hand jeder Frau an, die ihm begegnet. Ich habe im letzten Jahr einen Betrugsfall aufgedeckt, dem Mister Greenbergs Geldinstitut zum Opfer gefallen war. Jemand hatte behauptet, eine Diamantenmine entdeckt zu haben. Ich jedoch konnte die angeblich neuen Steine einem Raubmord in Singapur von 1879 zuordnen. Der vermeintliche Entdecker entpuppte sich als der Neffe des damaligen Täters. Kein Wunder, dass Mister Greenberg mich heiraten will. Sind damit Ihre Fragen geklärt, Maréchal?«

Der arme Mann schnappte nach Luft. »Ja, Mad… Madame.«

Chatillon schaute auf seine Liste. »Sollen wir nun den Duke hereinbitten?«

»Nein, ihn befragen wir zuletzt. Balaton, Weidemann, Miss Fortescue und zum Schluss den Duke. Die Mächtigen werden besonders unvorsichtig, wenn man sie zappeln lässt. Machen wir ihn also mürbe.«

»Ich sage es Ihnen besser gleich, Sie werden es ja ohnehin herausfinden. Ich habe Carla geliebt, wir waren ein Liebespaar.« Yuri Balaton war kaum durch die Tür getreten, schon schleuderte er uns sein Geständnis um die Ohren. »Aber ich habe sie nicht umgebracht, ich schwöre! Niemals hätte ich ihr etwas zuleide getan!«

Chatillon deutete auf den Stuhl. »Beruhigen Sie sich, Monsieur le Compte. Setzen Sie sich bitte erst einmal hin.«

»Wie kann ich mich setzen, wenn ich seit Stunden mit mir ringe! Ich weiß nicht, was ich tun soll! Mich erschießen? Ihn erschießen?«

»Wen meinen Sie damit?«, fragte ich nach.

»Carlas Mann natürlich. Wer soll sie denn sonst hinterrücks ermordet haben?«

Ich stellte mich vor ihn und legte ihm beide Hände auf die Schultern. »Sehen Sie mich an, Yuri.«

»Wie soll ich nur ohne Carla leben, ich liebe sie!«

Mit der flachen Hand schlug ich ihn ins Gesicht. »Sehen Sie mich an, habe ich gesagt.«

Er folgte meiner Anweisung.

»Hat Ronald Tush von Ihrem Verhältnis gewusst?«

»Es sieht ganz danach aus, finden Sie nicht? Finden Sie nicht?«

»Setzen Sie sich endlich.«

Wieder tat er, was ich ihm befahl. Auf dem Stuhl sackte er in sich zusammen. Erneut ohrfeigte ich ihn.

»Machen Sie sich nicht lächerlich, Mann. Haben Sie etwas gesehen?«

»Nein«, wimmerte er. »Nein. Ich … kann nicht denken. Ich … Es ist alles völlig verschwommen. Ich habe zu viel getrunken.«

»Sie können also nicht mit Sicherheit sagen, ob Ronald Tush seine Frau umgebracht hat. Sie vermuten es nur aufgrund Ihres Verhältnisses mit Carla.«

Er schluchzte.

»Ist das ein Ja?«

»Ja.«

»Sonst haben Sie nichts beobachtet und nichts bemerkt.«

»Nichts.«

»Seit wann hatten Sie beide ein Verhältnis? Unseren Informationen nach waren die Tushs das letzte Mal vor dem Krieg in Europa.«

Balaton ließ den Kopf hängen. »Das stimmt. Es begann erst kürzlich. Am Tag ihrer Ankunft.«

Chatillon sah den Grafen zweifelnd an. »Und da sagen Sie, Sie hätten Misses Tush immer schon geliebt?«

»Ja doch! Seit meiner Jugend. Früher waren wir jeden Winter hier.«

»Was wissen Sie über den verschwundenen Schmuck?«, wechselte ich das Thema.

»Ich kenne ihn von einem Gemälde aus Schönbrunn, ich hatte keine Ahnung, dass er Carlas Familie gehörte.«

»Ihre Geliebte hat Ihnen also nicht erzählt, dass ich ihr das Collier erst vor wenigen Wochen überreicht habe? Nachdem es über Jahrzehnte verschollen war? Das haben Sie erst gestern auf der Party erfahren?«

»Sie hat mir nichts dergleichen gesagt.«

»Gut. Bitte gehen Sie. Sie sind ja zu nichts imstande derzeit … Maréchal, begleiten Sie ihn hinaus und lassen Sie mir Weidemann bringen.«

»Sehr wohl, Made… Ma… Madame.«

»Noch ein Verdächtiger«, sagte ich, nachdem Balaton gegangen war.

Chatillon teilte meine Einschätzung. »In der Tat.«

»Aber er war doch Carlas Geliebter«, widersprach Maréchal Tranquil. »Immerhin ist er der Meinung, dass Monsieur Tush der Mörder sei.«

»Ja, was glauben Sie denn, Maréchal? Dass er hier hereinkommt und sich selbst der Tat bezichtigt?«

»Natürlich nicht. Nur warum sollte er sie töten, wenn sie doch gerade erst seine Liebe erwidert hat?«

»Wenn dem so ist. Fragen können wir Misses Tush leider nicht mehr. Es ist durchaus möglich, dass es sich um eine doppelte Tat handelt. Carla wird erwürgt, Ronald wird der Mord angehängt.«

»Und dann wird er aufgehängt.«

»Genau.«

»Yuri könnte auch in heißer Liebe für Maya Fay brennen, die ihrerseits auf eine Ehe mit Tush hofft, und es ist sein Weg, sie von ihm loszureißen.«

Chatillon schüttelte den Kopf. »Madame, Ihre Vorstellungskraft ist wirklich beeindruckend.«

Ein Lächeln stahl sich auf meine Lippen. »Ich weiß.«

Die Tür öffnete sich. Ich ließ mir eine frische Zigarette anzünden, Heinrich Weidemann trat ein, der Kaffee wurde serviert – mir –, und wir kehrten alle auf unsere Positionen zurück.

Weidemann, dünn, schmächtig und blass, schnappte nach Luft. »Oh, Sie sind es, Jackie. Es ist sehr stickig hier drinnen. Hätten Sie vielleicht die Güte, das Fenster zu öffnen?«

»Nein.«

»Nicht? … Nun gut.« Eines seiner Augenlider zuckte.

»Bitte, Heinrich«, sagte ich auf Deutsch. Ich ging neben ihm in die Hocke und nahm ihn bei der Hand. »Bitte.«

»Was … wünschen Sie?«, stotterte er.

»Bitte hören Sie mit dem Gezitter auf. Ich weiß, dass Sie damit viel Geld gemacht haben, aber ein echtes Opfer des sogenannten *shell shocks* ist nicht in der Lage, auf Partys zu gehen oder um die Welt zu reisen. Mir können Sie nichts vormachen. Außerdem weiß ich, dass Sie nicht einen einzigen Tag an der Front waren. Sie weilten in einer hübschen Villa in Berlin-Wannsee und haben kriegstreiberische Poster für die Oberste Heeresleitung angefertigt.«

Fast eine Minute saß der Mann wie festgefroren da. Dann schloss er die Augen. »Woher wissen Sie das?«

»Das tut nichts zur Sache. Uns interessiert hier nur der Mord an Carla Tush. Ich nehme an, Ihre Ohnmacht war echt? Ihre erste Leiche?«

»In der Tat.«

»Sie malen das Grauen lieber, nicht wahr? Privat haben Sie es gern bequem. Wie praktisch, dass Ihr Onkel mütterlicherseits General von Clausewitz ist.«

Er verschränkte die Arme. »Das macht mich noch nicht zu einem reichen Mann. Ich habe die Gunst der Stunde genutzt. Ein wenig Selbstvermarktung werden Sie mir wohl kaum verübeln.«

»Gewiss nicht. Ich bin die Letzte, die jemandem eine kleine Schummelei übel nimmt. Ihr Geheimnis ist bei mir in guten Händen. Wusste Carla Tush von Ihren Methoden?«

»Nein. Ich dachte bisher, davon wüsste niemand.«

Ich erhob mich. »Commissaire Chatillon wird Ihnen nun einige Routinefragen stellen. Bitte beantworten Sie diese möglichst sachlich. Ich nehme mal an, Sie sprechen Französisch?«

Weidemanns Beschreibung der Tatzeit deckte sich im Großen und Ganzen mit jener der anderen.

»Kennen Sie den Duke?«, wollte ich anschließend von ihm wissen.

»Ja, wir haben früher zusammen gemalt. Er war technisch immer schon hervorragend, aber ihm fehlt meiner Meinung nach die Tiefe, wenn Sie verstehen, was ich meine. Zu verwöhnt.«

»Na, Ihre Tiefen kennen wir ja, Heinrich. Haben Sie gestern Abend mit ihm gesprochen? Über das von ihm restaurierte Bild vielleicht?«

Er dachte nach. »Nein, kaum. Er hat sich beim Essen hauptsächlich mit Dame Zelda unterhalten. Sie ist eine gute Freundin seiner Mutter, die beiden hatten sich wohl einiges zu erzählen. Ich habe allerdings kurz mit Miss Fortescue gesprochen, die sich für meine Kunst interessierte.«

»Eine Samariterin oberster Güte.«

»Miss Fortescue hat auf mich einen sehr vernünftigen und bedachten Eindruck gemacht. Und Kit wirkt sehr glücklich mit ihr … Vor zehn Jahren hätte er ein Mädchen wie sie nicht mit dem … ähem, also, er hätte ein Mädchen wie sie nicht weiter beachtet. Zu zahm. Zu anständig. Zu *comme-il-faut*. Er hatte … diese Vorliebe teilte er übrigens mit Yuri … schon immer etwas für Damen von Welt übrig.«

»Verstehe«, sagte Chatillon. »In Begleitung der beiden hochgewachsenen Aristokraten waren Sie nicht gerade die Hauptattraktion für die anwesenden Damen.«

»Die haben mich noch nie interessiert.«

Ich zwinkerte Chatillon zu. »Auch das ist mir hinlänglich geläufig.«

Chatillon begriff. »Ach so!«

»Sagen Sie, Heinrich, wenn Sie ein Dieb wären, hätten Sie den Gainsborough dann hängen lassen?«

Er lachte hämisch. »Niemals.«

»Wie lange braucht man, um ein solches Gemälde aus dem Rahmen zu lösen?«

»Ein Könner? Wenige Sekunden.«

»Ganz meine Einschätzung. Sie wohnen ebenfalls im Grand Hotel?«

Er nickte.

»Dann sehen wir uns gewiss dort.« Ich wiederholte meinen Spruch mit dem Gendarmen bei Verlassen des Hotels und schickte ihn hinaus.

»Woher wussten Sie, dass er seine Versehrung nur vortäuscht?«, platzte es aus Chatillon heraus, nachdem Weidemann gegangen war. Offensichtlich verstand er Deutsch. »Das ist ja spektakulär! Ein Motiv ohnegleichen! Sollte Madame Tush davon gewusst und ihn erpresst haben?«

»Das wird sich zeigen. Erpressung hatte sie, nach allem, was wir bislang wissen, zumindest finanziell nicht nötig.«

»Woher wussten Sie denn nun davon?«

Ich zog ausgiebig an meiner Zigarette. »Es gibt keine schlimmeren Lästermäuler als Generäle, Chatillon, glauben Sie mir. Ein wenig Likör, ein paar nette Worte, und schon hauen sie die Kollegen in die Pfanne, wo sie nur können. Ein hohes Tier in Berlin hat mir einst zu später Stunde zugeflüstert, dass Clausewitz' Neffe zwar namentlich an der Front war, eigentlich aber mit einem jungen norwegischen Bildhauer in Wannsee lebte. Der Norweger stand ihm Modell für die Darstellungen besonders kerniger deutscher Soldaten beim Sprung über den Stacheldraht.«

»Sie werden mir langsam unheimlich, Madame.«

Ich ging nicht weiter darauf ein und sah auf die goldene Taschenuhr, die ich stets bei mir trug. Ein Geschenk meines Onkels. Gleich zehn Uhr. Sargent hatte sicher längst sein Frühstück und den Spaziergang beendet. »Nanu, schon so spät?«

»Wie meinen?«

»Mein Hund wäre dann startklar. Es ist an der Zeit, noch einmal an Bord der *Celluloid* zu gehen.«

»Aber Madame!« Maréchal Tranquil bekam hektische Flecken. »Was wird aus dem Duke? Und aus Mademoiselle Fortescue?«

»Was soll denn aus Ihnen werden?«, fragte ich. »Die beiden müssen eben noch ein Weilchen warten. Das hat noch niemandem geschadet. Sie und Chatillon fahren direkt zum Schiff, ich hole noch schnell meinen Hund ab.«

Die Wehrhaftigkeit des Maréchals war erschöpft. Er nickte. »Sehr wohl, Madame.«

»Wunderbar. Das läuft ja wie am Schnürchen. Bis gleich, Messieurs.«

Die Herren machten sich umgehend auf den Weg.

»Halt!« Ich blieb im Korridor des Polizeipräsidiums stehen. »Wo gibt es hier ein Telefon?«

Ein Gendarm verwies mich auf eine Tür, hinter der sich das Sekretariat verbarg. Dort fand ich einen weiteren Gendarmen an einem Schreibtisch vor, neben dem an der

Wand ein Telefon hing. Ich umrundete Schreibtisch und Gendarm.

»Madame?« Der Mann riss alarmiert die Augen auf.

Ich hob die Hand, um ihm Einhalt zu gebieten, und nahm den Hörer ab. »Fräulein? Verbinden Sie mich mit dem Palast. Mein Name ist Jackie Dupont.«

Einige Sekunden später meldete sich die Telefonzentrale des Palastes. »Hier Palais Royale.«

»Hallo? Geben Sie mir den Prinzen. Hier spricht Jackie Dupont.«

»Sofort, Madame.«

Es klickte.

»Jackie«, hörte ich Albert am anderen Ende der Leitung sagen. »Guten Morgen, Teuerste. Gibt es erste Ergebnisse?«

»Das lässt sich noch nicht genau sagen. Aber schicken Sie mir bitte sofort einen Wagen ins Polizeipräsidium, ich möchte Sargent abholen.«

»Kann ich Ihnen das Tier denn nicht bringen?«

Ich lachte. »Um Gottes willen, das sollten Sie lassen, wenn Ihnen Ihr Leben lieb ist. Er verabscheut Männer.«

»Sie erwähnten es bereits, nur kann ich mir kaum vorstellen, dass ein so kleiner Hund …«

»Albert, bitte halten Sie mich nicht auf, und schicken Sie mir einfach einen Wagen. Sargent wurde eine schwere Megalomanie diagnostiziert, von Sigmund Freud persönlich. Die Behandlung hat mich ein Heidengeld gekostet, und der Hund hat im Schlafwagen nach Wien gegen das Holzbein eines Kardinals gepinkelt. Überaus peinlich.

Der Kardinal war außer sich. Er hält sich für einen Rottweiler. Der Hund, nicht der Kardinal.«

»Megalo… wie bitte?«

»Größenwahn, Albert. Größenwahn! Ich habe keine Ahnung, woher er das hat. Bestimmt nicht von mir … Nun schicken Sie endlich den Wagen los. Und Zigaretten!« Ich ließ den Hörer hängen und marschierte auf die Straße hinaus.

Ganze zehn Minuten dauerte es, bis eines der fürstlichen Vehikel um die Ecke bog. Noch länger konnte ich Sargent und mir diese ständigen Zeitverluste nicht zumuten. Ich brauchte dringend ein eigenes Automobil.

»Warten Sie hier«, befahl ich dem Chauffeur, als er ausstieg, um mir die Tür zu öffnen. Ich machte kehrt und ging wieder hinein, wo der Gendarm im Sekretariat mir bei Eintritt salutierte. Ich ignorierte ihn und eilte zum Telefon.

»Fräulein? Bitte geben Sie mir die Villa Rothschild in Cannes. Hier spricht Jackie Dupont. … Danke, ich warte. … Ja, hallo? Ist Monsieur Bugatti da?«

Einige Klicks später erklang die Stimme des berühmten Rennfahrers Ettore Bugatti. »Jackie? Jackie! Ich habe so darauf gehofft, dass du dich meldest. Mein Herz brennt vor Sehnsucht nach …«

»Sehr schön, Ettore, lass es brennen. Ich brauche auf der Stelle ein Auto. Bring mir das schnellste, das du hast.«

Seine Serenaden konnte er sich sparen. Ich wusste ganz genau, dass sein Fuhrpark nicht allein aus Autos bestand. Nur weil ich im letzten Jahr während des Grand Prix ein paarmal mit ihm ausgegangen war, hieß das noch lange nicht, dass ich Teil seiner *scuderia* werden wollte. Aber ich brauchte sofort ein eigenes Auto, um mich frei bewegen zu können. Wenn es um Mord ging, waren alle Mittel recht.

»Natürlich, Jackie. Umgehend, Jackie.«

»Du findest mich am Jachthafen von Monaco, an Bord der *Celluloid*.«

»O Jackie.«

»Auf Wiederhören.«

Im Palast begrüßte Sargent mich ausgiebig und bedachte mich mit allerlei Liebkosungen. Albert, der mich zu meinem Zimmer begleitet hatte, blieb in sicherer Entfernung stehen und observierte den Hund mit Argwohn.

»Mag er generell keine Männer, oder lehnt er nur Fremde ab? Wie steht es zum Beispiel mit Ihrem Onkel?«

»Den ignoriert er zumeist. Aber den hat er auch kennengelernt, als er noch ein Welpe war. Das macht einen Unterschied.«

»Natürlich. … Haben Sie schon eine Ahnung, wer der Mörder ist?«

»Es gibt verschiedene Verdachtsmomente, jedoch nichts Konkretes. Ich werde gleich mit Sargent an Bord der *Celluloid* gehen und das Schiff absuchen. Er ist darauf trainiert, Diamanten zu finden. Meiner Meinung nach sind sie nicht mehr an Bord, aber auch ich kann mich mal irren.«

Albert war überrascht. »Ist es möglich, einem Hund so etwas beizubringen?«

»Selbstverständlich.« Ich nahm Sargent auf den Arm. »In Kürze werden wir wissen, ob sich das verschwundene Collier noch vor Ort befindet. Wenn nicht, müssen wir bei der italienischen Marine einen Taucheranzug besorgen. Auf geht's.«

Albert lief mir hinterher. »Einen was?«

Ich seufzte. War die Menschheit denn überhaupt nicht an den Errungenschaften der Moderne interessiert?

»Einen Taucheranzug. Das ist eine Art U-Boot für eine Person, welches man am Körper trägt. Ich will den Meeresboden absuchen, denn ich bin fest davon überzeugt, dass wir das Collier da unten finden. Kein vernünftiger Juwelendieb würde so operieren wie der Mörder von Carla Tush, glauben Sie mir, ich kenne eine ganze Menge Halunken. Dieser Mord war für den Täter eine absolute Notwendigkeit und duldete keinen Aufschub. Ich habe einige Theorien dazu, die allerdings noch unausgereift sind. Mir fehlen einige entscheidende Aussagen.«

»Verstehe.«

»Sicher, sicher. Also, wir sehen uns dann heute Abend in der Oper. Lassen Sie mir bitte mein rotes Kleid herauslegen, und schicken Sie mir um neunzehn Uhr eine Zofe, die mir beim Ankleiden hilft.«

»Mit Freude.«

Ich eilte hinaus und stieg in die wartende Limousine. Sargent nahm neben mir auf der Rückbank Platz und drückte die Nase gegen die Scheibe. Er liebte es, bei jeder Gelegenheit aus dem Fenster zu schauen. Im Auto, im Luftschiff, im Flugzeug. Aus diesem Grund hatte ich ihm in Florenz eine eigens für ihn entworfene Fliegerhaube aus Wildschweinleder anfertigen lassen, die er mit großem Stolz trug.

»Hattest du einen angenehmen Vormittag, mein Schatz?«

Der Chauffeur zuckte zusammen. »Wie meinen, Madame?«

»Ich spreche nicht mit Ihnen, sondern mit meinem Hund.«

»Verzeihen Sie, Madame.«

Sargent gab mir durch einen Blick zu verstehen, dass sein Morgen nur mäßig angenehm gewesen war und dass er mir meine Abwesenheit noch nicht verziehen hatte.

Ich kraulte ihm den Kopf. »Das tut mir aufrichtig leid, Darling. Aber ich wollte dich nicht mitten in der Nacht wecken, verstehst du? Es bekommt dir nicht, wenn du zu wenig schläfst.«

Sargent zeigte wenig Einsicht. Er brummte gedämpft.

»Sei bitte nicht so. Wo sind meine Zigaretten?«

Keine Antwort.

»Hallo, Fahrer? Wo sind meine Zigaretten?«

»Entschuldigen Sie, Madame, ich dachte, Sie sprächen mit Ihrem Hund.«

»Mein Hund ist zwar des Französischen mächtig, aber er war bisher nicht in der Lage, mir Zigaretten zu besorgen.«

»Ja, Madame. Hier, bitte, Madame.« Er reichte mir die Packung, und ich steckte sie ein.

Dann sah ich aus dem Fenster. »Nanu«, sagte ich zu

Sargent. »Wir sind ja schon da. Dieses Monaco ist wirklich winzig. Komm, Liebling. Höchste Zeit, der Sache genauer auf den Grund zu gehen.«

Ich hob Sargent hoch und stieg mit ihm unter dem Arm aus dem Wagen. Wie üblich schnappte er dabei nach dem Chauffeur.

»Also wirklich«, ermahnte ich den Hund. »Der junge Mann hat uns so freundlich gefahren.« Ich steckte dem Fahrer zehn Franc zu. »Hat er Sie erwischt?«

»Nicht wirklich, Madame.«

»Da haben Sie aber Glück gehabt. Auf Wiedersehen.«

Chatillon und Maréchal Tranquil erwarteten mich auf dem Pier.

»Versuchen Sie nicht, sich dem Hund zu nähern«, warnte ich. »Lassen Sie ihn einfach seine Arbeit machen. Bitte alle Mann von Bord!«

Nach und nach verließen die Mitarbeiter der Spurensicherung die Jacht.

»Was die Herren nicht finden, wird Sargent zutage bringen. Er ist ein professioneller Spürhund mit einer besonderen Ausbildung im Auffinden von Juwelen, außerdem kann er den Duft einzelner Menschen identifizieren, erinnern und selbst später noch melden. Da an diesem Tatort jeder mit jedem getanzt hat, wird uns das nicht weiterbringen, es sei denn, es ist doch jemand von außen an Bord gegangen, was ich für ausgeschlossen halte. Ein Ruderboot wäre sicher bemerkt worden.«

Ich setzte den Hund auf die Gangway. »Herzchen«, sagte ich zu ihm, »es wäre ausgesprochen liebenswürdig von dir, wenn du das Schiff nach dem Collier von Désirée Bernadotte durchsuchen würdest. Erinnerst du dich daran? Wir haben es erst vor Kurzem an das Ehepaar Tush übergeben.«

Sargent bellte, wedelte mit dem Schwanz und rannte los. Er liebte es, vor Publikum seine Fähigkeiten zu demonstrieren, auch wenn er mich später dafür teuer würde bezahlen lassen.

In Carlas Kabine entdeckte Sargent erwartungsgemäß eine ganze Menge Schmuck – wozu er sich ausgiebig gratulieren ließ –, besagtes Collier befand sich jedoch nicht darunter. Dann tollte er weiter in Ronalds Kabine und meldete mir dort tatsächlich einen Fund. Leider nur ein Manschettenknopf, der unter den Orientteppich gerutscht war. Als ich den Knopf aufhob, fiel mir allerdings etwas ins Auge. Wie schon in Carlas Kabine war auch hier eines der Fenster nur angelehnt.

»Was sagst du dazu, Sargent? Haben die Tushs es mit dem Lüften, oder steckt etwas anderes dahinter? Ein Boot, das hier unterhalb des Bugs angelegt hätte, wäre weniger leicht entdeckt worden als eines am Heck unter Carlas Kabine. Allerdings ist es aufgrund physikalischer Naturgesetze unmöglich, von dort unten an Bord zu gelangen.«

Sargent ignorierte mich und setzte die Suche in Ronalds Badezimmer fort. Kaum drinnen, heulte er los. An der Tür des Raumes hing ein Morgenmantel. Auf den hatte der Hund es abgesehen. Tatsächlich! Eine der Taschen war ausgebeult. Ich zog mir einen Seidenhandschuh über und griff hinein. Doch auch diesmal hatten wir kein Glück, denn das von mir ans Tageslicht beförderte Objekt war eine mit Brillanten besetzte Taschenuhr.

»Gut gemacht, Sargent, sehr gut. Nur leider nicht das, was wir suchen. Das ist jetzt nicht als Kritik gemeint.«

Dennoch kam ich nicht umhin, den Morgenmantel eingehender zu inspizieren. Er war aus dunkelrotem Samt genäht und an Kragen und Ärmeln mit goldenen Kordeln gesäumt, wie man sie oft an maritimen Uniformen sah.

»Etwas stimmt mit diesem Morgenmantel nicht.«

Sargent nieste und schnüffelte weiter.

»Genau. Der Gürtel fehlt! Wo ist das Teil nur? Wie wahrscheinlich ist es, dass der Gürtel ebenfalls eine goldene Kordel ist? Einem Schiffstau nachempfunden etwa? Wollen wir wetten, dass der Gürtel dieses Morgenmantels und das Collier von Désirée Bernadotte etwa eine halbe Meile von uns entfernt auf dem Meeresboden liegen? Nein, das kann nicht sein, der Gürtel würde nicht untergehen. Er würde schwimmen. Der Täter muss ihn separat entsorgt haben. Das ist eine heiße Spur, Sargent, eine sehr heiße Spur … Bist du hier fertig? Gut, dann ab die Post!«

Wir suchten weiter, aber das Collier befand sich weder in einer der Gästekabinen noch in den Kabinen der Besatzung, nicht im Maschinenraum und auch nicht in der Kombüse. Nun wussten wir es sicher: Was weder die Spurensicherung der Sûreté noch Sargent fand, das war auch nicht an Bord. Wir machten noch einen Abstecher in Carlas Kabine, wo ich den Gainsborough von der Wand nahm und ihn mir unter den Arm klemmte.

Der Leiter der Spurensuche bestätigte mir kurz darauf eine weitere Vermutung. Es gab eine viel zu große Anzahl von Abdrücken auf dem Schiff. Einige davon gehörten zu den Gästen, andere zur Crew, und wieder andere ließen sich nicht identifizieren, was daran lag, dass die Kollegen die Fingerabdrücke der Zimmermädchen noch gar nicht genommen hatten.

»Richtig, die Zimmermädchen. Hat man sie mittlerweile ausfindig gemacht, Maréchal?«

»Ja, Madame«, antwortete Tranquil. »Sie haben im Hotel am Casino übernachtet und halten sich weiterhin dort auf.«

»Gut. Besorgen Sie mir da ein Zimmer, in dem wir die Mädchen verhören können. Nein, besser zwei Zimmer mit Verbindungstür. Lassen Sie uns nun ins Präsidium zurückkehren und uns den übrig gebliebenen Verdächtigen widmen. Ah, da kommt ja mein Wagen.«

Tranquil, Chatillon und der Leiter der Spurensuche drehten sich zur Straße um und erstarrten.

»Ciao, Jackie!«, rief Ettore Bugatti. Er war wie aus dem Ei gepellt und entstieg soeben einem metallisch-blau schimmernden Gefährt. »Was hältst du von meiner *cigare*?«

»Von deiner Zigarre?«, rief ich zurück. »Möchtest du das wirklich wissen? Hast du eine Ahnung, was Sigmund Freud dazu sagen würde, dass du deinen …«

»Nein, nein, nein.« Er wedelte hektisch mit den Armen. »Das Auto. Ich meine das Auto. Das ist meine *cigare*. Ein Prototyp. Den werde ich beim nächsten Grand Prix fahren.«

»Ach.«

Er kam näher. »Jackie, Liebste, wieso bist du verschwunden, ohne ein Wort zu sagen?«

Ich ging ihm ein Stück entgegen. »Wieso nicht? Sargent, sieh nur, da ist Ettore.«

»Jackie! Halt den Hund fest! Ich bitte dich!«

»Warum? Hast du etwa Angst um deine Zigarre?«

»Ich … Oje, da kommt er. Ganz ruhig, Sargent, ganz lieb, Sargent, ganz lieb. … Jackie …«

»Jetzt sei kein Frosch, Ettore. Bleib einfach still stehen … Wie startet man die Kiste? Gibt es keine Kurbel?«

»D-d-der rote Knopf neben dem Lenkrad bedient den elektrischen Anlasser.« Er ließ die Augen nicht von Sargent. »Bitte, Jackie, versprich mir, dass du vorsichtig fährst. Es ist das schnellste und teuerste Auto, das ich je gebaut habe, und es ist sehr empfindlich. Ich weiß, dass du mit Rennwagen umgehen kannst, aber ich weiß auch, wie gnadenlos du bist.«

»Ja, ja. Komm, Sargent, wir müssen dich zurück in den Palast bringen.«

Georgiana Cavendish unterm Arm, umrundete ich das längliche Gefährt und betrachtete es eingehend. Auf das Heck war ein Ersatzreifen geschnallt, der genau die richtigen Maße für meine Absichten besaß. Ich löste die Gurte, legte das Gemälde auf den Reifen, zurrte die Gurte wieder zu und stieg ein.

»Ist hier kein Platz für einen Hund vorgesehen, Ettore?«

»Äh. Nein. Hunde sind beim Grand Prix nicht zugelassen.«

»Unerhört.« Ich nahm Sargent auf den Schoß und bediente die Zündung. Der Motor heulte auf. »Ciao, Ettore.«

»Langsam, Jackie, ich flehe dich an. He, warte! Wie soll ich denn zurück nach Cannes kommen?«

Darüber hatte ich mir offen gestanden keine Gedanken gemacht, und ich hatte wahrhaftig keine Zeit, mich um Ettores Rücktransport zu kümmern. Wie ich ihn kannte, hatte er gleich mehrere Verehrerinnen (und Verehrer) in Monaco, die ihm sofort einen fahrbaren Untersatz zur Verfügung stellen würden. »Wie es dir gefällt!«, rief ich und brauste die kurvige Straße zum Palast hinauf.

Sargent und ich hielten kurz darauf im Innenhof des Palastes, stiegen jedoch nicht aus. Ich wollte den Moment der Ruhe für eine erste Konferenz nutzen.

»Darf ich dir meine Gedanken zu dem Fall darlegen, mein Schatz?«

Sargent seufzte.

»Danke. Also, es gibt verschiedene Ansätze. Erstens: Ronald Tush ist der Täter. Mögliche Motive: Carla hatte eine Affäre mit Graf Balaton, oder er hat eine Affäre mit Maya Fay. Im ersten Fall wäre das Motiv Eifersucht, im zweiten Gier.«

Sargent kratzte sich nachdenklich hinterm Ohr.

»Zu banal, denkst du? Sind nicht manchmal die einfachsten Antworten die besten? Hab Geduld, ich war noch nicht fertig. Zweite Theorie: Maya Fay ist die Mörderin. Sie ist schließlich auf einer Farm aufgewachsen und daher nicht zimperlich. Im richtigen Moment hätte sie Carla durchaus erwürgen können. Motive: Gier, Eifersucht, Missgunst. Eventuell wollte Ronald sich scheiden lassen, doch Carla hat ihn wieder zur Vernunft gebracht, und da wollte Maya es ihr heimzahlen. Hältst du für abwegig? Zu wenige Indizien? Aha. Sehen wir weiter. Nummer drei: Graf Balaton hat Carla umgebracht, weil sie seine Liebe nicht erwidert oder weil sie ihn gegen einen anderen Liebhaber eingetauscht hat. In beiden Fällen wäre das Motiv verschmähte Liebe, aber nur im ersten Fall würde er lügen, was das Verhältnis zwischen den beiden betrifft. Durchaus eine Möglichkeit, findest du? Nur warum hat er uns von der Affäre erzählt, wenn das den Verdacht auf ihn lenkt? War das unnötig oder gerade nicht? Nun denn, wir werden mehr wissen, wenn wir Miss Fortescue und den Duke befragt haben.«

Sargent nieste.

»Außer Miss Fortescue und den Wrexleys sind alle Gäste schon seit Langem mit den Tushs bekannt. Dennoch können wir nicht ausschließen, dass Carla Tush einen oder mehrere ihrer Gäste erpresst oder bedroht hat. Eventuell sind ihr Informationen zu Ohren gekommen über Missetaten der Wrexleys in Indien. Oder sie wusste von Heinrich Weidemanns Mätzchen. Vielleicht steht ja die Greenberg-Bank kurz vor dem Bankrott. Ségolène Pistou, die alte Autorin, ist in dieser Runde die Einzige, die ich de facto ausschließen kann. Sie hätte es kräftemäßig bestimmt nicht mit Carla aufnehmen können, was allerdings nicht bedeutet, dass sie nicht Teil einer Verschwörung sein könnte. Dazu lassen sich jedoch erst genauere Schlüsse ziehen, wenn wir mit der Dame gesprochen haben. Anne Fortescue ist genauso wenig aus dem Rennen, denn wer kann schon abschätzen, was Carla alles über den Duke wusste. Ich bin sehr auf Miss Fortescue gespannt. Meinst du, sie ahnt, was ihr lieber Christopher so alles verbrochen hat? Ich glaube nicht.«

Sargent gähnte.

»Komm, wir bringen dich wieder ins Bett für deinen Verdauungsschlaf. Heute Abend gehen wir in die Oper, und wir wissen beide, wie sehr dich das aufwühlt.«

»Mademoiselle Fortescue. Sofort!«, befahl ich bei meiner Rückkehr ins Polizeipräsidium.

Chatillon, Marechal Tranquil und ein Gendarm erwarteten mich bereits im Verhörzimmer.

»Natürlich, Madame.« Tranquil gab dem Gendarmen ein Zeichen, und der Mann eilte davon. »Wie werden Sie mit ihr umspringen?«

»Das entscheide ich spontan, Commissaire. Nanny, Gouvernante, gute Freundin, Vamp oder überlegene Frau von Welt … Es ist eine Frage der Intuition. Lassen Sie sich überraschen.«

Miss Anne Fortescue war eine schlanke Frau mit hellbraunem Haar und ebenmäßigen Gesichtszügen. Ihr Abendkleid war schlicht, aber von gutem Schnitt, genauso wie ihr Mantel. Sie trug kein Make-up, denn sie gehörte zu jenen jungen Engländerinnen, die bei jedem Wetter im Forst des Familiensitzes spazieren gingen, mit Elan auf die Jagd ritten und im Haus praktische Röcke aus Tweed bevorzugten. Sie wirkte zwar ein wenig müde, doch keineswegs unaufmerksam. Im Gegenteil. Ihr Blick war fest, ihre grauen Augen waren klar. Miss Fortescue schien die erste Person zu sein, die uns etwas wirklich Wichtiges zu erzählen haben könnte.

Ein wenig tat es mir leid, dass ich sie aufgrund ihrer Vorzüge noch mehr in die Mangel nehmen würde als ihre Vorgänger, aber eine Mordermittlung hatte nun einmal nichts mit persönlichen Sympathien zu tun. Mir war bewusst, dass meine Methoden manchmal an die Grenzen des Erträglichen gingen, doch bei einem derart scheußlichen Verbrechen heiligte der Zweck die Mittel.

»Mademoiselle Fortescue«, begann Chatillon, »wir haben bereits einen ganz guten Eindruck von dem, was während der Tatzeit im Salon der *Celluloid* vor sich gegangen ist, dennoch bestehen einige Widersprüche. Daher möchte ich Sie als Erstes zu einer Ungereimtheit befragen. Können Sie uns mitteilen, wie lange vor der Entdeckung der Ermordeten deren Ehemann, Monsieur Tush, den Salon verlassen hat?«

Sie legte den Kopf schief. »Da muss ich schätzen. Ich würde sagen, höchstens zehn Minuten. Länger war es nicht.«

»Wie können Sie das so genau sagen?«

»Ich habe zuvor mit Mister Tush getanzt. Er entschuldigte sich und sagte, er wolle eine besondere Flasche Cognac aus seiner Kabine holen, um sie meinem Verlobten zu schenken. Daraufhin tanzte ich weiter mit Christopher, bis ein gellender Schrei zu uns nach unten drang … Nein, das stimmt nicht. Ronald kam erst die Treppe herunter, dann schrie er. Er stand ja im Salon. Entschuldigen Sie bitte, ich bin sehr müde.«

Chatillon notierte ihre Antwort. »Wie lange hatten Sie zu diesem Zeitpunkt Madame Tush nicht mehr gesehen?«

»Vielleicht eine Viertelstunde? Zwanzig Minuten? Das kann ich wiederum nicht so genau sagen.«

»Gibt es sonst etwas, das Sie uns erzählen möchten? Haben Sie eine erwähnenswerte Beobachtung gemacht? Sie mussten schließlich eine ganze Weile hier warten und hatten reichlich Zeit, den Abend Revue passieren zu lassen.«

»Da haben Sie recht, ich habe mir tatsächlich das Hirn zermartert. Aber niemand hat sich eigenartig verhalten, soweit ich das zu beurteilen vermag. Leider kannte ich außer meinem Verlobten niemanden.«

»Das ist für uns von großem Vorteil, Mademoiselle.« Chatillon lächelte. »Ihr Urteil ist nicht von Hoffnungen oder Befürchtungen getrübt. Und, wenn ich das so sagen darf, wohl auch nicht von zu viel Alkohol …«

»Das mag stimmen.«

»Gab es Spannungen im Verlaufe des Abends? Streitereien? Missgunst? Verdächtige Blicke?«

Sie faltete die Hände im Schoß. »Meiner Einschätzung nach waren Misses Tush und Miss Fay nicht gerade gute Freundinnen. Dennoch kann ich mir nicht vorstellen, dass eine Frau in der Lage gewesen wäre, einen solchen Mord zu begehen.«

»Sie glauben nicht, dass Frauen morden?«

»Oh doch. Aber ich habe mir die Leiche angesehen,

und ich hatte den Eindruck, dass der Täter enorme Kraft aufwenden musste. Keine der anwesenden Damen käme infrage. Ich habe im Krieg als Krankenschwester gearbeitet und darum eine gewisse Vorstellung von den Kräften, die auf einen Körper wirken müssen, um bestimmte Verletzungen zu erzeugen.«

»Nicht einmal Sie selbst?«, fragte ich.

Überrascht sah sie zu mir herüber. »Wie meinen Sie das?«

»Nicht einmal Sie selbst hätten die Kraft aufbringen können? Sie sind eine gesunde Frau, die gewiss mit Pferden oder Rindern umzugehen weiß und die, wie Sie selbst sagen, über anatomische Kenntnisse verfügt. Hätten Sie Carla Tush erwürgen können? Immerhin wissen Sie, wie man einen Mann von einem Bett ins andere hebt. In jeder Hinsicht.«

Miss Fortescue öffnete den Mund, sagte jedoch nichts. Dann schloss sie ihn wieder und legte die Stirn in Falten. »Ich … denke nicht … Warum fragen Sie mich das? Ich stehe ja wohl kaum im Verdacht, die arme Frau umgebracht zu haben.«

Ich zog an meiner Zigarette und ging ein paar Schritte um den Tisch herum, sodass ich auf die junge Frau hinabblicken konnte. »Verstehen Sie mich nicht falsch, Miss Fortescue, mir ging es allein um Ihre Einschätzung. Ob Sie der Ansicht sind, keine Frau der Welt hätte Misses Tush ermorden können oder keine der anwesenden Frauen.«

Sie zögerte kurz. »Keine der anwesenden Frauen.«

»Gut. Ich als geschulte Judoka hätte Carla Tush auf diese Weise sicherlich umzubringen vermocht.«

Maréchal Tranquil konnte nicht an sich halten. »Was ist denn das?«

»Judo ist eine Art japanisches Ringen, bei dem bestimmte Handgriffe eingesetzt werden. Anders als beim Karate, wo besondere Hiebe ausgeführt werden. Können wir nun mit dem Verhör weitermachen, oder soll ich Ihnen meine Künste demonstrieren? Angeblich bin ich ein Naturtalent. Laut meinem Lehrer Matsuki verfüge ich über eine ganz natürliche, zielgerichtete Aggressivität. Nun denn … Sie sagen also, Miss Fortescue, Sie hätten mit Ihrem Verlobten getanzt. War er die ganze Zeit bei Ihnen unten im Salon?«

»Ja, ich glaube schon.«

»Gut. Wie mein Kollege Ihnen bereits erläutert hat, wissen wir einiges über die Zeit, in der die Tat stattgefunden haben muss. Lassen Sie uns daher die Uhr noch ein wenig weiter zurückdrehen. Gab es eventuell heikle Themen, über die während des Dinners gesprochen wurde?«

Miss Fortescue schüttelte den Kopf. »Kit, also Christopher, mein Verlobter, und ich haben uns während des Essens hauptsächlich mit Dame Zelda Monteserra unterhalten, da sie uns frühzeitig verlassen musste. Es war ein informelles Dinner, und jeder unterhielt sich mit jedem. Ich saß zwar neben Mister Greenberg, aber er war nicht mein Tischherr. Er war genauso fasziniert von Dame Zeldas Erzählungen wie ich. Wie eigentlich alle. Carla und Zelda schwelgten in Erinnerungen an vergangene Tage an der Riviera. An russische Prinzen und den Glanz der alten Zeiten. Dame Zelda und der Zar waren wohl sehr eng befreundet … Ich hatte beinahe den Eindruck, ein wenig zu eng.«

»Wirklich?«

Ihre Wangen erröteten zart. »Ich gebe eigentlich nichts auf Tratsch, dennoch kam es mir vor, als redete Dame Zelda von einem verflossenen Geliebten. Immerhin hat der Zar ihr die teuersten Geschenke gemacht, sogar ein Fabergé-Ei.«

Ich zog den Stumpf meiner Zigarette aus dem Filter und entsorgte ihn im Aschenbecher, dann schenkte ich mir etwas Kaffee ein und kehrte zurück zu meinem Stuhl.

»Außerdem den Stern von Ceylon, gefasst in ein Halsband aus Brillanten, den Kaspersky-Saphir, das sogenannte Halsband der Sultana aus Smaragden und schwarzen Perlen, und natürlich die Rubintiara von Katharina der Großen.«

Anne Fortescues Augen wurden groß. »Tatsächlich? Ich bin mir sicher, die hat sie nicht alle erwähnt. Die Tiara schon, aber die anderen nicht. Obwohl Misses Tush einmal von schwarzen Perlen sprach, allerdings in einem anderen Zusammenhang, meine ich.«

»Mit berühmten Schmuckstücken kenne ich mich bestens aus. Normalerweise beschäftige ich mich nicht mit Mord, sondern mit dem Raub wertvoller Gegenstände, vor allem Diamanten.«

»Dann sind Sie die Dame, die das gestohlene Collier wiedergefunden hat.«

»In der Tat. Als es auf den Markt kam, wusste ich sofort, dass es sich um das Stück von Désirée Bernadotte handelte. Den Diebstahl hatten Carlas Eltern im Jahr 1885 in San Francisco angezeigt. Nach einer Fernostreise.«

»Glauben Sie, es gibt da eine Verbindung zu den Wrexleys?«, fragte der Maréchal aufgeregt. »Lady Wrexley ist immerhin in Indien aufgewachsen.«

Ich warf ihm einen ermahnenden Blick zu. Derartige Vermutungen sollte man grundsätzlich nicht in Gegenwart von Verdächtigen anstellen. Am liebsten hätte ich ihn des Raumes verwiesen.

»Lady Wrexley hat nicht außergewöhnlich auf das Collier reagiert«, half Miss Fortescue sogleich aus. »Sie war bei Weitem mehr an dem Gemälde interessiert, das mein Verlobter restauriert hat.«

»An dem Gainsborough.«

»Ja. Georgiana Cavendish war immerhin sehr verrucht.«

»Verrucht, soso.« Der Kaffee war ausgetrunken, also steckte ich eine neue Zigarette in den Filter und ließ sie mir von Chatillon anzünden. »Wissen Sie, Anne, was ich am britischen Adel am meisten verabscheue? Diesen festen Glauben an sein gutes Recht, über alle anderen urteilen zu dürfen. Verrucht, sagen Sie? Georgiana Cavendish war die einflussreichste Frau ihrer Ära, eine politische Vordenkerin, und Ihnen fällt nichts anderes ein als *verrucht*?«

»Das können Sie als Amerikanerin bestimmt schwer verstehen, das gebe ich zu.«

»Ich habe nicht gesagt, dass ich es nicht verstehe, ich

habe gesagt, dass ich es verabscheue. Wer sind Sie überhaupt? Von Ihrer Familie habe ich noch nie gehört. Die Fortescues von wo?«

Sie knirschte merklich mit den Zähnen. »Aus Derbyshire. Unsere Familie hat Tradition. Mein Vater war zuletzt im Landwirtschaftsministerium tätig.«

»Und hat sich während des Krieges den Unterhalt des alten Hauses von der Armee bezahlen lassen, nicht wahr? Es fehlte sicher an jeder Ecke. Da kam ihm so ein Sanatorium gerade recht.«

»Was erlauben Sie si…«

»Darum müssen Sie sich in Zukunft ja keine Sorgen mehr machen, immerhin sind Sie mit einem der reichsten Männer der Welt verlobt. Warum sind Sie eigentlich noch nicht verheiratet? Soweit ich weiß, kennen Sie einander bereits seit 1917. Die *Titanic* ist fünf Jahre früher gesunken.«

Nun lief sie vollends rot an. »Die Gesundheit des Dukes hat es nicht zugelassen.«

»Meinen Sie den Vollzug der Ehe? Haben Sie mittlerweile sichergestellt, dass dem nichts im Wege steht?«

Sie schnappte nach Luft. »Natürlich nicht!«

»Hört, hört. Monsieur le Maréchal, hier haben Sie eine waschechte Mademoiselle.«

»Außerdem«, zischte Miss Fortescue, »kann der Duke erst heiraten, wenn seine Frau acht Jahre tot ist.«

»Tatsächlich?«, fragte ich amüsiert. »Hat sein gewitzter Schwiegervater, möge er in Frieden ruhen, etwa eine Klausel in den Ehevertrag gemogelt? Darf ihr Duke das

Erbe etwa nicht behalten, sollte er vorher heiraten? Wie ungemütlich für Sie.«

Wieder schnaubte sie. »Es macht mir nichts aus.«

»Das glaube ich Ihnen gern. Wo kämen Sie denn hin, wenn Sie beide in Ihren kalten Schlössern darben müssten, während sich die Grandma von Diana das Haus auf Long Island mit Goldnuggets tapezieren lässt.«

»So ist es nicht.«

»War sie schwanger?«

»Wie bitte?«

Ich verzog keine Miene. »Die junge Duchess.«

»Was? Ich … ich denke nicht. Ich … ich weiß es nicht, davon habe ich nie etwas gehört. Wie kommen Sie darauf? Und was hat das mit Carla Tush zu tun?«

»Ihr Verlobter und Carla Tush kannten einander seit langer Zeit. Wer weiß, wie viele Leichen der werte Duke im Keller hat. Wie wir eben von anderen Zeugen gehört haben, war er früher kein Kind von Traurigkeit. Ich versuche lediglich, mir ein Bild von seinem Charakter zu machen. Warum war seine junge Frau nur neun Monate nach der Hochzeit allein mit ihrem Vater unterwegs nach Amerika? Wusste Carla Tush etwas, wovon andere nichts ahnten? Gab es im Ehevertrag Ihres Verlobten vielleicht eine Klausel, welche die Braut nicht nur vor einem unnatürlichen Ableben schützen sollte, sondern auch vor Ehebruch? Hat Carla ihn wegen einer Information aus seiner Vergangenheit erpresst? Stellen Sie sich nur mal die Schlagzeilen vor: Schäbiger Duke hat schwangere Duchess vor ihrem tragischen Tod betrogen!«

Miss Fortescue brach in Tränen aus. »Christopher hat nichts getan, er ist ein guter Mensch.«

»Ach ja? Wie äußert sich das?«

»Er hat schon vielen Menschen geholfen und sich für seine Männer im Krieg geopfert.«

»Der Duke of Surrey?« Ich konnte mir das Lachen nicht länger verkneifen. »Sich geopfert? Wollte er denn vorher keinen Stammhalter zeugen? Die Linie einfach erlöschen lassen? Aus dem Leben treten? Puff? Ein britischer Aristokrat? Das halte ich für sehr unwahrscheinlich. Nun gut, immerhin hat er sich inzwischen entschieden, die Sache mit dem Nachwuchs doch noch zu erledigen. Dafür sind Sie sicher da, Miss Fortescue, nicht wahr? Wie alt sind Sie? Zweiundzwanzig? Dreiundzwanzig? Da wird es langsam Zeit für ein Mädchen aus guter Zucht, unter die Haube zu kommen.« Ich stieß sie spielerisch in die Seite. »Was für ein Glück, dass bald April ist, Diana Gould endlich vergessen werden darf und Ihnen und Ihrem Zukünftigen bei der Renovierung und Besiedelung Ihrer Anwesen nichts mehr im Wege steht.«

Anne Fortescue schwieg. Jetzt war sie weichgeklopft. Es war an der Zeit, ihren verwirrten Zustand auszunutzen. Ein abrupter Themenwechsel würde sie gänzlich überrumpeln.

»Dachte ich mir. Haben Sie längere Zeit mit Mister Greenberg gesprochen?«

»Mit … Mister Greenberg?« Sie sah hilfesuchend zu Chatillon hinüber.

Dem war allerdings klar, dass ich hier ein Ziel verfolgte,

denn er machte sich eifrig Notizen und vermied jeglichen Augenkontakt mit Miss Fortescue. Immerhin war sie bisher die einzige Zeugin mit guter Beobachtungsgabe. Wenn wir etwas Relevantes erfahren würden, dann von ihr. Außerdem glaubte sie, wir hätten ihren Verlobten im Visier. Sie würde sich also noch genauer zu erinnern versuchen, ob vielleicht doch etwas Verdächtiges vorgefallen war, das jemand anders belastete.

»Mister Greenberg.«

»Er hat über seine Sammlung geredet und darüber, dass er die Tushs schon lange kennt, da schon der Vater von Misses Tush und sein eigener Vater Geschäfte machten und beide Verfechter des Spanisch-Amerikanischen Krieges waren.«

»Mehr nicht?«

»Nein. An mehr erinnere ich mich nicht.«

»Graf Balaton?«

»Der Graf war sehr höflich, aber eher in sich gekehrt. Wir haben lediglich Floskeln ausgetauscht.«

»Wissen Sie, dass er früher mit Ihrem Verlobten hier in Monaco um die Häuser gezogen ist und sich gerne mit Damen von Welt umgeben hat?«

»Nein …«

»Heinrich Weidemann?«

»Mit ihm habe ich mich kaum unterhalten. Er war nicht in der Lage, ein Gespräch zu führen. Der Krieg hat große Schäden bei ihm hinterlassen. Es ging ihm entsetzlich schlecht, nachdem Mister Tush die Leiche gefunden hatte.«

»Ich mag es mir kaum ausmalen … Maya Fay?«

»Die Schauspielerin hat Christopher den ganzen Abend schöne Augen gemacht. Eigentlich dachte ich, sie sei mit Graf Balaton liiert, aber sie hat jedes Vorurteil über männerfressende Hollywooddiven bedient. Entsprechend wenig hat sie mit mir gesprochen.«

»Lord Wrexley?«

»Lord Wrexley war sehr am Schiff interessiert. Er hat sich alles angesehen und viele Fragen gestellt. Mit mir hat er sich über die Jagd unterhalten und darüber, wie ihm der englische Regen in Indien gefehlt hat. Seiner Frau hingegen macht das trübe Wetter in England zu schaffen, weswegen sie an die Riviera gekommen sind.«

»Ronald Tush?«

»Mit ihm habe ich viel gesprochen. Er hat mir pausenlos Komplimente gemacht, auf charmante Art. Außerdem hat er mir einiges über den Kauf des Bildes erzählt und darüber, wie es ist, in Kalifornien zu leben und zu arbeiten. Und natürlich von seinen Theorien über die Zukunft des Filmtheaters. Er möchte in die Vertonung von Filmen investieren, weil das langfristig günstiger ist und die Filme sich praktisch überall zeigen lassen. Man braucht kein Orchester mehr.«

»Was glauben Sie, wer hat Carla Tush ermordet?«

Sie schlug die Hände vors Gesicht. »Das weiß ich nicht. Christopher war es jedenfalls nicht!«

»Dann sagen Sie uns, wie sie ermordet wurde.«

»Keine Ahnung. Entweder hat sich irgendwer nach oben geschlichen oder jemand ist von draußen hereingekommen. Aber das hätte Misses Tush sicher bemerkt und wäre davongerannt oder hätte um Hilfe gerufen. Sie muss eine ganze Weile in ihrem Zimmer gewesen sein, bevor der Täter sie umgebracht hat. Sie hat sich ja noch umgezogen.«

»Sagen Sie das noch mal.«

»Was genau?«

»Was hat Carla getan?«

»Sie hat … sich umgezogen.«

»Haben Sie, Anne, als einzige Dame den Leichnam gesehen?«

»Ja.«

»Und Misses Tush hatte ein anderes Kleid an als zuvor?«

»Ja, es war ganz anders geschnitten. Vielleicht hatte das erste einen Fleck. Wahrscheinlich hat sie sich deswegen zurückgezogen.«

Ich ging abrupt zur Tür und öffnete sie. »Danke, Anne. Sie dürfen jetzt gehen. Bitte verlassen Sie Ihr Hotel nicht, ohne den dort wachhabenden Gendarmen zu informieren. Auf Wiedersehen.«

Die junge Frau rührte sich nicht. Sie starrte mich ungläubig an. »Das … war's? Einfach so?«

»In der Tat. Guten Tag, Anne.«

Der Maréchal begleitete Miss Fortescue hinaus.

»Folter«, urteilte Chatillon und gähnte hinter vorgehaltener Hand. »Aber von Erfolg gekrönt.«

Ich schnalzte mit der Zunge. »Ich gebe ja zu, schön war das nicht. Normalerweise bin ich stets auf der Seite der aufrichtigen jungen Frauen, aber Miss Fortescue ist eine Verdächtige. Da darf ich sie nicht schonen. Und das Kleid … das Kleid, meine Herren, rückt den Mord in ein ganz anderes Licht. Gut, dass Miss Fortescue die Leiche gesehen hat. Keinem der Herren, außer vielleicht Heinrich Weidemann, wäre dieses Detail aufgefallen, aber Weidemann war durch den Anblick des Mordopfers außer Gefecht gesetzt. Na, vielleicht auch noch dem Duke. Schließlich ist er als Maler und Restaurator ein akribischer Beobachter. Nun denn, fassen wir zusammen. Fakt ist, dass Carla Tush beim Betreten ihres Zimmers nicht erschrak oder zu flüchten versuchte, sondern sich in aller Ruhe umzog. Erst danach wurde sie umgebracht. Entweder der Mörder kam zu ihr ins Schlafzimmer, und ein Streit brach aus, was auf Ronald schließen ließe, oder sie hat den Täter in seinem Versteck überrascht. Das hieße, der Mord hätte eigentlich erst später stattfinden sollen und dass sich doch ein Fremder an Bord befand. Daraus ergeben sich völlig neue Theorien. Ich werde das später *en detail* mit Sargent besprechen, er ist von uns beiden der Analytiker.«

Maréchal Tranquil keuchte, als hätte er sich verschluckt.

»Geht es Ihnen nicht gut?«

»Oh, doch, doch«, röchelte der arme Mann. »Nur etwas im Hals, Madame.«

»Noch eine Leiche können wir hier nicht gebrauchen, mein Lieber. Also, dann wollen wir uns endlich mal dem Hecht im Karpfenteich widmen … Maréchal«, rief ich, »wir lassen bitten! *Allons, enfants de la patrie …*«

»Sehen Sie den Duke denn schon unter der Guillotine liegen, Madame?«, fragte Chatillon amüsiert.

»Oh nein, Monsieur le Commissaire. Nicht unter der Guillotine.«

»Jetzt, meine Herren, noch einmal höchste Konzentration und Haltung bewahren. Maréchal, stellen Sie mich bitte ausnahmsweise erst nach dem Commissaire vor.« Ich trat ans Fenster und blickte durch den Schlitz an der Seite des Vorhangs auf die Straße, wo Miss Fortescue gerade in einen Wagen stieg, der jedoch nicht davonfuhr.

»Sehr wohl, Madame.«

Die Tür ging auf, und Christopher St. Yves, Duke of Surrey, Marquis of Thorne etc. pp., trat ins Verhörzimmer. Ich sah ihn über die Schulter hinweg an. Er war groß und schlank und bewegte sich mit einer Leichtigkeit, die nicht gerade auf eine Kriegsverletzung schließen ließ. Er trug seinen Smoking, als wäre er darin geboren worden. Haare und Augen waren dunkel, wie es eher für Waliser oder Schotten typisch war. Möglicherweise hatte er Vorfahren aus dem mediterranen Raum. Oder zeigte sich darin gar eine Verwandtschaft mit Wilhelm dem Eroberer? Die britischen Herzöge beanspruchten da ja allerlei für sich. Wahrscheinlich ließe sich eines Tages wissenschaftlich nachweisen, dass sie allesamt von einem Schlachtermeister aus Chichester abstammten.

»Monsieur le Duc, bitte nehmen Sie Platz«, wies der Maréchal ihn an. Offenbar hatte er verstanden, dass es nun galt, sich unangreifbar zu machen.

Der Duke setzte sich. »Gern. Ich kann Ihnen jetzt schon sagen, dass ich nicht das Geringste beobachtet habe, was für Sie von Interesse sein könnte. Da dies meine erste Party nach längerer Abstinenz war, hatte der Champagner eine erhebliche Wirkung auf mich. *Je n'ai rien vu. Rien du tout.*«

Sein Französisch war, wie erwartet, makellos. Sein Anzug war makellos. Seine Hände waren makellos. Sein Gesicht war makellos. Was für ein Kunstwerk! Man mochte kaum glauben, dass sich dahinter ein tragisch verwitweter Kriegsheld verbarg. Er war einer dieser Männer, für den eine Frau alles aufgeben würde, sogar sich selbst, wenn sie glaubte, ihn damit halten zu können. Ein Mann, für den sie töten würde. Oder sterben.

»Das werden wir gleich besprechen«, sagte der Maréchal. »Erlauben Sie mir, dass ich mich vorstelle. Ich bin Maréchal Georges Tranquil von der fürstlichen Staatspolizei, und mein Kollege hier ist der Leiter der Kriminaldivision der Sûreté von Nizza und der Küstenprovinz, Commissaire Jean-Louis Chatillon.«

»Monsieur le Duc.«

»Ich habe die Ehre, Monsieur le Commissaire, Maréchal.«

»Freundlicherweise dürfen wir heute außerdem auf die Unterstützung einer engen Vertrauten des Fürstenhauses zurückgreifen, Madame Jackie Dupont.«

Der Duke schien mich bisher gar nicht wahrgenommen zu haben. Ein süffisantes Lächeln umspielte nun seine schönen Lippen. »Madame, hocherfreut.«

Wenn er es darauf abgesehen hatte, mich mit seinem Charme milde zu stimmen, war er an die Falsche geraten.

»Hallo, Christopher«, sagte ich und sah wieder aus dem Fenster, wo immer noch der Wagen mit Anne Fortescue stand. Natürlich wartete sie auf ihn. Brave Verlobte. »Na, dann wollen wir mal.«

Ich drehte mich um.

Der Duke legte gerade ein goldenes Zigarettenetui auf den Tisch. Offensichtlich hatte er die Absicht, sich nicht von uns aus der Ruhe bringen zu lassen, und gab den Mann von Welt, dem niemand etwas anhaben konnte und der uns im Grunde einen großen Gefallen tat, da er uns ein Interview gewährte. Nun denn, ich würde schon mit ihm umzugehen wissen.

Ich trat näher an den Tisch heran. »Erzählen Sie uns doch bitte in Ihren eigenen Worten von den Ereignissen an Bord der *Celluloid*.«

Er schlug die Beine übereinander, verschränkte die Arme, lächelte spitzbübisch, blickte mich an und öffnete den Mund. Doch anstatt zu sprechen, verharrte er einen Moment in dieser Position und sackte im nächsten Moment vom Stuhl.

»Christopher?« Ich beugte mich über den Tisch. »Hallo?«

Chatillon und Tranquil sprangen von ihren Stühlen

auf und hasteten zu dem am Boden Liegenden. Chatillon schlug ihm mehrfach mit der flachen Hand auf die Wange.

»Monsieur le Duc, Monsieur le Duc!«

»Mmmmh …« Der Duke murmelte irgendetwas.

»Geben Sie dem Mann einen Brandy«, verordnete ich.

»Madame, wir haben hier keinen Alkohol.«

Ich verdrehte die Augen, ging zu dem Garderobenständer in der Ecke und holte eine flache Metallflasche aus der Tasche meines Mantels. »Hier. Reiben Sie es ihm meinetwegen unter die Nase.«

Ich reichte Tranquil den Brandy, den er dem Duke sogleich an die Lippen hielt. Von der Schärfe des Getränkes belebt, begannen die Augenlider des Ohnmächtigen zu flattern.

»Diana …«, flüsterte er.

»Ja?«, fragte ich und zündete mir eine frische Zigarette an. »Was ist mit Ihrer verstorbenen Frau, Christopher?«

»Diana …«

»Sie müssen schon mit uns sprechen, Christopher.« Ich wandte mich an meine Kollegen. »Helfen Sie dem armen Mann doch bitte auf die Beine, Messieurs.« Und wieder an den Duke: »Ich habe mir gerade noch darüber Gedanken gemacht, wie wenig man Ihnen Ihre bewegte Vergangenheit anmerkt, Christopher.«

Chatillon und Tranquil gelang es, den Duke halbwegs aufzurichten. Er hustete und öffnete schließlich die Augen.

»Ah.« Ich winkte ihm zu. »Schön, Sie wieder bei uns

zu haben. Wissen Sie noch, wo Sie sind? Wie viele Finger halte ich hoch?«

Sprachlos starrte er mich an. Blass wie ein Toter. Dann schnellte er nach vorne und packte meine Beine. »Vergib mir!«, schrie er und hielt sich an mir fest. »Diana! Bitte vergib mir!«

Die beiden Kollegen taten ihr Bestes, um ihn von mir zu lösen, aber er umklammerte mich wie ein Schraubstock.

»Wissen Sie«, sagte ich, »im Grunde habe ich nichts dagegen, von attraktiven Herzögen umgarnt zu werden, aber angesichts der Umstände kommt mir Ihre Aufwartung etwas ungelegen. Außerdem habe ich erst vor wenigen Minuten Ihre Verlobte befragt. Ein entzückendes Wesen. Miss Faye konnte ihren Reizen nichts abgewinnen, aber ich fand ihre Art sehr erfrischend. Ein angenehmes Mädchen.«

Er schluchzte, und langsam machte ich mir Sorgen um meinen Maßanzug.

Chatillon zog den Duke an den Schultern. »Monsieur le Duc, lassen Sie Madame Dupont los!«

»Soll ich einen Eimer Wasser holen?«, fragte Tranquil verschreckt.

»Um Gottes willen«, sagte ich. »Alles, nur das nicht.« Ich deutete auf den edlen Stoff. »Das ist ein Baumwoll-Seide-Gemisch.« Ich tätschelte dem Duke den Kopf. »So, Christopher, jetzt müssen Sie mich aber loslassen, ja? Ich will gleich noch die Zimmermädchen verhören. Wahrscheinlich haben Sie zu lange gewartet und brauchen Ihre Medizin? Lassen Sie sich von Ihrer lieben Anne ins Hotel bringen, ich komme Sie dort besuchen, wenn Sie sich ausgeruht haben.« Damit packte ich ihn bei den Handgelenken, löste durch den gezielten Druck meiner Daumennägel auf eine bestimmte Stelle unterhalb seines Handballens seinen Griff und stieg über ihn hinweg. »Meine Herren, Miss Fortescue sitzt draußen in einem Rolls-Royce und wartet auf den Duke. Bitte begleiten Sie ihn hinaus. Wir sehen uns dann bei den Dienstmädchen. Und wehe, Sie trödeln.« Ich nahm meinen Mantel vom Haken und setzte meinen Hut auf. »Hach. Es ist doch nichts belebender als eine Nacht im Verhörzimmer. Man fühlt sich wie neugeboren!«

Seventree, Surrey, 20. Januar 1912

Liebste Großmama,
nun bin ich schon ein halbes Jahr in England und kann immer noch nicht fassen, dass ein Mädchen so glücklich sein kann wie ich mit meinem Christopher. Er trägt mich immer noch auf Händen! Jede Woche nimmt er die beschwerliche Fahrt nach London auf sich, um die Bauarbeiten an unserem Stadthaus zu überwachen, die wie überall auf der Welt nur schleppend vorangehen. Auch hier in Seventree wird weitergearbeitet und renoviert, was das Zeug hält, und das ist auch gut so. Du ahnst ja nicht, wie kalt dieses Schloss im Winter ist. Am liebsten würde ich das Bett gar nicht mehr verlassen.
Von meiner Schwiegermutter Elizabeth, der Dowager Duchess, sehe ich nicht viel, sie hält sich vor allem in ihrem Cottage auf und malt. Von ihr hat Kit sein Talent geerbt. Es ist wirklich fantastisch, er kann jeden beliebigen Maler imitieren. Oje, was habe ich nur wieder für Gedanken, diesen Vorschlag werde ich ihm gewiss nicht machen, ich möchte ja nicht, dass er mich für verrückt hält. Überhaupt gebe ich mir alle Mühe, mich mit dem einer englischen Herzogin gebührenden Decorum zu verhalten und meinem Mann so wenig wie möglich zur Last zu fallen. Schließlich hat er genug zu tun mit den Häusern und dem riesigen Anwesen, mit all den Pächtern und Verwaltern, da kann er keine Ehefrau gebrauchen, die ihm auf der Nase herumtanzt.

Was macht überhaupt Deine Teekur? Hast Du Deine Weihnachtssünden in den Griff bekommen?
Ich freue mich auf Deinen nächsten Brief und umarme Dich.
Deine Dich liebende

Diana

PS: Das Wichtigste hätte ich fast vergessen! Seit heute habe ich einen Hund. Einen klitzekleinen Welpen mit weichem weißem Fell. Noch suche ich nach einem passenden Namen.

4.

Die Autotür fiel ins Schloss.

»Du warst aber schnell fertig«, sagte Anne. »So, wie sie mich nach dir ausgefragt haben, hatte ich mich auf mehrere Stunden eingestellt.«

Kit hielt sich die Hand vor die Augen. Alles um ihn herum war verschwommen, es kam ihm vor, als hätte die Erde jegliche Substanz verloren.

»Um Himmels willen, Darling, geht es dir nicht gut?«

Er konnte nicht antworten. Vor seinem inneren Auge tanzte das Gesicht der Frau aus dem Verhörzimmer, mal groß, mal klein, mal klar, mal verzerrt, mal allein, mal in tausendfacher Vervielfältigung. *Hallo, Christopher. Hallo, Christopher. Hallo, Christopher.*

Diana. Sie war Diana Gould. Diana St. Yves. Seine Frau. Seine im Nordatlantik verschollene Frau!

Ein Schluchzen drang aus seiner Kehle.

»Oh, Kit, wie gedankenlos von mir, du warst ja mit Carla gut befreundet … Fahrer, bitte bringen Sie uns so schnell wie möglich ins Hotel … Lady Wrexley hatte die Weitsicht, uns einen Wagen schicken zu lassen.«

Unmöglich! Diana war tot! Ertrunken! Erfroren!

Ein übermenschlicher Schmerz erfasste ihn, und er krümmte sich. Erinnerungen überfluteten ihn. Erinnerungen an seine Heimkehr nach Seventree, wo er einen Stapel Briefe vorgefunden hatte, die über den Fußboden des Salons verstreut waren. Seine Liebesbriefe an Rose Munroe. Auf einem Sofa hatte ein einzelnes Blatt Papier gelegen, und schon von Weitem hatte er gesehen, dass es sich um seinen letzten Brief an Rose handelte, um jenen, in dem er ihr versprach, sie immer zu lieben, und beteuerte, dass Diana ihm nichts bedeute.

Mit beißender Scham erinnerte er sich daran, wie wütend er auf Diana gewesen war, weil sie die Schublade in seinem Schreibtisch aufgebrochen hatte, und wie sehr er den Umstand verfluchte, dass Rose nie von seiner Reue erfuhr. Diana solle sich nicht so anstellen, hatte er damals gedacht. Immerhin war sie die Duchess und besaß alles, was eine Frau sich vom Leben wünschte. Warum sollte sie sich da um seine Geliebte scheren? Dann plötzlich die Panik, die Erkenntnis, dass Rose längst begriffen hatte, was er selbst nicht sah, nämlich dass Diana diejenige war, mit der er sein Leben verbringen wollte. Die sanftmütige, großzügige, warmherzige Diana, die lieber sterben wollte, als Kit und seiner Liebe zu Rose im Weg zu stehen.

»Kit? … Christopher? Brauchst du einen Arzt?« Anne schüttelte ihn.

»Nein.« Er schnappte nach Luft und richtete sich auf.

Er musste sich geirrt haben. Die Frau konnte nicht Diana sein. Diana war tot. Die Übermüdung und der Alkohol waren sicher schuld an dem Anfall eben … Oder wurde er wahnsinnig? Waren es die Bomben, die Explosionen, die Schüsse, die nun ihren Tribut forderten?

Anne ergriff seine Hand. »Du Ärmster. Wenigstens bist du schnell wieder rausgekommen. Diese unmögliche Frau hat mich die schrecklichsten Dinge gefragt.«

Er fuhr hoch. »Was meinst du?«

Anne sah ihn angsterfüllt an. »Christopher, ist … ist etwas nicht … Hast du etwas mit … Weißt du etwas über den Mord?«

Er rieb sich die Augen und schüttelte den Kopf. »Bitte, sag mir, was sie dich gefragt hat.«

Sie zögerte. »Das kann jetzt warten.«

»Nein!«, schrie er sie an. »Sag's mir. Sofort!«

»Kit! Jetzt beruhige dich doch! … Gut, ich erzähle es dir, aber es wird dir wehtun. Sie hat mich gefragt, ob Carla möglicherweise etwas über dich wusste, womit sie dich hätte erpressen können. Ob es vielleicht eine Klausel in deinem Ehevertrag gegeben hat, durch die bei Ehebruch einem das Erbe nicht ausgezahlt worden wäre.«

Der Satz traf ihn wie ein Dolch im Magen. »Weiter.«

»Sie meinte, du seist als junger Mann hier … nun ja, sie sagte, dass du dich amüsiert hättest.«

Er erwiderte nichts.

»Kit, du weißt, das ist nichts Schlimmes, warum auch nicht. Aber ich habe ihr gesagt, dass du ein guter Mensch bist.«

Tränen stiegen ihm in die Augen. »O Gott.«

»Kit?« Anne drückte seine Hand fester, aber ihre Stimme zitterte. »Kit? Hat diese Person mit ihrem Verdacht etwa recht? Warst du deiner Frau untreu? War sie deshalb … War sie deshalb auf dem Weg zurück nach Amerika?«

Sein Hals schwoll zu. Er dachte an Rose, lachend und nackt in ihrer Wohnung in London.

Als hätte Anne seine Gedanken gelesen, fragte sie: »Wer war diese Rose Munroe?«

»Niemand«, krächzte er.

Anne begann nun ihrerseits zu schluchzen. »Es ist also wahr. Du hast deine Frau betrogen, und sie hat dich verlassen. Und dabei ist sie umgekommen! Kein Wunder, dass du auf dem Schlachtfeld den Tod gesucht hast … Mit dieser Schuld zu leben!«

»Schweig, Anne«, flüsterte er. »Ich bitte dich. Schweig.«

»War sie wirklich schwanger?«

Kit riss die Augen auf. »Wie bitte?«

»Deine Frau. Madame Dupont hat mich gefragt, ob sie schwanger gewesen sei.«

Kit lehnte den Kopf ans Fenster und starrte hinaus. Er war sich nicht sicher, ob er vielleicht doch träumte. Oder ob er einen Zusammenbruch hatte und halluzinierte und gleich irgendwo in einem Sanatorium aufwachen würde.

»Kit? War sie schwanger?«

»Nein. Nicht, dass ich wüsste.«

Nicht, dass er wüsste … War sie?

Er versuchte, sich an Diana zu erinnern, kurz bevor sie ihn verlassen hatte. Er hatte sie nach Seventree verbannt, damit er seinen Vergnügungen in London weiterhin ungestört nachgehen konnte. Seventree lag zwar nicht weit von der Stadt entfernt, aber doch weit genug, um tägliche Ausflüge seiner Frau dorthin zu verhindern. Er hatte behauptet, er übernachte häufiger in London in seinem Club, um die Renovierungen des Stadthauses zu beaufsichtigen, damit sie dort gemeinsam die kommende Saison genießen könnten. Darüber hinaus war er damals schon in die Aktivitäten der Kunstwelt involviert gewesen und kuratierte einige bedeutende Sammlungen. Diana hatte nie Verdacht geschöpft. Außerdem bedachte er sie durchaus mit Aufmerksamkeit, wenn er zu Hause war.

Rose Munroe hatte mit ihren Anschuldigungen nicht ganz unrecht gehabt: Seine junge, schöne Frau war ihm nicht egal gewesen. Er hatte es genossen, sie zu beeindrucken und sich in ihrer Bewunderung zu sonnen. Ein exquisites Gefühl. Er war sich männlich und mächtig vorgekommen. Er hatte geglaubt, ihm stünde das alles zu. Mit Rose in London die große Leidenschaft auszuleben, das Verbotene, die Sünde, die niedrige Wollust und die totale kreative Entfaltung, und mit Diana zu Hause das Idyll zu genießen, die Ausritte durch seine Besitztümer, die Teepartys im sonnendurchfluteten Salon, die ungewohnte Sorglosigkeit, die ihm die Heirat eingebracht hatte.

Das Gesicht. Da war es wieder, ihr Gesicht. Das perfekte Oval der Diana Gould mit diesen faszinierenden Augen in der Farbe des Meeres. Das lange weißblonde Haar, das sie wie eine Wolke umgeben hatte, wenn sie in seinen Armen lag, war nun zwar kurz, aber von derselben Farbe, derselben Struktur. Selbst der Mund, inzwischen blutrot geschminkt, war der gleiche. Ein zarter Kussmund, hinter dem sich ein strahlendes Lächeln verbarg.

Nein. Er ballte die Faust. Diana war tot. Diana war tot, und er hatte teuer für seinen jugendlichen Leichtsinn bezahlt. Und doch wünschte er sich, dass sie noch lebte. Dass er sie um Vergebung bitten konnte.

Vermutlich kamen jetzt unterbewusste Ängste zum Vorschein, die mit seiner Verlobung mit Anne zu tun hatten. Die Angst, noch einmal die Verantwortung für das Glück einer jungen Frau zu übernehmen und erneut zu versagen. Sein schlechtes Gewissen, weil er mit der Hochzeit wartete, bis sein Erbe ihm nicht mehr abgestritten werden konnte.

Er hatte die Frau im Polizeipräsidium kaum gesehen. Wahrscheinlich hatte sie Ähnlichkeit mit Diana – sie war eben ein Golden Girl aus Amerika –, und die Übermüdung und der Schock nach der Ermordung Carlas hatten ihr Übriges getan. Diana – ein kettenrauchender Vamp? Eine Femme fatale in Männerkleidung? Niemals! Oder etwa doch?

Im Grunde hatte er seine Frau überhaupt nicht gekannt. Sie war für ihn einfach Mittel zum Zweck gewesen, und sie hatte stets ihr Bestes getan, um ihrer Rolle als Duchess gerecht zu werden. Was beileibe nicht leicht war für ein so junges Ding aus einer ganz anderen Welt. Aber jener Umstand war ihm in seiner elenden Eitelkeit ebenso gleichgültig gewesen wie sein Schwur der ehelichen Treue. Zu spät wurde ihm klar, was für einen Schatz er in ihr besessen, was für ein Glück er mit ihr gefunden hatte!

Genug. Diana war tot, tot, tot! Was für eine Blamage! Wie er sich aufgeführt hatte. Wie ein kleines Kind. Es trieb ihm die Scham in alle Poren. Er würde die Detektivin um Verzeihung bitten, wenngleich er selbst sein Verhalten für unentschuldbar hielt. Aber das konnte er nicht auf sich sitzen lassen. Er musste sich berappeln, und zwar schnell. Die schwersten Schlachten des Krieges hatten ihn nicht gebrochen. Er durfte nicht zulassen, dass es den Geistern der Vergangenheit gelang. Eine neue Lebensphase lag vor ihm, die durfte ihm nicht entgleiten. Wie einst in den langen Nächten in den Schützengräben zwang er sich zur Disziplin. Er würde im Hotel frühstücken, sich anschließend schlafen legen, und wenn er wieder aufwachte, würde er die Welt mit frischem Blick betrachten.

Eine halbe Stunde später fuhr der Wagen vor dem Grand Hotel du Cap Ferrat vor, und sogleich eilten zwei Pagen herbei, um den Gästen behilflich zu sein. Anne, wacker wie eh und je, wischte sich das Gesicht mit einem Taschentuch trocken und stieg aus, kam dann auf Kits Seite des Rolls-Royce herüber und wartete, bis er ausgestiegen war. Dann hakte sie sich bei ihm ein und stützte ihn, bis sie die Lobby durchquert hatten und in den Aufzug traten.

»Soll ich dir etwas zu essen aufs Zimmer bringen lassen?«, fragte sie, als sie schließlich vor seiner Tür stehen blieben.

»Ja, vielen Dank.«

Sie nickte und machte kehrt, um wieder hinunterzugehen und seinen Lunch zu bestellen, während er die Tür aufschloss und die Suite betrat. Er entledigte sich seiner Jacke und der Fliege und schritt zum Fenster. Er öffnete es, ging auf den Balkon hinaus und blickte über die weitläufige Bucht zu seiner Linken, in östlicher Richtung, bis zum Cap-d'Ail, hinter dem sich das Fürstentum von Monaco verbarg. Die Schönheit des Anblicks ließ ihn für einen Moment entspannen, ließ ihn den Schrecken der vergangenen Nacht vergessen, den Horror der vergangenen Jahre. Sie erlaubte ihm kurz, wieder der junge Mann zu sein, der einst über diese Bucht sah und vor Kraft nur so strotzte, in dem sicheren Glauben, die Welt läge ihm zu Füßen.

Es klopfte an der Tür, und ein Page trug ein Tablett herein. Kit bedankte sich und bat den Mann darum, gegen fünf Uhr nachmittags geweckt zu werden. Schließlich mussten Anne und er am Abend erneut nach Monaco, um Dame Zelda in der Oper zu erleben.

Nach Beendigung des Mahls legte er sich aufs Bett und schloss die Augen. Die Müdigkeit umfing ihn wie eine dunkle Wolke. Trotz der Aufregung der vergangenen Nacht schlief er sofort ein.

Er träumte. Von Diana.

Aus den Memoiren der
JACKIE DUPONT

»Schlafen Sie denn nie, Jackie?«, fragte mich der Prinz, als ich nach dem letzten Verhör im Palast eintraf.

»Nicht, wenn es sich vermeiden lässt. Gehen Sie mir aus dem Weg, Albert. Ich habe keine Zeit für Small Talk, ich soll doch Ihren Mörder finden, oder nicht?«

»Meinen Mörder?«

»Ach, Albert.« Ich nahm ihn bei der Hand. »Sie wissen doch, was ich meine. Ich muss schnell weiter, ja? Sobald der Fall gelöst ist, habe ich wieder mehr Zeit für Sie.«

»Ja, Jackie. Sie haben ja so recht, und ich habe außerdem ein Land zu regieren.«

Der Garten meiner Tante ist größer als sein Land, dachte ich, verkniff mir aber eine Bemerkung dazu. »Bitte denken Sie an mein Kleid, Albert ... Ich muss jetzt meine Instrumente holen.«

Wie immer war ich mit dem großen Schrankkoffer angereist, der nun an einer Wand in meiner Unterkunft stand. Er verfügte über ein wattiertes Fach, in dem ich besonders empfindliche Gerätschaften aufbewahrte. Diesem Fach entnahm ich nun ein Stethoskop. Es war jedoch kein modernes Abhörgerät aus Metall und Gummi – so eines besaß ich auch –, sondern ein Gegenstand aus Holz, dessen Form an eine Champagnerflöte erinnerte.

»Hast du mein Beautycase gesehen, Sargent?«

Der Hund lag lang ausgestreckt über das Kopfkissen drapiert. Mit einem gleichgültigen Grunzen ließ er mich wissen, dass er mein Beautycase weder gesehen hatte noch dass ihn der Aufenthaltsort desselbigen sonderlich interessierte.

Ich fand das gesuchte Köfferchen bald im Badezimmer, wo eine wohlmeinende Zofe es hingestellt haben musste. Das war nicht gerade eine Überraschung, immerhin transportierten die meisten Frauen in solchen Behältnissen Kosmetika. Ich dagegen ließ an meine Haut nur Wasser und Pond's Creme, warum sollte ich da allerlei Tinkturen und Pomaden mit mir herumschleppen? Mein Lippenstift, mein Khôl und mein Parfumzerstäuber passten in ein Täschchen, das ich meistens bei mir trug.

Ein Blick in den Spiegel verriet mir, dass ich den Inhalt besagten Täschchens einmal mehr applizieren müsste, bevor ich den Zimmermädchen gegenübertrat, denn jene Spezies hatte große Achtung vor korrekt applizierter Maquillage.

Richtig, fiel mir da wieder ein, ich war wegen des Beautycases ins Badezimmer gegangen. Ich klappte es auf und beäugte die darin befindlichen Gegenstände. Das Stethoskop würde nur hineinpassen, wenn ich etwas anderes herausnahm. Oder sollte ich das ganze Ding leer räumen und das Stethoskop in ein Handtuch gewickelt hineinlegen? Ich entschied mich für Variante zwei. Die Objekte aus dem Beautycase benötigte ich aller Wahrscheinlichkeit nach ohnehin nicht.

Ich kehrte ins Schlafzimmer zurück. »Es tut mir leid, Sargent, aber ich muss dich bitten aufzustehen. Ich möchte die Matratze anheben.«

Sargent öffnete die Augen. Zur Hälfte.

»Vergib mir, aber das ist der einzige Ort, an dem ich auf die Schnelle die Waffen verstecken kann. Du möchtest sicher nicht dafür verantwortlich sein, wenn eine der Zofen sich mit einem Wurfmesser die Hand abschneidet.«

Der Hund erhob sich demonstrativ langsam, reckte sich ausgiebig, sprang gleichmütig vom Bett und auf einen nahe stehenden Sessel.

Mit einiger Anstrengung schob ich die Matratze vom Bett und holte das Beautycase aus dem Bad. Dann begann ich, mein Arsenal auszupacken. Die beiden Wurfmesser platzierte ich fein säuberlich nebeneinander in der Mitte des Bettkastens, denn wie es mit Wurfmessern so ist: Wenn man sie braucht, findet man immer nur eins.

»Ach, sieh mal, da ist doch noch ein Magazin für die Rote Neun!«, rief ich hocherfreut.

Sargent versteckte das Gesicht zwischen den Pfoten.

»Ich nehme alles zurück, du hast es gar nicht bei Onkel Daniel im Garten vergraben.«

Bei der Roten Neun handelte es sich um eine kleine, hochpräzise Maschinenpistole vom Kaliber neun Millimeter, hergestellt von der Firma Mauser im Allgäu. Die Waffe lag stets in einem Etui am Boden des Beautycases, und das verloren geglaubte Magazin musste unter das Etui gerutscht sein. In jüngster Vergangenheit hatte ich wirklich zu wenig Verwendung für die Rote Neun, überlegte ich. Wie schnell doch die Zeit verging. Inzwischen reichte der kleine Colt im Strumpfband für meine Zwecke vollkommen aus.

Außer Wurfmessern und Maschinenpistole beherbergte das Beautycase noch einen ausfahrbaren Totschläger sowie Patronen für den Colt, die ich nun nach und nach herausnahm und im Kreis um die Messer und die Rote Neun anordnete. Zum Schluss wuchtete ich die Matratze zurück auf das Bettgestell und wickelte das Stethoskop in ein Handtuch, um es sicher im Beautycase transportieren zu können.

»Na, dann mal los ins Hotel am Casino, Sargent. Und wenn eines der Zimmermädchen dir verdächtig vorkommt, sag es mir bitte im Stillen. So einen Vorfall wie in Marrakesch können wir uns nicht noch einmal leisten.«

Sargent knurrte.

»Ich weiß, er war schon vorher ein Eunuch, und es tut mir leid, dass du vom Boden aus nur bis zu seinem Schritt springen konntest … Warte, Liebling! Jetzt sei nicht gleich wieder beleidigt, du musst irgendwann einsehen, dass du kein Rottweiler bist! Dein Vater war ein Tibet-Terrier und deine Mutter ein Zwergschnauzer, und es war ein wirklich großer Eunuch!« Sargent war schon an der Tür. »Das ist doch kein Makel. Er war wirklich sehr, sehr groß. Ein ehemaliger Haremswächter. Geradezu riesig. Ach, ich gebe es auf. Wir holen dir jetzt eine Wurst aus der Küche, die kannst du während der Fahrt vertilgen. Was sagst du dazu?«

Im Hotel am Casino erwartete uns bereits Maréchal Tranquil, der mir und Sargent – für den Moment noch damit beschäftigt, sich den Wurstgeschmack von der Nase zu lecken – mitteilte, dass er, wie von mir erbeten, die Mädchen in ein Zimmer gebracht habe, welches mit einem zweiten durch eine Tür verbunden sei. Die Bewohner des benachbarten Zimmers habe man zwar sehr nachdrücklich von einem Umzug überzeugen müssen, aber mit derlei Nebensächlichkeiten wolle er mich nicht behelligen.

»Sehr richtig. Sie haben verstanden, worum es mir geht … Wie sieht es mit dem goldenen Kleid aus? Haben Sie ein zweites gefunden?«

»Ja, es hing im Kleiderschrank. Uns ist allerdings nichts daran aufgefallen.«

»Interessant. Nun denn, wenden wir uns den Mädchen zu. Wir werden folgendermaßen verfahren: Ich gehe gleich zu ihnen, und in genau zehn Minuten klopfen Sie an die Tür und behaupten, der Prinz verlange mich am Telefon.«

»Sehr wohl, Madame.«

»Ich werde dann in den Raum nebenan gehen und die Mädchen belauschen.«

»Wie Sie wünschen, Madame. Commissaire Chatillon erwartet Sie bereits oben.«

»Aha. Ist Ronald Tush mittlerweile bei Bewusstsein?«

»Ich habe einen Gendarmen im Krankenhaus stationiert, der sich melden wird, sobald die Ärzte Monsieur Tush für vernehmbar halten. Es hat jedoch nicht den Anschein, als wäre dies heute noch der Fall.«

»Schade. Ach, was soll's, bleibt mehr Zeit für die Zimmermädchen.«

Er zögerte einen Moment. »Madame, ich hätte da noch eine Frage. Es ist nur eine klitzekleine Sache, etwas … ähem … Persönliches. Glauben Sie, Monsieur Bugatti könnte mich einmal mit zu einem Renn…«

Ich hob den Zeigefinger. »Sie sind im Dienst, Maréchal!«

»Jawohl, Madame. Natürlich, Madame. Vergeben Sie mir, Madame.«

Im oberen Stockwerk überreichte Commissaire Chatillon mir eine Liste mit den Namen und dem jeweiligen Alter der Zimmermädchen sowie Informationen über ihre Anstellung bei den Tushs. Wie es aussah, waren sie alle schon mehrere Jahre bei dem Ehepaar im Dienst. Das hatte zunächst wenig zu bedeuten, aber es machte einen Raubmord noch unwahrscheinlicher. Wieder griff das Argument der besseren Gelegenheit zu einem günstigeren Zeitpunkt. Zweifelsohne bestand jederzeit die Möglichkeit, dass Angestellte erpresst wurden, indem man sie oder ihre Familien bedrohte. Besonders junge Frauen liefen Gefahr, charmanten Männern zum Opfer zu fallen und sich für deren kriminelle Machenschaften herzugeben, doch all jene, die sich theoretisch in einer solchen Situation befunden haben könnten, hätten sich der Steine gewiss längst bemächtigt.

Ich drückte Chatillon das Beautycase in die Hand. »In diesem Koffer befindet sich ein hochempfindliches Instrument aus Holz. Bitte packen Sie es vorsichtig aus und platzieren es griffbereit an der Verbindungstür.«

»Wird gemacht, Madame Dupont. Die jungen Damen sind in diesem Raum hier.« Er hielt mir eine Tür auf, und ich trat ein.

Vier Mädchen saßen dicht aneinandergedrängt auf einem breiten Sofa. Sie waren allesamt kreidebleich und sahen mich mit großen Augen an.

»Hallo allerseits. Mein Name ist Jackie Dupont, dies ist mein Hund Sargent. Wie der Maler, nicht wie der Polizist. Keine Angst, er ist Feminist. Und er hat bereits gefrühstückt.«

»Sie sind Amerikanerin?«, fragte ein dunkelhaariges Mädchen mit Locken.

»Natürlich. Was denn sonst?«

»Gott sei Dank«, hauchte eine Blondine, und das Grüppchen entspannte sich sichtlich.

Sogleich redete erneut das Mädchen mit dem krausen Haar. »Wissen Sie, keine von uns spricht Französisch, und wir verstehen nur das, was uns der Dolmetscher gefragt hat. Die Herren von der Polizei haben uns sehr streng angeschaut, und wir sind uns vorgekommen wie Verbrecherinnen. Dabei haben wir nichts getan!«

»Keine Sorge, *sweethearts*. Unter meiner Aufsicht wird kein hart arbeitendes amerikanisches Mädchen zu Schaden kommen. Ich bin schließlich selbst eins. Wer von euch ist Ethel?«

Die Blondine mit dem runden Gesicht presste die Lippen aufeinander und hob die Hand.

»Okay. Und Minnie?«

Die Kleinste und meiner Einschätzung nach auch Jüngste auf der Couch meldete sich. »Das bin ich.«

»Florence?«

»Ich bin Florence«, sagte die Mutige mit den Locken. »Ich bin Mister Tushs Sekretärin.«

»Sieh an. Man sagte mir, ihr wäret alle Zimmermädchen.«

Ihre Wagen wurden rot. »Das stimmt auch, aber Mister Tush hat mich umfunktioniert.«

Meine Spekulationen gingen für einen Moment in eine gewisse Richtung. Bei genauerer Betrachtung des guten Kindes verwarf ich jedoch die Idee, Florence könnte die Geliebte von Ronald Tush sein. Obschon man gelegentlich überrascht war, für welche Sorte Frau so mancher Mann eine Präferenz hegte – Florence Miller, wie ihr Name auf meiner Liste notiert war, kam nicht infrage. Sie war weder auffallend reizlos noch auffallend hübsch, vielmehr wirkte sie außerordentlich aufrichtig und klug. Solche Mädchen liefen eher Gefahr, nach Jahren der Langeweile mit einem jugendlichen Delinquenten durchzubrennen. Alten Millionären gingen sie meist nicht auf den Leim.

»Und Gladys bist du?«, fragte ich die Rothaarige.

»J-Ja«, stotterte sie.

»Florence, Ethel, Minnie und Gladys. Sehr gut.« Ich lächelte aufmunternd. »Keine Angst, ihr steht nicht im Verdacht, Misses Tush ermordet zu haben.«

Die blonde Ethel brach in Tränen aus. »Es ist schrecklich! Misses Tush hat niemandem etwas getan!«

»Nein, nein …«

»Ethel hat Misses Tush immer beim Zurechtmachen geholfen«, erklärte mir Florence hastig.

»Soso, Ethel. Dann ist dir sicher auch das abhandengekommene Schmuckstück bekannt.«

Das Mädchen schluchzte und wischte sich mit dem Handrücken die Tränen vom Gesicht. »Ja. Mister Tush hat es gerade erst gekauft.«

»Hast du, oder vielmehr habt ihr, gewusst, dass das Collier früher einmal Misses Vanderhoff, der Mutter von Misses Tush, gehört hat?«

Sie nickten im Einklang.

»Könnt ihr mir verraten, ob es in letzter Zeit ernsthaften Streit zwischen den Eheleuten Tush gegeben hat?«

Sie schüttelten die Köpfe.

»Hatte einer von beiden vielleicht ein Verhältnis?«

Wieder schüttelten sie die Köpfe.

»Sind in letzter Zeit Personen im Leben der Tushs aufgetaucht, deren Gegenwart euch verdächtig vorkam? Besucher oder Personal?«

Florence, die Wortführerin, faltete die Hände im Schoß. »Niemand vom Personal. Wir hatten schon lange keine Neuzugänge mehr.«

»Und Gäste?«

»Na ja, es ist ja das erste Mal, dass wir hier an der Riviera sind, wegen des Kriegs und alldem. Aber die Tushs sind früher jeden Winter hergekommen und kennen eine

Menge Leute hier. Wir Mädchen kennen natürlich Miss Fay aus Hollywood, und wenn wir in New York sind, kommen manchmal Mister Greenberg oder Dame Zelda zu Besuch.«

»Hm, hm. Wer kam in den letzten Wochen so alles an Bord der *Celluloid*?«

»Mister Greenberg war einmal da, ja, und Dame Zelda auch, zusammen mit der alten Französin. Und der ungarische Graf war sogar mehrmals da.«

»Das war's?«

Jetzt nickte das Quartett.

»Wer von euch hat einen Kavalier hier in Frankreich?«

Minnie schnappte entsetzt nach Luft, und die rothaarige Gladys bekreuzigte sich.

»Keine!«, keuchte Florence entgeistert. »Wir waren alle auf der katholischen Mädchenschule von Santa Flora.«

»Soso. Wie steht es mit …«

Es klopfte an der Tür. »Madame?«

»Ja bitte?«

Der Maréchal kam herein. »Madame, bitte entschuldigen Sie die Störung, aber seine fürstliche Hoheit, Prinz Albert, hat soeben hier im Hotel angerufen. Er möchte dringend mit Ihnen sprechen. Wäre es Ihnen möglich? Das Telefon befindet sich an der Rezeption.«

»Der Prinz? Was will der denn schon wieder?« Ich erhob mich. »Sorry, *girls*, vermutlich kann Albert mein rotes Kleid nicht finden. Wir gehen nachher noch in die Oper. Hoffentlich fasst er sich kurz.«

Der Maréchal verbeugte sich, und ich ging, ohne ihn

eines Blickes zu würdigen, an ihm vorbei aus dem Zimmer. Sargent, der mir folgte, bedachte Tranquil mit einem bedrohlichen Knurren. Die Wurst war wohl bereits vergessen.

Kaum war die Tür geschlossen, streifte ich die Schuhe von den Füßen und schlich in den benachbarten Raum, wo Chatillon schon auf mich wartete. Sargent sah ihn schief an, aber ich drohte dem Hund mit dem Zeigefinger, und er verstand den Ernst der Lage. Ich nahm ein Kopfkissen vom Bett, legte es vorsichtig neben die Verbindungstür und kniete mich darauf. Das Stethoskop lag griffbereit da. Ich hob es hoch und drückte es an die Tür, dann presste ich das Ohr dagegen. Sofort hörte ich hektisches Flüstern.

»… musst es ihr sagen, Minnie.«

»Ich habe zu viel Angst. Was, wenn sie ihn danach fragt? Dann bringt er mich auch noch um.«

»Er hat ihr gedroht«, zischte eines der Mädchen, und ich war mir sicher, dass es Florence Miller war.

»Ich weiß, aber ich habe eben Angst«, krähte Minnie.

»Psst! Sei leise! Da draußen steht ein Polizist. Er weiß doch gar nicht, dass du ihn gehört hast.«

»Vielleicht doch? Er hat nicht direkt gesagt, dass er sie umbringen will. Er hat nur gesagt, dass etwas passieren wird. Dass er sich bald vergisst!«

Ein lautes Schniefen drang an mein Ohr. Vermutlich die heulende Ethel.

»Er hat sie geliebt. Warum sollte er sie umbringen? Und warum sollte er die Halskette klauen?«

»Leise, Ethel«, befahl Florence nochmals. »Mensch, Mädchen, reißt euch zusammen.«

»Ethel hat recht«, zischte eine Vierte, wahrscheinlich Gladys. »Wieso sollte Graf Balaton die Diamanten stehlen?«

»Sie hat niemandem was davon verraten«, krächzte Ethel wieder. »Das hat sie mir erzählt. Sie wollte das Collier erst herzeigen, wenn alle da sind.«

»Vielleicht hat der Dieb es sich ja zurückgeholt«, piepste Minnie.

»Welcher Dieb denn?«, fragte Florence.

»Na der, der es beim ersten Mal gestohlen hat.«

»Red keinen Quatsch«, protestierte Ethel. »Das ist doch ewig her und war ganz woanders. Irgendwo weit weg, in Australien oder Asien oder so. Misses Tush hat den Dieb selbst gesehen, das hat sie mir erzählt. Es war ein einheimisches Kind.«

Eine Weile schwiegen sie.

»Vielleicht hat Mister Tush rausgekriegt, dass seine Frau sich heimlich mit dem Grafen getroffen hat«, spekulierte Florence. »Und er hat jemanden bezahlt, der sie umbringt.«

»Das glaubst du doch selbst nicht«, meinte Gladys. »Doch nicht Mister Tush.«

»Stimmt. Ich glaube auch nicht, dass er es war. Meiner Meinung nach war es der Graf. Er sieht ziemlich gefährlich aus.«

»Vielleicht war es auch Mister Greenberg.« Ethel hatte endlich aufgehört zu weinen. »Misses Tush hat mal zu mir gesagt, der sei ein ganz windiger Hund. Ihr Vater hätte ihr da so manche Geschichte erzählt.«

»Wer ist diese Frau eigentlich, die eben hier war?«, wollte Gladys wissen.

»Keine Ahnung, aber immerhin ist sie Amerikanerin.«

»Sie ist so glamourös. Meint ihr, sie ist die Geliebte von Prinz Albert?«

»Na klar!«

Ich grinste. Wessen Geliebte ich nicht schon alles gewesen sein soll. Dann nickte ich Chatillon zu. Sogleich nahm er mir das Stethoskop ab und half mir auf die Beine.

Eine Minute später stand ich wieder vor den Zimmermädchen. In Schuhen, versteht sich.

»Entschuldigt bitte, es war nicht wirklich wichtig, aber Albert wird schnell hektisch. Was wollte ich noch wissen? Wo waren wir stehen geblieben? Richtig, ich fragte, ob eine von euch hier einen Verehrer habe. Das habt ihr verneint. Gut, dann hätte ich nur noch ein paar praktische Fragen an euch. Ist es üblich, dass die Fenster in den Suiten an Bord der *Celluloid* geöffnet sind?«

Gladys nickte. »Wenn viele Menschen unten im Salon sind, beschlagen sonst die Scheiben.«

»Gut, also ist daran nichts Ungewöhnliches. Mich wundert allerdings, dass die schweren Vorhänge in Misses Tushs Zimmer heruntergelassen waren. Dann bringt das Lüften doch gar nichts.«

Ethel zog die Brauen zusammen. »Das kann ich mir nicht vorstellen. Misses Tush wollte die Vorhänge immer erst unten haben, wenn sie zu Bett ging.«

»Die Vorhänge waren hinuntergelassen. Misses Tush hatte sich noch einmal umgezogen, bevor sie ermordet wurde. Hätte sie da nicht die Vorhänge heruntergelassen?«

»Nein, sie hat einen Paravent, hinter dem sie sich ankleidete.«

»Meinen Sie, der Mörder hat sich hinter dem Vorhang versteckt, um Misses Tush aufzulauern?«, piepste die kleine Minnie.

»Das halte ich durchaus für möglich. Nun denn, ich danke euch für eure Geduld. Ihr habt mir durchaus weitergeholfen.« Ich erhob mich. »Bitte bleibt noch eine Weile hier im Zimmer, bis die Polizei von Monaco eine Unterkunft für euch organisiert hat.«

Mit diesen Worten verließ ich mit dem gelangweilten Sargent den Raum.

»Begleiten Sie mich hinunter, Chatillon«, forderte ich den Commissaire auf, den ich auf dem Flur vorfand. »Ich habe wenig Zeit, ich muss nämlich noch in die Oper. Es gibt übrigens neue Erkenntnisse … Sargent, lass die Schuhe stehen, die hat jemand vor die Tür gestellt, damit sie geputzt werden, und nicht, damit du sie im Garten vergräbst.«

»Ich notiere, Madame«, sagte Chatillon.

»Die Vorhänge in der Suite waren heruntergelassen. Das muss der Mörder gewesen sein. Die Zimmermädchen behaupten, dass Carla sie immer erst beim Zubettgehen herunterließ. Mir erschließen sich nun einige Szenarien. Erstens: Der Täter war zunächst in Ronalds

Kabine und bemächtigte sich dort des Gürtels. Dabei ist es durchaus möglich, dass er dies in Ronalds Gegenwart tat, der diversen Gästen dort seine neuen Golfschläger gezeigt hat. Anschließend versteckte der Täter sich hinter dem Vorhang in Carlas Suite und wartete auf eine Gelegenheit, sie zu töten. Carla, im Champagnerrausch und in Eile, weil sie sich schnell umziehen wollte, bemerkte gar nicht, dass der Vorhang heruntergelassen war. Möglicherweise hat der Täter sogar mit sich gerungen, ob er sofort zuschlagen oder noch warten sollte, bis Carla tatsächlich zu Bett ging. Das wäre selbstverständlich nur möglich, wenn der Täter keiner der Gäste war, sondern ein Eindringling. Können Sie mir noch folgen? Ich spiele hier mit verschiedenen Ideen, drehen Sie mir bitte keinen Strick daraus.«

»Ich folge Ihnen, Madame.«

»Szenario zwei ist, dass Ronald seine Frau umgebracht und vorher den Vorhang zugezogen hat, aus Angst, gesehen zu werden. Allerdings ist das absurd, wenn man bedenkt, dass die Fenster aufs offene Meer hinausgingen. Dennoch: Mörder, und zwar gerade jene, die eine Tat der Leidenschaft begehen, handeln nicht zwangsläufig logisch, richtig?«

»Absolut richtig.«

»Die Mädchen haben sich in meiner Abwesenheit darüber unterhalten, dass Carla sich heimlich mit dem Grafen traf und er ihr gedroht hat. Die augenscheinlichsten Täter sind also weiterhin Ronald und Yuri Balaton.«

»So scheint es, Madame.«

»Das kommt mir aber zu simpel vor. Der Graf hat den ganzen Abend getanzt, und er gehörte nicht zu denjenigen, die Ronald in seine Suite begleitet haben. Maya Fay könnte durchaus eine Rolle in der Sache gespielt haben, sofern sie von dem Verhältnis wusste. Carla soll übrigens Samuel Greenberg einen windigen Hund genannt haben.«

»Auch die Wrexleys dürfen wir meiner Meinung nach nicht aus den Augen verlieren, Madame.«

»Stimmt, da gibt es eventuell Berührungspunkte. Die Vanderhoff-Linie ist allerdings nie nach Indien gefahren. Die Briten lassen keine Amerikaner an ihre heiß geliebte Kolonie heran. Nein, sie waren vor allem im Südseehandel aktiv und, wie wir vom windigen Mister Greenberg gehört haben, wichtige Lobbyisten für den Spanisch-Amerikanischen Krieg. Hawaii, Neuguinea, die Philippinen … das war damals ein ziemlicher Tummelplatz.«

Wir durchschritten die Lobby und gingen hinaus auf die Straße, wo ich die Cigare geparkt hatte. Die Duchess of Devonshire blickte uns keck vom Ersatzreifen entgegen.

Chatillon schnappte nach Luft. »Sie lassen das Bild einfach so auf der Straße stehen? Und den Wagen auch?«

»Wir sind hier in Monaco, nicht in Macao. Überall stehen Polizisten herum. Seien Sie kein Frosch, Chatillon … Haben Sie sonst noch Fragen? Ich muss mich wirklich ranhalten.«

Er runzelte die Stirn. »Glauben Sie, es bestünde die Möglichkeit, dass Monsieur Bugatti …«

»Sargent, einsteigen«, kommandierte ich und schüttelte

den Kopf. »Also wirklich, Commissaire. Wir suchen einen Mörder, und Sie und der Maréchal himmeln einen Rennfahrer an. Sie sollten sich schämen. Die Mädchen da oben im Hotel haben ja mehr Verstand als Sie. Wir sehen uns morgen um elf an der Villa von Ségolène Pistou. Können Sie sich das merken, oder muss ich es Ihnen aufschreiben?«

»Nein, Madame, das ist nicht nötig. Ich werde dort sein.«

»Na bitte. Dann bis morgen.«

London, 20. März 1912

Rate mal, wen ich heute bei Selfridge's gesehen habe. Dich und Dein süßes Frauchen. Nein, was ist sie bezaubernd! Wie schön sie ist, hast Du mir bisher verschwiegen. Ach, und wie Du ihr gehuldigt hast, wie respektvoll und liebevoll Du warst, ich habe Dich kaum wiedererkannt. Es muss schrecklich für Dich sein, Deinen heiß ersehnten Erben mit ihr zu zeugen. Ich mag es mir kaum ausmalen!

Was Du mir vorgejammert hast, wie sehr sie Dich langweilt, Deine kindliche Braut, während Du Dich bei mir benimmst, wie es Dir gerade passt, und ich Dir im Bett für nichts zu schade bin. Mit der güldenen Diana gehst Du gewiss pfleglicher um, denn wie ich beobachtet habe, betest Du den Boden an, auf dem sie schreitet.

Vielleicht sollte ich mir einen anderen Mann suchen, der mir ebenso den Hof macht, einen, der mich nicht in der Öffentlichkeit meidet und mich auch nicht in meinem eigenen Haus wie eine Hure behandelt. Hier hast Du Deine Briefe zurück. Meinetwegen verfeuere sie, um damit Dein kaltes Anwesen zu heizen.

Adieu

Rose

5.

»Monsieur le Duc, es ist fünf Uhr.«

Das Pochen an der Tür riss Kit so abrupt aus dem Schlaf, dass er einige Sekunden brauchte, um zu begreifen, wo er sich befand. Er sah sich um. Die Suite war unverändert, nur das Licht war ein wenig weicher geworden. Mit Mühe erhob er sich. Seine Glieder waren schwer, die Schulter schmerzte. Er ging ins Bad und betrachtete sich im Spiegel. Eine Rasur war dringend nötig. Er kniff die Augen zusammen. War das etwa ein graues Haar? Er war zwar der Vierzig mittlerweile näher als der Dreißig, aber bislang hatte sich das kaum bemerkbar gemacht – obwohl er seine besten Jahre in einem sinnlosen Krieg vertan hatte, auf der Suche nach Absolution.

Wieder klopfte es.

»Ja?«

»Sir?« Es war sein Sekretär.

»Was gibt es, Gingrich?«

»Miss Fortescue lässt ausrichten, dass sie in einer halben Stunde in der Lobby sein wird. Ich habe bereits einen Wagen bestellt, der Sie zur Oper bringt. Soll ich einen Diener bitten, Ihnen beim Ankleiden behilflich zu sein?«

»Nein, danke, Gingrich, das schaffe ich allein.« Er musste sich erst sammeln, bevor er einem anderen Menschen entgegentreten konnte. »Machen Sie sich einen angenehmen Abend, Gingrich.«

»Danke, Sir, viel Vergnügen in der Oper.«

Viel Vergnügen in der Oper. Der Mann hatte Nerven. Gerade war eine alte Bekannte ermordet worden, Kit selbst zählte zu den Verdächtigen, und die Frau, die in dem Fall die Ermittlungen leitete, sah genauso aus wie seine verstorbene Ehefrau. Ein Vergnügen war das gewiss nicht.

Seine Laune hatte sich nicht gebessert, als er dreißig Minuten später in die Lobby hinunterging, diesmal über die Treppe, da ihm der enge Fahrstuhl Unbehagen bereitete.

Anne saß in einem Sessel und sah durch ein Fenster auf das Meer hinaus. Sie trug ein grünes Abendkleid, und ihr braunes Haar war fein säuberlich hochgesteckt. Hübsch war sie. Hübsch und anständig. Nicht aufregend exotisch wie Maya Fay, sondern einfach ein nettes britisches Mädchen. Jemand, mit dem man an einem Winterabend vorm Kamin sitzen konnte. Jemand, der die Wogen seiner Vergangenheit glättete, mit dem sich die Angst vorm Älterwerden ertragen ließ. Ja, Anne war eine gute Wahl.

Sie entdeckte ihn. »Du siehst erholt aus, Kit.«

»Danke, ich fühle mich auch besser. Allerdings muss

ich zugeben, dass mir Carlas Ermordung doch sehr nahegeht.«

»Ja, mir auch. Wie schrecklich, sich vorzustellen, dass sie einen Todeskampf geführt hat, während wir unten tanzten. Ich frage mich die ganze Zeit, ob ich etwas hätte bemerken müssen, aber mir fällt nichts ein.«

»Darling, mach dir keine Vorwürfe. Damit war nun wirklich nicht zu rechnen … Gehen wir.«

Derselbe Rolls-Royce, der sie zuvor aus Monaco abgeholt hatte, erwartete sie vor dem Hotel. Die Sonne ging gerade unter, und der Fahrer hatte bereits die Scheinwerfer eingeschaltet.

»Ist es nicht gefährlich, in der Dunkelheit die Küstenstraße entlangzufahren?«, fragte Anne besorgt.

»Nein, die Straße ist mittlerweile beleuchtet, und die neuen Scheinwerfer des Rolls-Royce sind ausgezeichnet. Es kommt einem vor, als würde man bei Tageslicht fahren.«

»Dein Wort in Gottes Ohr.«

Eine Weile schwiegen sie. Außer dem Brummen des Motors war nichts zu hören. Anne ließ den Blick über das Meer schweifen, wo gerade die Fischerboote in die Bucht einliefen. »Wer war Rose Munroe?«, fragte sie unvermittelt.

Kit zuckte zusammen. »Niemand, wirklich.«

»Christopher, du willst, dass ich mein Leben mit dir teile. Denkst du nicht, ich habe ein Recht darauf, deine Schwachstellen zu kennen? Ich könnte es nicht ertragen, wenn andere Menschen Dinge über dich wissen, die dich erpressbar machen.«

»Mach dir darüber keine Gedanken.«

»Es ist mir ernst, Kit!«

Er stieß Luft durch die Nase aus. »Wie du willst. Ich habe Rose Munroe hier an der Riviera kennengelernt. Das war 1904. Damals wohnten wir bei den Scarboroughs, in der Nähe von Nizza. Meine damaligen Freunde und ich genossen das Leben in vollen Zügen. Wir waren kaum zwanzig, wir liebten die Kunst und schnelle Autos, die Musik … und wie alle jungen Männer liebten wir hübsche Frauen. Eines Tages kam mir eine rothaarige Schönheit auf der Promenade entgegen, und ich war auf der Stelle verloren. Rose Munroe.«

Kurz hielt er inne, um die aufkommende Bitterkeit in seinem Mund zu unterdrücken. Anne wartete gespannt.

»Sie war betörend wie der Sonnenaufgang, voller Farbe und Freude. Genau wie ich war sie kunstbegeistert und genoss die Leichtigkeit der Riviera. Ihrem Mann gehörte ein Kaufhaus in Nottingham, er hatte es zu beachtlichem Wohlstand gebracht. Sie selbst war nur die Tochter eines mittleren Beamten. Tom, ihr Mann, war erheblich älter als sie. Sie hatte darauf gehofft, sich durch die Heirat ihren Interessen widmen zu können, und Tom tat sein Bestes. Er trottete brav hinter ihr her. Doch ihm fehlten jegliches Kunstverständnis und jeglicher Weitblick.«

Fast wollte er lachen, wenn er daran zurückdachte, wie sehr er sich über Tom Munroe erhoben hatte. Dabei war Tom ein redlicher, hart arbeitender Mann gewesen. Noch ein unschuldiger Mensch, dem Kits jugendlicher Leichtsinn nichts als Kummer gebracht hatte. Er seufzte, und Anne blickte ihn an.

»Je länger sie mit ihm verheiratet war, desto mehr verabscheute sie ihn für seine Einfältigkeit. Wir verliebten uns ineinander und begannen eine Affäre. Die Vorsehung wollte es, dass Tom an einer Lungenentzündung starb und Rose eine finanziell unabhängige Witwe wurde. Sie mietete eine kleine Wohnung in London, in der wir uns trafen. Wie du weißt, sind Arrangements dieser Art durchaus üblich, und das unsrige war ein offenes Geheimnis.« Kit seufzte. »Aber mit der Zeit verstärkte sich der Druck auf mich, eine vorteilhafte Ehe einzugehen, da das Geld immer knapper wurde. Du weißt ja, wie es um die großen Familien in England steht. Also fuhr ich nach Amerika. Kaum hatte ich Diana geheiratet, kaufte ich Rose ein Haus in Chelsea.«

»Und Diana erfuhr von deiner Liebelei.«

»Ja. Sie fand einige Briefe und beschloss Hals über Kopf, nach Amerika zurückzugehen. Mehr kann ich dazu nicht sagen, da ich nie wieder mit ihr gesprochen habe.«

»War das nicht etwas übereilt von ihr?«

Kit musste lachen und nahm Annes Hand. »O Anne, du bist wirklich perfekt.«

Sie rümpfte die Nase. »Ich habe eben gelernt, dass man seine schmutzige Wäsche nicht in der Öffentlichkeit wäscht. Wäre deine Frau nicht gestorben, wäre der Name deines Hauses in schrecklichen Verruf geraten.«

»Allerdings. Aber du musst verstehen, dass Diana es nie nötig gehabt hätte, mich zu heiraten. Ihr waren Titel und die öffentliche Meinung egal. Sie hat mich um meinetwillen geheiratet. Ich habe sie nach allen Regeln der Kunst verführt und ihr unendliche Hingabe vorgegaukelt. Sie glaubte, mit mir eine Liebesheirat einzugehen.«

Anne dachte eine Weile nach. »Was wurde aus Rose?«

Er seufzte. »Ich fühlte mich nach Dianas Tod entsetzlich, und Rose war ohnehin der Ansicht, dass sie früher oder später auf der Strecke bleiben würde, nachdem sie Diana gesehen hatte. Mittlerweile weiß ich, dass sie damit recht behalten hätte. Jedenfalls zog ich mich nach Dianas Tod mehr und mehr aus dem Leben zurück, und Rose suchte sich schließlich einen anderen Mann. Wer weiß, vielleicht hatte unsere Beziehung auch längst den Zenit überschritten. Selbst wenn … Selbst wenn wir … in vielen Dingen immer noch harmonierten. Sie ist im letzten Jahr an der Influenza gestorben.«

Annes Mund zuckte. Einer ihrer Brüder war ebenfalls der Epidemie zum Opfer gefallen. Die Spanische Grippe hatte weit mehr Menschen umgebracht als der Weltkrieg.

»Das ist die Geschichte von Rose Munroe.«

»Danke, Kit.« Anne wirkte überraschend gefasst. Fast ausdruckslos.

»Denkst du jetzt schlecht von mir?«

Sie schüttelte den Kopf. »Du warst jung, und die Welt war eine andere. Der Krieg hat uns alle geläutert. Ich kenne und schätze dich, so wie du heute bist.«

Er drückte noch einmal ihre Hand und küsste sie auf die Wange. »Danke, Anne.« Hinter ihr glitt gerade der

Prinzenpalast von Monaco vorüber, der auf einer Anhöhe an der westlichen Grenze des kleinen Landes lag und die Bucht überblickte. »Freust du dich auf die Oper?«

»Freuen ist der falsche Ausdruck. Ich hoffe, sie lenkt mich ein wenig ab.«

»Bestimmt. Diese Inszenierung ist fantastisch, und Zelda singen zu hören, ist immer ein besonderer Genuss.«

Das Opernhaus von Monte Carlo strahlte ihnen bei ihrer Ankunft entgegen. Elegant gekleidete Menschen entstiegen teuren Autos, die von Chauffeuren in Livree gesteuert wurden. Arm in Arm erklommen Kit und Anne die Stufen zum Foyer. Ein freudiges Rauschen umgab sie, kaum dass sie das Opernhaus betraten. Die Kronleuchter funkelten einladend, und aus dem Konzertsaal waren die dem Musikliebhaber so vertrauten sanften Akkorde zu hören, die verrieten, dass die Violinisten ihre Instrumente stimmten. Ein zauberhaftes Flimmern lag über dem Geschehen. Kit wollte gar nicht glauben, dass er tatsächlich in einen grauenhaften Mordfall verwickelt war. Angesichts solcher Schönheit und Harmonie war das unvorstellbar. Und doch war es Realität. Da wurde er auch schon unsanft daran erinnert, denn von einer der breiten Wendeltreppen, die hinauf in den Saal führten, winkte ihnen Ségolène Pistou zu.

Anne seufzte. »Müssen wir? Ich weiß nicht, wie viel Weltuntergang ich heute noch ertragen kann.«

»Nur für einen Moment. Ich habe uns von Gingrich eine der wenigen Logen reservieren lassen. Da sind wir direkt an der Bühne und vor unliebsamen Gästen sicher.«

Er zögerte weiterzusprechen. »Eigentlich hätten wir sie mit den Tushs geteilt.«

»Oh bitte, rede nicht davon.« Anne setzte ein bemühtes Lächeln auf. »Guten Abend, Madame Pistou. Es beeindruckt mich, dass Sie nach der Anstrengung und dem Schrecken der letzten Nacht die Kraft fanden herzukommen.«

Ségolène verzog den Mund, als hätte sie in eine Zitrone gebissen. »Carla hätte es nicht anders gewollt.«

Von wegen, dachte Kit. Ségolène würde diesen Höhepunkt des gesellschaftlichen Lebens um keinen Preis der Welt verpassen.

Er küsste ihr die Hand. »Das ehrt dich sehr, meine Liebe.«

Die alte Dame hob die Augenbrauen und schwieg.

»Wenn du uns bitte entschuldigst«, fuhr Kit fort, bevor Anne sich gezwungen sah, das Gespräch aus Höflichkeit fortzusetzen. »Wir sitzen in der Bühnenloge. Dorthin ist es ein ganzes Stück, und ich möchte Anne noch das Gebäude zeigen.«

»Geht nur, geht. Wir sehen uns anschließend beim Empfang zu Zeldas Ehren, nehme ich an.«

»Natürlich. Bis dahin.«

In der Loge ließ Kit sich auf einem der mit Brokat bespannten Sessel nieder und holte tief Luft. »Da wären wir.«

Anne stellte sich an die Balustrade und beobachtete die Gäste, die nach und nach im Parkett Platz nahmen.

»Da sind die Wrexleys. Sie haben es sich auch nicht nehmen lassen herzukommen. Und Samuel Greenberg sitzt in der ersten Reihe. Sonst sehe ich niemanden, den ich kenne. Du kennst sie bestimmt alle.«

Er lächelte. »Wahrscheinlich.«

»Wie heißt die Oper noch gleich?«

»*La fanciulla del West* – das Mädchen aus dem goldenen Westen.« Sein Magen zog sich zusammen. Hatte er nicht einst das Mädchen aus dem goldenen Westen geheiratet? Und ihr das Herz gebrochen? Er dachte an das Gesicht der Frau im Verhörzimmer, an den Geist von Diana, der vor ihm aus dem Nebel des Zigarettendunstes gestiegen war.

Anne setzte sich. »Ich glaube, es geht gleich los. Es rührt sich was in der Fürstenloge.«

Da Anne ihm nicht mehr die Sicht versperrte, konnte Kit die pompöse Loge sehen, die sich genau gegenüber der Bühne befand und der Fürstenfamilie vorbehalten war. Der Erbprinz und sein Gefolge schienen soeben einzutreffen, denn mehrere Offiziere nahmen ihre Positionen im hinteren Bereich der Loge ein und standen stramm. Der Fürst war schwer krank und bettlägerig, daher übernahm der Prinz mittlerweile alle offiziellen Aufgaben. Da es keine dazugehörige Gemahlin gab – der Prinz hatte erst im vergangenen Jahr seine uneheliche Tochter Charlotte adoptiert und legitimiert –, lud er oft Damen von Bedeutung ein, ihn in die Oper zu begleiten.

Ein kaum hörbares Kommando veranlasste sämtliche Gäste im Parkett, sich zu erheben, und auch Kit und Anne standen auf, um den Regenten würdig zu empfangen. Der trat sogleich in zeremonieller Uniform in die Loge und führte eine Dame in einem leuchtend roten Ballkleid zu den Plätzen in der ersten Reihe. Ihnen folgten einige Verwandte des Prinzen, in ähnlich glamouröser Garderobe, sowie weitere Offiziere.

Kit stockte der Atem. Die Dame im roten Kleid, die nun neben dem Prinzen stand wie eine Königin, war … Diana. Seine Frau. Es bestand kein Zweifel. Die Haltung, das Lächeln, die funkelnden Augen – eindeutig seine Ehefrau oder vielmehr seine seit dem Untergang der *Titanic* verschollene Ehefrau.

In Kits Ohren begann es zu rauschen, dunkle Flecke tanzten vor seinen Augen.

Diana. Eindeutig. Er hatte sich am Morgen im Polizeipräsidium nicht geirrt. Er war mittlerweile nüchtern und ausgeruht und hatte zudem hervorragende Augen. Die Frau, die dort neben dem Prinzen stand, war die Duchess of Surrey, und niemand würde ihn vom Gegenteil überzeugen können.

Kalter Schweiß stand ihm auf der Stirn. Mit zitternder Hand zog er ein Tuch aus der Hosentasche und tupfte sich das Gesicht trocken. Zu seiner Rettung machte der Prinz eine Geste, und das Publikum setzte sich. Kit fragte sich, ob er sich eventuell würde übergeben müssen, und wägte gerade ab, wie weit es bis zum nächsten geeigneten Behältnis war, als tosender Applaus losbrach. Das Orchester trat hinter einem Vorhang hervor und nahm im Orchestergraben Platz, bis Puccini sich zeigte. Der Komponist würde selbst dirigieren. Bei seinem Erscheinen gab es kein Halten mehr, das Publikum johlte und schrie.

Puccinis gewelltes Haar und sein berühmter Schnurrbart waren mittlerweile ergraut, dennoch hielt er sich aufrecht und hatte nichts von seiner magnetischen Ausstrahlung eingebüßt. Er schlug mit dem Taktstock auf das Podium, und sofort war es mucksmäuschenstill im Saal. Er verneigte sich vor der Loge, dann betrachtete er die Gäste im Parkett.

»Fürstliche Hoheit, Mesdames et Messieurs«, rief er in seinem akzentuierten Französisch, »ich bin froh, Sie nach den traurigen Jahren des Krieges endlich wieder mit meiner Musik in diesem herrlichen Saal erfreuen zu können.« Erneut verneigte er sich.

Kit umklammerte die Armlehnen seines Sessels und versuchte krampfhaft, den Kopf nicht von der Bühne wegzudrehen, sie ja nicht anzusehen, um nicht vollends überzuschnappen.

Es gelang ihm nicht.

Diana – Jackie – warf dem Komponisten gerade eine Kusshand zu und zwinkerte. Kannte sie ihn etwa auch? Nur eine Sekunde später wurde Kit klar, dass die Detektivin gar nicht Puccini, sondern ihm zugezwinkert hatte.

»Entschuldige mich«, krächzte er und rannte hinaus, bis in die Herrentoilette, wo er sich übergab. Anschließend wusch er sich das Gesicht mit kaltem Wasser und trat wieder in den Gang hinter der Loge. Er rang mit sich. Minutenlang. Dann entschloss er sich, dem Wahnsinn ins Auge zu blicken.

Im Saal verklang gerade die Ouvertüre, gewaltig und bedrohlich wie die unendlichen Weiten der kalifornischen

Wüste. Mit dem Aufzug des Chores der Goldgräber setzte Kit sich wieder hin.

Anne sah ihn fragend an, aber er winkte ab. Es kostete ihn all seine Kraft, die zitternden Hände vor ihr zu verbergen. Er verbrachte den gesamten ersten Akt damit, auf eine Lampe oberhalb der Bühne zu starren.

»Eindrucksvoll«, urteilte Anne in der Pause. »Allerdings kommt es mir etwas eigenartig vor, dass Dame Zelda eine Frau spielt, die eigentlich wie Misses Dupont aussehen soll.«

»Es geht doch um die Musik.«

»Sicherlich. Trotzdem. Eine … freundlich gesagt … eher beleibte Spanierin jenseits der fünfzig? Also ich weiß nicht.«

»Sie ist die beste Sängerin der Welt.«

»Das mag sein. Dennoch kommt es mir komisch vor. Sie erscheint mir nicht spritzig genug. Irgendwie matt. Vielleicht hat sie einen schlechten Tag.«

Kit fühlte sich eigenartig angegriffen. »Ihre Freundin ist gerade erst ermordet worden.«

»Trotzdem, ich kann sie mir einfach nicht als goldenes Mädchen vorstellen.«

»Kunst ist nun mal abstrakt.«

»So wie die Bilder der Maler, die du so verehrst? Picasso und Brique?«

»Braque.«

»Wie auch immer.«

Ein Diener betrat die Loge und servierte Champagner. Kit trank das Glas in einem Zug aus und presste die Zähne fest aufeinander, weiterhin darum bemüht, ja nicht in Richtung der fürstlichen Loge zu schauen.

»Wer ist diese Person überhaupt?«

»Wer?«

»Misses Dupont natürlich. Oder ist sie eine Miss? Wo ist Mister Dupont? Und was hat sie in der fürstlichen Loge verloren? … Kit? … Kit!«

»Ja, Liebes.«

»Alle scheinen diese Frau zu kennen, bloß wir nicht. Wie kann das sein?«

»Nur die Amerikaner kennen sie.«

»Der Prinz von Monaco kennt sie. Bestimmt kennt dein Held Picasso sie auch«, frotzelte sie. »Kit? Hörst du mich überhaupt? Was ist nur los mit dir? Wir hätten nicht herkommen sollen. Der Schreck wegen Carlas Tod sitzt dir zu tief in den Knochen.«

»Ich bitte dich, Anne«, zischte er. »Ich habe tausende Menschen sterben sehen, auf grauenhafte Art und Weise. So entsetzlich Carlas Tod auch ist, ich werde dadurch nicht plötzlich zum Invaliden. Ich bin von der Reise angeschlagen. Bitte vergiss nicht, dass ich noch vor einem Jahr vor Schmerzen nicht das Haus verlassen konnte.«

»Wie du meinst. Ah, da kommt der Prinz mit seiner Begleitung aus der Pause zurück. Denkst du, sie ist seine Geliebte? Sie scheint ihn regelrecht verzaubert zu haben.«

»Das interessiert mich nicht«, log Kit, denn ein neues Gefühl hatte sich zu seiner Fassungslosigkeit gesellt: Eifersucht.

Anne zuckte mit den Schultern und schwieg.

Die Musik begann von Neuem, und Kit widmete sich wieder der Lampe über der Bühne. Dabei kreisten seine Gedanken um die immer gleiche Frage: Wurde er wahnsinnig?

Annes Bemerkung war richtig. Jeder schien Jackie Dupont zu kennen, niemand zweifelte an ihrer Identität. Hätte jemand in ihr die verschollene Diana St. Yves wiedererkannt, in all den Jahren, die sie als Detektivin arbeitete, dann wäre ihm das sicher zu Ohren gekommen. Andererseits war Diana kaum achtzehn gewesen, als Kit sie kennenlernte. Ihre Großmutter hatte gerade erst damit begonnen, sie in die Gesellschaft einzuführen, und die Hochzeit hatte im engen Familienkreis stattgefunden. In Amerika.

Kit schob den Gedanken beiseite. Die Wahrscheinlichkeit, dass sein Gehirn im Krieg Schaden genommen hatte und er das Gesicht dieser Dame mit dem seiner Frau verwechselte, war weitaus näherliegend, als dass Diana auf geheimnisvolle Weise dem Tode entronnen war und sich in eine angesehene Detektivin verwandelt hatte. Psychiater forschten heutzutage auf dem Gebiet solcher Phänomene. Wahrscheinlich sollte er mal einen aufsuchen.

Wieder und wieder sah er zur fürstlichen Loge hinüber. Dort stand seine Frau – sosehr sein Verstand ihm auch weismachen wollte, dass diese Tatsache ein Ding der Unmöglichkeit war. Sie applaudierte, sie winkte Puccini, doch ihr Blick war die ganze Zeit auf Kit gerichtet, und in seinem Kopf hörte er ihre Stimme.

Sie sagte: *»Ich werde dir niemals vergeben.«*

Seventree, 21. März 1911

Rose,
mein Liebling, meine Blume, mein Schatz, ich flehe Dich an, vergib mir. Ich brenne nur für Dich, bitte glaube mir!
Natürlich bin ich freundlich zu Diana, sie ist schließlich meine Frau und lässt sich nichts zuschulden kommen, aber das hat doch nichts mit Dir zu tun. Ich will Dich, ich denke an Dich, ich kann es kaum aushalten ohne Dich. Ich werde zu Dir kommen, sobald ich kann. Ohne Dich will ich nicht leben. Ich liebe Dich doch, seit ich Dich das erste Mal sah, weißt Du denn nicht mehr? Auf der Promenade von Nizza?
Bitte verlass mich nicht, ich weiß nicht, was ich sonst zu tun imstande wäre.
Spätestens nächste Woche bin ich bei Dir.

Dein DEIN DEIN DEIN Kit

6.

»Zelda, du warst wie immer hinreißend.« Kit küsste die Opernsängerin auf die Wange. Er wollte zwar am liebsten zurück ins Hotel, doch er musste sich auf dem Empfang zu Zeldas Ehren blicken lassen, wenn auch nur kurz.

»Oh weh«, sagte sie leise, »ich war so in Aufruhr wegen Carla. Ich hoffe, man hat es mir nicht angemerkt.«

»Überhaupt nicht.«

»Sie waren wirklich wunderbar«, stimmte Anne zu.

»Danke, Kind. Ich habe so sehr mit mir gekämpft, ob ich auftreten soll. Der Prinz hat mir sogar angeboten, das Konzert abzusagen, aber nichts hilft gegen Trauer so gut wie Musik. Weiß man schon, wer es war?«

Kit schüttelte den Kopf. »Ich denke, nicht.«

Zeldas schwarze Augen füllten sich mit Tränen. »Ségolène hat mir anvertraut, dass sie Ronald verdächtigen. Das kann und will ich nicht glauben. Die beiden waren so glücklich, endlich wieder hier zu sein.«

»Ich kann es mir auch nicht vorstellen«, antwortete Kit. »Ich gehe davon aus, dass es einer der Angestellten war.«

Samuel Greenberg stand unvermittelt neben ihnen und ergriff die Hand der Sängerin. »Fantastisch, Dame Zelda, einfach nur begeisternd. Ich sagte es eben schon zu Madame Pistou. Sie wird gleich zu uns stoßen, darf ich Ihnen ausrichten.«

»Ach, Mister Greenberg. Ich weiß kaum, wie ich die Kraft gefunden habe. Doch das Böse darf nicht obsiegen.«

»Wie recht Sie haben, Teuerste. Wie recht … Guten Abend, Miss Fortescue, Duke. Wie ich sehe, haben auch Sie die Fahrt noch einmal angetreten. Außer den Wrexleys habe ich allerdings niemanden von uns gesehen, wenn ich das so formulieren darf. Wir sind ja nun eine Art Schicksalsgemeinschaft.«

»Sind die Wrexleys schon zurück ins Hotel gefahren?« Dame Zelda war enttäuscht. »Wie schade, ich hätte mich so gern noch ein wenig mit Lady Wrexley unterhalten. Wisst ihr, sie kannte meinen Ehemann. Er war als junger Offizier in Indien.«

»War Mister Monteserra denn Brite?«, erkundigte sich Anne.

»Sein Name war John Baptiste Smith«, sagte Zelda lachend. »Aber ich konnte unmöglich als Misses Smith auftreten, mit dem Namen wäre aus mir nichts geworden.«

Samuel Greenberg verneigte sich vor ihr. »Das halte ich für ausgeschlossen, Madam.«

»Sie sind stets so charmant, Mister Greenberg … Vergebt mir, wenn ich euch weiter mit meiner Neugier quäle, aber ihr kennt ja Ségolène und ihre Geschichten. Hat der

Täter Carla tatsächlich in ihrer Suite erwürgt, während ihr unten getanzt habt? Und niemand hat etwas bemerkt?«

Kit räusperte sich. »Soweit wir wissen, nicht.«

»Die Crew soll sich durchweg gegenseitig Alibis gegeben haben«, sagte Greenberg. »Wenn man mich fragt, würde ich sagen, dass mir das äußerst verdächtig vorkommt.«

Dame Zelda legte die Hand an ihren Hals, wo sich ein kolossales Collier aus blauen und grünen Edelsteinen befand. »Wegen der Halskette! Ségolène hat vollkommen recht. Sie hat mich immer gewarnt, keinen echten Schmuck mit mir herumzutragen, und ich habe über sie gelacht. Sobald ich wieder in New York bin, werde ich alles zur Bank bringen lassen und nur noch Tand tragen. Wer sagt denn, dass der Räuber nicht noch einmal zuschlägt?«

Greenberg legte die Stirn in Falten. »Miss Dupont ist der Ansicht, jemand habe Carla aus einem anderen Grund ermordet und die Diamanten aus dem Fenster geworfen.«

»Wirklich?«, fragten Kit, Anne und Zelda im Chor.

»Ja, das denke ich in der Tat«, ertönte eine Stimme direkt hinter ihnen.

Da stand sie. Diana.

Kit konnte sich nicht erklären, wann und wie sie sich angeschlichen hatte. Seit Beginn des Empfangs hatte er verstohlen nach ihr Ausschau gehalten, und nun stand sie keine zwei Fuß von ihm entfernt, in ihrem roten Kleid, mit der Zigarettenspitze in der Hand und einem … einem kleinen weißen Hund auf dem Arm.

Wir kennen die Wahrheit. In Kits Kopf hallten die Worte der Damen aus Rettungsboot X nach.

»Guten Abend allerseits. Störe ich?«

Kit war wie versteinert und konnte weder sprechen noch sonst etwas tun. Der Impuls, sich der Frau noch einmal zu Füßen zu werfen, und der Drang, so schnell er nur konnte davonzulaufen, setzten sich gegenseitig außer Kraft und machten ihn handlungsunfähig. Er wurde zum Zuschauer seines eigenen Schicksals degradiert, der – wie zuvor in der Oper – keinen Einfluss auf die Geschehnisse hatte. Zu seinem Glück war Samuel Greenberg überaus erpicht darauf, mit der Detektivin zu sprechen, und Kits Unzulänglichkeit blieb unentdeckt.

»Jackie, Verehrteste. Nie könnten Sie stören. Kennen Sie Dame Zelda?«

Jackie Dupont grinste wie eine zufriedene Katze. »Ich habe Sie bereits in der Metropolitan Opera gehört, aber man hat uns einander bisher nicht vorgestellt.«

»*Enchantée*«, antwortete Dame Zelda. »Sie sind also die berühmte Detektivin.«

»*Muchas gracias*. Dies hier ist Sargent, mein Hund.«

»Was für ein hübsches Kerlchen.« Dame Zelda streckte die Hand nach ihm aus. Der Hund begann zu bellen, und Zelda zog die Hand hastig zurück. »Oh … ich war wohl etwas forsch. Ein reizendes Tier.«

»Nur wenn er will. Sollten Sie versuchen, mich zu attackieren, würde er Ihnen an die Halsschlagader springen. Außerdem ist er ein geschulter Spürhund. Zu schade, dass Sie allesamt gestern am Tatort waren, sonst könnten wir jetzt etwas auf sein Signal geben. Sargent hat vorhin die *Celluloid* durchsucht.«

Anne schnappte nach Luft. »Haben Sie neue Erkenntnisse?«

»Das versteht sich von selbst.«

Greenberg hob die Augenbrauen. »Darf man fragen …«

»Nein, darf man nicht. Es handelt sich um laufende Ermittlungen, Samuel … Zelda, ich werde Sie morgen gemeinsam mit Commissaire Chatillon von der Sûreté aufsuchen. Sie residieren derzeit bei Ségolène Pistou in deren Villa am Cap-d'Ail, ist das korrekt?«

Die Sängerin spitzte den Mund. Sie schätzte es nicht, ohne ihren Ehrentitel angesprochen zu werden. »Ja, aber …«

»Ségolène und Lady Wrexley werden ebenfalls mit von der Partie sein. Erwarten Sie uns gegen elf.« Mit diesen Worten machte Jackie Dupont auf dem Absatz kehrt und verschwand in der Menge. Bald war nur noch der Qualm ihrer Zigarette zu sehen.

»Darling?« Anne trat dicht an Kit heran, der gebannt der Rauchwolke nachblickte. »Du siehst sehr müde aus. Ich denke, wir sollten besser ins Hotel fahren, wir haben Dame Zelda ja nun begrüßt.«

Kit nickte. Er wollte auf der Stelle raus aus diesem Albtraum. Am liebsten wäre er direkt in Richtung London abgereist oder, besser noch, zum Nordpol, so weit wie möglich fort von dem Gespenst, das Jackie Dupont hieß und sich der Hülle seiner verstorbenen Frau bemächtigt hatte.

Aus den Memoiren der JACKIE DUPONT

Ich hatte die blaue Cigare im Hinterhof der Oper abgestellt, wo sich die Stellplätze für die Fahrzeuge der Fürstenfamilie befanden. Georgiana Cavendish war weiterhin an den Ersatzreifen gefesselt. Sargent und ich stiegen ein, setzten unsere Fliegerhauben auf und schossen über das Trottoir aus der Einfahrt. Einige Opernbesucher stoben verschreckt auseinander.

Die Fahrt entlang der kurvigen Küstenstraße war um diese Uhrzeit ein besonderes Vergnügen. Keine Karren, keine Kutschen – nur ein paar wenige Limousinen hinderten die leidenschaftliche Automobilistin daran, die Pferdestärken voll auszuschöpfen.

Der Wind war aber auch zu herrlich. Der Duft von Blumen und Meer stieg mir in die Nase, und obwohl erst Februar, war die Nachtluft überhaupt nicht kalt. In meinen Nerz gehüllt, den Hund auf dem Schoß, war mir beinahe zu warm. Sargent hielt die Nase in den Wind, und in jeder Kurve balancierte er die Neigung gekonnt mit den Vorderbeinen aus.

Ich hegte den Verdacht, dass er sich selbst für den Fahrer hielt, doch ich wies ihn nicht auf den Irrtum hin. Seine mangelnde Kritikfähigkeit hatte uns schon am Nachmittag in die Bredouille gebracht, und auch beim Empfang zu Ehren Dame Zeldas hatte er nicht gerade den Musterschüler gegeben. Er hatte beinahe einen apoplektischen Anfall bekommen, als die – aus seiner Perspektive – schlimmste Heulboje des Abends sich ihm ohne Vorwarnung näherte. Dazu hatten ihn die Gerüche der Personen verunsichert, die er am Nachmittag auf der *Celluloid* erschnüffelt hatte. Mittlerweile war Sargent zwar ein routinierter Operngänger (früher war er bei jeder Vorstellung in lautes Geheul ausgebrochen, bis ich aus lauter Verzweiflung Enrico Caruso anheuerte, um bei mir zu Hause zu proben, damit der Hund sich an den Gesang gewöhnte), dennoch war das sensible Tier stets vom Schicksal der Figuren ergriffen. Besonders wenn sie ihr Leid auf Italienisch klagten, und zwar über mehrere Oktaven hinweg.

Ich dachte an all die Besuche in der Metropolitan Opera zurück. Ach, Amerika. Ich vermisste Amerika. Zu lange trieb ich mich nun schon in Europa herum. Es war an der Zeit, nach Hause zurückzukehren und sich im Dschungel der Hochhäuser zu verlieren, in den Gärten von Boston Eistee zu trinken, mit den Menschen, die ich liebte, Menschen, denen ich vertrauen konnte …

Sargent bellte, die Reifen quietschten. Vor uns gähnte der Abgrund. In letzter Sekunde riss ich das Lenkrad herum.

»Nanu!«, rief ich laut und adjustierte meinen Pelz, während die Cigare heftig hin und her schlingerte.

Sargent bohrte die Krallen in meine Beine und gab, nachdem sich der Wagen stabilisiert hatte, ein gereiztes Knurren von sich.

»Ich bin nicht eingeschlafen«, protestierte ich. »Ich war im Prozess der tiefen Reflexion und Fallanalyse. Außerdem dachte ich, du fährst.«

Wieder knurrte er, doch ich ignorierte ihn und hing weiter meinen Gedanken nach.

Interessant, wer alles in der Oper gewesen war. Sogar der Kunstrestaurator der besonderen Art, Christopher St. Yves, hatte es sich nicht nehmen lassen, zu Ehren Zeldas den Weg nach Monaco noch einmal auf sich zu nehmen und neben seiner farblosen Verlobten verkrampft in seiner Loge zu sitzen. Ein trauriger Anblick. Jedes Mal, wenn er entsetzt zu mir herüberschaute, wäre ich beinahe der Versuchung erlegen, das theatralische Ambiente der Oper zu nutzen. Nur zu gerne hätte ich meine schauspielerischen Fähigkeiten zur Schau gestellt, mich nach Luft schnappend über die Brüstung der fürstlichen Loge gehängt und flehend die Arme nach ihm ausgestreckt. Aber der arme Mann wirkte dermaßen fahl und elend, dass ich Gnade walten ließ und lieber Prinz Albert piesackte.

Vor der nächsten Kurve bellte Sargent zur Vorwarnung, und ich tätschelte ihm das Köpfchen.

»Sei nicht so übervorsichtig, Darling. Habe ich dich jemals in Gefahr gebracht?«

Er schüttelte sich und schwieg.

Nach einer Viertelstunde flotter Fahrt erreichte ich die Abzweigung nach Saint-Jean-Cap-Ferrat. Die berühmte

Halbinsel lag zu meiner Linken in der Dunkelheit, eine elegante Landzunge, auf deren sanften Hügeln sich die Prachtvillen aneinanderreihten. In den Buchten davor wiegten sich rostige Fischerboote fröhlich neben Jachten, und es war ihnen gleichgültig, welch unüberwindbare Kluft zwischen ihren eigenen Besitzern und denen ihrer stromlinienförmigen Kollegen lag. Ganz hinten, auf einer Anhöhe, die steil ins Meer hinabfiel, lag majestätisch das Grand Hôtel du Cap Ferrat und erwartete seine gut betuchten Gäste. Ein recht üppiger Klotz, fand ich, weiß und von oben bis unten mit Stuck versehen, der bei Nacht in dem waldartigen Park, der ihn umgab, wie ein nackter Kalkfelsen wirkte.

Einige Serpentinen und eine gekieste Straße später bog ich in die Auffahrt des Hotels ein und hielt vor dem Portal. Ich befreite Sargent von der Lederhaube, entledigte mich meiner eigenen und öffnete die Wagentür.

Mit der sperrigen Georgiana unterm Arm betrat ich die Lobby und steuerte direkt auf die Rezeption zu. »Guten Abend«, sagte ich zu dem jungen Mann dahinter, der schnell ein Magazin über Rugby verschwinden ließ.

»Guten Abend, Madame. Welchen Schlüssel darf ich Ihnen geben?«

»Ich habe gar keinen Schlüssel, Herzchen. Ich muss in die Suite des Dukes of Surrey.«

Er drehte sich zum Schlüsselfach. »Monsieur le Duc ist noch nicht eingetroffen. Er ist in der Oper. Möchten Sie in der Lobby auf ihn warten?«

»Auf ihn warten? In der Lobby? Wo denken Sie hin?

Ich komme selbst gerade aus der Oper. Wie Sie sehen, habe ich eine Überraschung für ihn dabei. Damit wollen Sie mich hier sitzen lassen, nur weil ich keinen Schlüssel habe? Das ist ein echter Gainsborough! Was, wenn ich überfallen werde?«

Der junge Mann betrachtete mich kurz, aber eingehend. Ich konnte mir gut vorstellen, was er dachte. Da stand eine elegante Dame in sündhaft teurer Garderobe, die konnte er nicht einfach so abweisen. Gleichzeitig war es ihm strengstens verboten, eine fremde Person in die Suite zu lassen.

Der Knabe hatte eine gute Schule durchlaufen, und ich würde ihn später noch mit einem anständigen Trinkgeld für seine Fähigkeiten belohnen. Er sagte: »Darf ich Madame vielleicht eine Flasche Champagner in das Kaminzimmer bringen lassen und einige Blinis mit Kaviar? Unser Haus ist absolut sicher, doch wenn Sie möchten, lasse ich das Gemälde in den Tresorraum bringen. Bitte verzeihen Sie mir, aber es ist in Frankreich gesetzlich verboten, Unbefugten Einlass in ein Hotelzimmer zu gewähren.«

»Oh!« Ich lachte und strich ihm mit der freien Hand über die Wange. »Jetzt verstehe ich. Sie halten mich für eine Unbefugte. Ich kann Ihnen versichern, ich bin absolut befugt, und der Duke wäre gewiss verstimmt, wenn Sie mich nicht in sein Zimmer ließen.«

»Darf ich fragen, wer Sie sind, Madame, und in welchem Verhältnis Sie zu Monsieur le Duc stehen?«

»Natürlich. Ich bin seine Frau.«

Seventree, 8. April 1912

DADDY – ICH WILL NACH HAUSE! – DIANA

7.

Kit und Anne verabschiedeten sich, holten ihre Mäntel an der Garderobe ab und schoben sich durch die Menschenmenge in Richtung Ausgang. Der rote Rolls-Royce parkte in einer Reihe mit einigen anderen Luxuskarossen, deren Fahrer beisammenstanden und rauchten. Der Chauffeur warf seine Zigarette fort und sprang zu seinem Fahrzeug, kaum dass er seine hochwohlgeborene Fracht kommen sah.

»Erlaubst du, dass ich die Augen zumache?«, fragte Anne, nachdem sie losgefahren waren.

»Natürlich.«

Sie lehnte sich gegen ihn. Kit spürte ihren Kopf an seiner Schulter, doch seine Gedanken waren nicht bei ihr, sondern bei einer anderen Frau. Seiner Frau. Selbst wenn alles dagegensprach, selbst wenn er Jackie Dupont niemals wiedersehen sollte, er würde nie den Zweifel begraben können, dass Diana noch am Leben war. Wenn dies die Strafe für seine Sünden war, so würde er sie verbüßen.

Mit hängendem Kopf schritt er neben Anne durch den dunklen Korridor des Hotels.

»Gute Nacht«, hauchte sie vor seiner Zimmertür und gab ihm einen sanften Kuss auf den Mund.

Beinahe hätte Kit ihr an Ort und Stelle gesagt, dass es zwischen ihnen beiden nicht weitergehen konnte, doch dann besann er sich auf die schrecklichen Ereignisse des vergangenen Abends. Anne hatte für den Moment genug gelitten. Da konnte er nicht auch noch die Verlobung lösen.

»Gute Nacht, Anne«, sagte er daher nur und drückte ihre Hand.

Sie schritt in die Dunkelheit davon.

Kit seufzte und schloss die Tür auf. Im Vorzimmer der Suite brannte Licht. Vermutlich hatte das Zimmermädchen es eingeschaltet, als es das Bett aufschlug.

Er seufzte noch einmal, und der Geruch von Zigarettenrauch stieg ihm in die Nase. Kit konnte sich nicht entsinnen, im Zimmer geraucht zu haben. Wo kam der Geruch her?

Er durchschritt das Vorzimmer, trat ins Schlafzimmer und blieb stehen, wie vom Donner gerührt.

In einem der beiden Sessel neben der Balkontür saß Jackie Dupont, schön wie eine Göttin. Der weiße Hund lag zusammengerollt vor ihr auf dem Teppich und rührte sich nicht.

Jackie zog an ihrer Zigarettenspitze, paffte eine Rauchwolke ins Zimmer und sagte: »Hallo, Christopher.«

Kit schwankte. Schließlich fand er am Türrahmen Halt.

»Ich habe etwas mitgebracht, das Ihnen gehört.« Sie deutete auf das Bett, an dem das Porträt von Georgiana Cavendish lehnte. »Wie Sie sicher wissen, hat Adam Worth das Gemälde jahrelang in New York versteckt gehalten. Den wenigsten ist dagegen bekannt, dass der Rahmen eine leichte Verfärbung hat, weil das Packpapier, in das Worth es eingewickelt hatte, einen Riss bekam. Die dadurch entstandene Linie ist mit dem bloßen Auge kaum wahrnehmbar, doch wenn man weiß, wo sie ist, findet man sie durchaus. Allerdings wurde diese Information nie publik gemacht. Ich nehme an, Sie haben die Linie bemerkt, als Rotherhithe's Ihnen das Bild zur Restaurierung übergab. Nur haben Sie nicht geahnt, dass die Existenz der Linie dokumentiert ist. Aber wer sollte die Echtheit des restaurierten Bildes je infrage stellen? Immerhin haben Sie das Werk selbst authentifiziert, Sie, der absolute Gainsborough-Experte. Wenn Sie sagen, das hier sei das echte Bild, dann ist es das echte Bild. Keiner würde Ihre Meinung je anzweifeln. Warum sollte sich einer der reichsten Männer der Welt auch als Kunstdieb und Fälscher verdingen, obwohl er sich alle Kunstwerke dieser Erde leisten kann? Sagen Sie, ist es ein Hobby, das den schnöden Alltag aufhellt? Oder ist es eine Form von Kleptomanie?«

Kit schob sich einen Meter nach vorn und sackte gegen die Wand. Er schloss die Augen. »Hör auf, Diana«, flehte er mit erstickter Stimme. »Bitte.«

»Diana? Wie kommen Sie nur darauf? Ich dachte heute Morgen, Sie hätten aufgrund des Mordes an Ihrer Bekannten einen Zusammenbruch erlitten, aber Sie scheinen mich ja tatsächlich für Ihre Verflossene zu halten.

Entschuldigung, ich meinte natürlich, Ihre verstorbene Frau. Obwohl verflossen es auch ganz gut trifft …«

»Bitte! Hör auf! Ich … ich …«

»Sie? Ich kann Ihnen versichern, dass ich nicht Diana Gould bin. Leider. Sonst müsste ich für mein Geld nicht arbeiten.«

Kit biss sich auf die Unterlippe und grub die Fingernägel in die Handflächen.

Sie fuhr fort: »Oder ist das hier alles nur Show, um von Ihrer Schuld an Carlas Tod abzulenken? Geben Sie den Irren, damit ich Sie nicht verdächtige? Kommen Sie, ich weiß, dass der Gainsborough nicht echt ist und dass Sie der Fälscher sind.«

Er ließ sich auf den Boden sinken und vergrub das Gesicht in beiden Händen. »Hör auf, ich kann nicht mehr.«

»Na gut, Sie beharren auf Ihrer Rolle. Wie auch immer. Ich bin nicht hier, weil ich Sie für den Mörder halte.«

Kit hörte, wie sie sich bewegte. Sie stand auf und ging zum Spirituosenkabinett. Eine Flasche klirrte gegen ein Glas, eine Flüssigkeit gluckerte leise. Dann stand sie vor ihm. Sie packte seine rechte Hand und drückte ein Glas hinein. »Austrinken. Na wird's bald.«

Er führte das Glas an die Lippen und goss sich den Inhalt in den Rachen. Gin. Sie füllte das Glas erneut. Wieder trank er. Der Alkohol strömte heiß durch seine Kehle und in den Magen.

»Puh«, sagte er.

»Das klingt schon besser.« Sie stellte die Flasche auf dem Nachttisch ab.

Er schüttelte sich und öffnete die Augen. Sie stand ein Stück von ihm entfernt und sah nachdenklich auf ihn herab. Ein Glanz schien sie zu umgeben, ein übernatürliches Leuchten.

»Du bist …«, sagte er undeutlich. »Du bist Diana.«

Sie verdrehte die Augen. »Wie Sie wollen. Ich bin hier, weil ich möchte, dass Sie mir helfen. Wie ich schon sagte, halte ich Sie nicht für den Mörder von Carla Tush. Darüber hinaus glaube ich nicht an einen Raubmord. Dafür habe ich meine Gründe, die ich Ihnen aber nicht erläutern werde, damit Sie nicht voreingenommen sind.«

Kits Kopf fühlte sich dank des Gins mittlerweile sehr leicht an. Die Welt war verschwommen. »Was soll ich tun?«

»Mit den anderen Partygästen plaudern. Sie sollen mit ihnen lästern, tratschen, Verdächtigungen anstellen. Mir werden sie nur das sagen, von dem sie glauben, dass es relevant ist und auf Tatsachen beruht. Ihnen dagegen werden die Leute auch ihre verrücktesten Spekulationen und ihre haltlosesten Vermutungen offenbaren.«

»Und was, wenn nicht?«

»Wenn nicht, was?«

»Wenn ich es nicht mache.«

»Dann gehen Sie als Dieb und Fälscher ins Gefängnis. Wenn ich schlecht gelaunt bin, hänge ich Ihnen den Mord auch noch an. Und dann hängen Sie.«

Kit brummte.

»Das verstehe ich als Ja.«

»Diana …«

»Meine Güte. Sie müssen Leichen im Keller haben, wenn Sie sich so fest einreden, Ihre arme Frau sei von den Toten auferstanden. Oder wollen Sie bloß die kleine Anne nicht heiraten? Clevere Lösung. Sie behaupten, ich sei Ihre tote Frau und leide an Amnesie, und Sie müssen mir fortan die eheliche Treue halten.«

Er ließ den Kopf nach hinten gegen die Wand kippen und streckte die Beine aus. »Wie bist du … hergekommen? So schnell?«

Sie lachte glockenhell. Es war Dianas Lachen. Ihre Stimme mochte durch die Zigaretten zwar tiefer und rauer geworden sein, aber ihr Lachen war immer noch dasselbe. »Das ist mein kleines Geheimnis … Komm, Sargent, der Prinz macht sich bestimmt schon Sorgen um uns.« Sie hob das Bild auf und klemmte es sich unter den Arm. »Das hier nehme ich lieber wieder mit, nicht dass es noch im Kamin endet.«

Frau und Hund machten jeweils einen kleinen Sprung über Kits Beine, und eine Sekunde später waren sie verschwunden.

Eine Weile starrte Kit auf die Stelle, an der sie eben noch gestanden hatte, dann kämpfte er sich auf die Füße, legte sich mit der Ginflasche aufs Bett und trank, bis er das Bewusstsein verlor.

Er träumte. Er träumte von Diana Gould im Metropolitan Museum von New York. Er sah sie von Bild zu Bild schreiten und hörte seine eigene Stimme, die ihr die Geschichten der Maler und ihrer Kunstwerke erzählte. Dann beobachtete er sich dabei, wie er, zu Dianas unbändiger Freude, mit einem Zeichenblock auf dem Schoß und einem Bleistift in der Hand die Gemälde kopierte.

Diana klatschte in die Hände. »Es sieht wirklich genau so aus!«

Im nächsten Moment waren sie in London, in der Tate Gallery, und Diana blieb vor einem Bild stehen.

»Carnation, Lilly, Lilly, Rose«, las sie von dem Schild neben dem Rahmen ab.

Es war ein modernes Gemälde des amerikanischen Malers John Singer Sargent. Es zeigte zwei Mädchen, die damit beschäftigt waren, orangefarbene Laternen in ein Gebüsch mit übergroßen Blüten zu hängen und sie anzuzünden. Die Laternen besaßen eine solche Strahlkraft, dass man glauben mochte, sie wären von hinten künstlich erleuchtet.

Diana sagte, das Bild erinnere sie an die Zeit, als ihre Mutter gerade gestorben war. Sie hatte den Sommer mit ihrem Vater bei den Großeltern auf Long Island verbracht und zusammen mit ihrer Cousine Martha jeden Tag im Garten gespielt. Alle hatten sich große Mühe gegeben, der kleinen Diana den Verlust der Mutter erträglich zu machen und sie vor der Trauer ihres Vaters abzuschirmen.

Mit Tränen in den Augen saß Diana vor dem Bild, und Kit schlug ihr vor, es zu kaufen und in ihr Schlafzimmer in Seventree zu hängen, doch das wollte sie nicht. Die ganze Welt sollte es bestaunen.

Sie wischte die Tränen weg und lächelte ihn an. »Du kannst es ja für mich kopieren.«

Und er liebte sie, liebte sie schmerzlich, mit jeder Faser seines Körpers. Plötzlich schrie Diana. Im nächsten Moment brach eiskaltes Wasser durch die Wände des Museums. Sie streckte die Arme nach ihm aus und versank.

Kit wachte auf und setzte sich ruckartig auf. Er war im Hotelzimmer in Saint-Jean-Cap-Ferrat, und in seinem Kopf pochte es heftig. Zeitgleich klopfte jemand energisch an die Tür.

»Ja?«, rief er, noch immer halb in dem Albtraum gefangen.

»Sir?« Es war Gingrich.

»Gingrich, wie spät ist es?«

»Gleich neun Uhr dreißig, Sir. Miss Fortescue bat mich, Ihnen mitzuteilen, dass sie bereits gegessen hat. Möchten Sie das Frühstück in der Suite zu sich nehmen?«

»Nein. Ich gehe erst mal schwimmen.« Er verspürte den spontanen Wunsch, sich das Meer untertan zu machen, gerade so, als könnte er damit die Zeit zurückdrehen.

»Sehr wohl, Sir. Ich werde Ihnen einen Anzug ins Badehaus bringen.«

Kit kroch aus dem Bett und entledigte sich des verknitterten Smokings. Er fand seinen Badeanzug im Schrank, zog ihn an und hüllte sich in einen Bademantel. Noch immer leicht schwankend, verließ er das Zimmer.

Das Hotel verfügte zwar über ein Schwimmbecken, aber Kit wollte ins Meer. Allein die Kräfte der Natur würden ihn von seinem Wahnsinn heilen können. Als er den Badebereich erreichte, stieg Maya Fay aus dem Pool, hüllte sich in ein Handtuch und kam ihm mit wiegenden Hüften entgegen. Ein Bild für die Götter, das sicher jeden Mann mit Blut in den Adern in Wallung brachte, wäre nicht gerade seine verstorbene Frau in Form einer kaltherzigen Privatdetektivin von den Toten auferstanden.

»Guten Morgen, Duke«, säuselte Maya und sah verführerisch zu ihm auf. »Oje, Sie Ärmster, Sie sehen aber müde aus. Ein Bad wird Ihnen sicher guttun.«

»Guten Morgen, Miss Fay«, antwortete Kit abgehackt, »ja, ich will es heute mal mit dem Meer versuchen.«

»Wirklich«, raunte sie angetan. »Wie mutig Sie sind. Michel wird sicher gut auf Sie aufpassen.« Sie nickte dem Bademeister zu, der von seinem Hochstuhl aus das Becken und die Badestelle überwachte.

Kit fühlte sich längst nicht zu einer wortwitzigen Unterhaltung bereit. »In der Tat, Miss Fay … Sie erlauben?«

»Natürlich.« Sie zwinkerte. »Ich werde Sie nicht aufhalten. Adieu.« Sie warf Michel eine Kusshand zu und schwebte in Richtung Hotel davon.

Etwas abseits vom Schwimmbecken führte eine Leiter am Fels hinunter, direkt in die Wellen.

Kit winkte dem Bademeister zu. »Guten Morgen. Ich werde es hier drüben versuchen.«

Michel betrachtete ihn nachdenklich. »Ich hoffe, Sie sind ein guter Schwimmer, Monsieur. Das Meer hat es heute in sich.«

»Gut genug. Ich will mich nur kurz erfrischen.«

Michel grinste. »*D'accord*, Monsieur. Wie Sie wollen. Aber ich muss Ihnen sagen, ich verstehe die Engländer nicht. Sie haben in ihren Kolonien das ganze Jahr über Sommer, trotzdem kommen sie hierher, noch dazu um diese Jahreszeit, um schwimmen zu gehen. Ich kann Ihnen nicht versprechen, dass ich mich überwinden kann, Sie zu retten, falls Sie untergehen.«

»Verstehe.«

Das Wasser war zwar kalt, aber nicht unerträglich. Kein Vergleich mit dem Nordatlantik. Kit wurde sofort schwarz vor Augen. »O Gott, Diana«, stöhnte er und klammerte sich an der Leiter fest.

»Monsieur!«, rief Michel entsetzt. »Ist alles in Ordnung?«

Hastig zog Kit sich aus dem Wasser. »Doch kälter, als ich dachte«, murmelte er und hob zitternd den Morgenmantel auf.

Er eilte ins Badehaus. Dort spülte er sich mit heißem Wasser das Salz vom Körper, trocknete sich ausgiebig ab und zog den Anzug an, den sein Sekretär für ihn ausgebreitet hatte.

»Wenn ich schlecht gelaunt bin, hänge ich Ihnen den Mord auch noch an. Und dann hängen Sie.«

Die Erinnerung an den vergangenen Abend war trotz der halben Flasche Gin nicht verblasst. Womit hatte er das verdient? Warum war Jackie Dupont in sein Leben getreten? Was wollte sie wirklich von ihm?

Trotz der Kleidung fröstelte es ihn. Er würde ihr Spiel mitspielen müssen, wohl oder übel. Nicht, weil sie ihn sonst an den Galgen brachte, sondern weil es die einzige Möglichkeit war, ihr Geheimnis zu lüften. Er musste herausfinden, ob sie ein Geist war oder ein Mensch. Ob sie Diana war. Seine Diana, die wusste, dass er jedes Bild der Welt fälschen konnte. Seine Diana, die den Maler John Singer Sargent verehrte. Seine Diana, die sich kurz vor ihrem Tod einen weißen Hundewelpen zugelegt hatte, an dessen Namen Kit sich nicht mehr erinnerte, weil seine Gedanken sich damals nur um den Streit mit Rose gedreht hatten.

Jackie Duponts Hund hieß Sargent – ein Zufall? Und sie wollte anhand einer kaum sichtbaren Verfärbung auf dem Rahmen erkannt haben, dass der Gainsborough eine Fälschung war? Reiner Irrsinn!

Kit betrat den Frühstückssaal. Um diese Uhrzeit waren nur noch wenige Gäste dort.

»Guten Morgen, Christopher«, ertönte eine schwache Stimme hinter ihm.

Kit drehte sich um. Heinrich Weidemann war an ihn herangetreten. Er musste eben erst das Restaurant betreten haben, genau wie Kit.

»Heinrich, guten Morgen. Was machst du so spät beim Frühstück?«

Heinrich lächelte gequält. »Ich konnte gestern Abend nicht einschlafen. Carlas Tod hat mich … sehr bewegt. Hat … alte Er-Er-Erinnerungen heraufbeschworen. Wollen wir zusammen frühstücken?«

»Gern. Nehmen wir doch den Tisch dort vorne am Fenster.«

Die beiden setzten sich, und sofort kam ein Ober herbeigeeilt. Kit bestellte Spiegeleier mit Speck und frisches Obst, dazu reichlich schwarzen Kaffee.

»Einen … einen Minztee für mich, bitte, und etwas … Schwarzbrot«, orderte Heinrich in stark akzentuiertem Französisch. Zu Kit gewandt sagte er, kaum dass der Ober gegangen war: »Ich hasse diese Sprache. Die Erinnerungen an die Sommer …«

»Sprich nicht weiter, Heinrich, ich war selbst dort. Ich weiß.«

»Danke.«

Kit spürte zwar einen inneren Widerwillen, diese zerbrechliche Kreatur mit Fragen zum Mord an Carla zusätzlich zu belasten, trotzdem sagte er: »Heinrich, ich kann mir nicht helfen, aber ich brüte darüber, ob wir vorgestern Abend etwas verpasst haben. An Bord der *Celluloid*, meine ich.«

»Es ist grauenhaft. Grauenhaft, ja. Jedoch wüsste ich nichts. War es denn kein Dieb?«

»Wie hätte denn ein Dieb unbemerkt an Bord gelangen sollen? Ein fremdes Boot hätte doch jemand bemerken müssen.«

Heinrich hüstelte. »Vielleicht waren die Matrosen nicht aufmerksam. Haben sie … möglicherweise Karten gespielt?«

»Würdest du es darauf anlegen, Heinrich?«

»Ich?«, krächzte der Deutsche. »Ich? Nein, um Gottes willen. Ich hätte … nicht einmal die Kraft, ein Boot zu rudern. Mein Lungenvolumen … Gas, weißt du … Ich habe nachher einen Termin bei einem Spezialisten in Nizza, deshalb bin ich hier. Die Luft …«

Kit verzog das Gesicht. Durch Giftgas verursachte Lungenschäden bedeuteten meist einen frühzeitigen, qualvollen Tod. »Das tut mir außerordentlich leid, Heinrich. Ich hatte ja keine Ahnung.«

»Dieser Wahnsinn … hat uns alle zerstört.«

Kit nickte stumm. Der Ober servierte das Frühstück. Kit wartete kurz, dann zwang er sich weiterzusprechen.

»Was könnte das Motiv sein?«

»Geld?«, überlegte Heinrich und nippte an seinem Tee.

»Der Einzige von uns, der nicht im Geld schwimmt, bist du, Heinrich, und du könntest nicht mal einem Huhn den Hals umdrehen, ohne in Ohnmacht zu fallen.«

»Das … ist leider wahr.«

Kit dachte nach. »Wir haben uns zwar alle länger nicht gesehen, aber wenn ich mich richtig erinnere, war Carla früher eine ziemliche Klatschbase. Nein, Klatschbase beschreibt es nicht richtig. Neugierig war sie. Wissbegierig. Sie las mit Begeisterung die Gesellschaftskolumnen und konnte sich nicht satthören, wenn jemand von einer pikanten Begebenheit erzählte. Aber selbst hat sie eigentlich nie Gerüchte verbreitet.«

»Du meinst … sie kannte ein Geheimnis? Deshalb musste sie sterben?«

»Kann doch sein.«

»Möglich. Kit, eine Frage … Plant Rotherhithe's in Zukunft Auktionen für zeitgenössische Malerei?«

Heinrich erwischte Kit auf dem richtigen Fuß. Zeitgenössische Kunst war ein ewiges Streitthema zwischen ihm und Mister Rotherhithe, dem Inhaber des Auktionshauses.

»Vorher wird der Mensch zum Mond fliegen. Ich sage Rotherhithe andauernd, dass Picasso in ein paar Jahrzehnten der teuerste Maler aller Zeiten sein wird, doch er lacht nur über mich. Ich habe ihm gesagt, dass die Impressionisten vor siebzig Jahren genauso von der breiten Masse belächelt wurden wie heute die Avantgarde. Sieh dir nur mal an, für welche Unsummen man mittlerweile einen Monet verkaufen kann. Schon jetzt gibt es einen Ansturm auf die Bilder von Franz Marc und August Macke.«

Heinrich hustete. »Weil sie tot sind.«

Kit erinnerte sich an Heinrichs Zustand und schämte sich für sein gedankenloses Gerede. Sobald Heinrich starb, würde sich der Wert seiner Bilder verzehnfachen. Davon hätte der Ärmste dann allerdings nichts mehr. »Jedenfalls ist Picasso der größte Maler, der je gelebt hat. Das sage ich ganz unverfroren.«

»Ja, das ist er. Die Geschichte wird … wird auf deiner Seite sein. Besorge dir ein paar von seinen Bildern, und in ein paar Jahren bist du … ein gemachter Mann. Vergib mir, ich vergaß, du bist ja bereits ein«, er hustete wieder, »gemachter Mann. Tut mir leid … In meiner Erinnerung bist du noch immer ein … verarmter Herzog.«

Kits Finger klammerten sich krampfartig um seine Gabel. »Der Preis war hoch.« Erschreckend, wie es Heinrich Weidemann ganz ungewollt gelungen war, sämtliche

Schwachstellen seines Gegenübers auf einmal bloßzustellen.

»Ah, sieh nur, da kommt … deine reizende Verlobte.«

In der Tat, da kam sie. Seine Verlobte Anne. Er hatte sie dazu gemacht. Er hatte um ihre Hand angehalten, noch auf dem Krankenbett. Sie hatte ihm Hoffnung gegeben, auf eine lebenswerte Zukunft, auf eine Familie, auf den Frieden, den er so sehr herbeisehnte. Und jetzt? Jetzt warf er die Vernunft einmal mehr über Bord, zugunsten einer Wahnvorstellung?

Anne trug einen Strohhut, ein Kleid im Kolonialstil und flache Schuhe. »Herr Weidemann, ich grüße Sie«, sagte sie und reichte Heinrich die Hand. »Guten Morgen, Kit. Bist du erholt?«

»Ja, durchaus«, schwindelte er. »Ich war vor dem Frühstück schwimmen. Das hat mich erfrischt.«

»Die Wrexleys haben mich gefragt, ob wir sie heute Nachmittag auf eine Wanderung begleiten möchten. Sie wollen auf dem Höhenweg nach Nizza spazieren und in einem Café an der Promenade einkehren.«

»Das klingt … nach einer reizenden Idee … Miss Fortescue«, sagte Heinrich.

»Kommen Sie doch mit.«

»Oh nein … Das ist nichts … für mich. Ich schaffe es kaum … die Treppe hinauf und bin dankbar … für den Aufzug.«

»Ich werde euch selbstverständlich begleiten.« Kit stand auf. »Entschuldige mich, Heinrich, ich habe vor dem Lunch noch einiges an Korrespondenz zu erledigen, und ich muss meine Wanderschuhe suchen. Wir haben so viele Koffer dabei, ich habe keine Ahnung, in welchem sie stecken.«

»Bist du denn ohne Dienerschaft hier?«

Anne schürzte die Lippen. »Kit wollte reisen wie in alten Zeiten. Er hat nur seinen Sekretär mitgebracht, der pausenlos mit Amerika telegrafiert.«

»Wie sentimental.« Heinrich lächelte. »Ach, die Promenade von Nizza … Dort trifft man allerlei … Menschen.«

Hatte der Maler gerade gezwinkert? War das etwa eine Anspielung auf Rose Munroe gewesen?

Kit brachte ein vages Geräusch der Zustimmung hervor und verabschiedete sich.

In seiner Suite schlug er mit der Faust auf die Matratze ein, und es war ihm gleich, ob seine Schulter danach für den Rest des Tages schmerzte. Er wollte sich freikämpfen. Er wollte aus diesem Albtraum ausbrechen. Er wollte fliehen, irgendwohin, vor diesem Hotel, vor Anne, vor den Erinnerungen … und vor Jackie Dupont, die wie aus dem Nichts gekommen war, um seine Seele zu holen.

Southampton, 10. April 1912

Christopher,
Diana hat mir Deinen Brief gezeigt, der wohl aus Versehen nicht in der ausgehenden, sondern in der eingehenden Post gelandet ist. Schäm Dich. Schäm Dich. Schäm Dich. Ich werde meine Tochter mit zurück nach New York nehmen, in wenigen Augenblicken gehen wir an Bord der Titanic. *Sobald wir in Amerika eingetroffen sind, werde ich meine Anwälte mit der Einleitung der Scheidungsformalitäten betrauen. Bis dahin werden wir diesen Umstand geheim halten. Mehr habe ich Dir nicht zu sagen.*

Henry Gould

Aus den Memoiren der
JACKIE DUPONT

Der frühe Vogel fängt den Wurm? Meinetwegen konnte er ihn haben. Sargent und ich waren nicht gerade für unsere Morgenfrische berühmt, und das Nickerchen in der Oper am Abend zuvor hatte mich, sofern möglich, nur noch müder gemacht. Dementsprechend erledigt waren wir nach unserem Überraschungsbesuch bei Christopher St. Yves ins Bett gesunken.

Ein elendes Geschäft, diese Schnüffelei. Warum konnten sich diese Kriminellen nicht an die üblichen Geschäftszeiten halten? Ich sollte endlich einen meiner zahlreichen Verehrer heiraten und mich zur Ruhe setzen, wenigstens könnte ich dann ausschlafen. Nein, nein, nein. Ich war eine unabhängige Frau, und die wollte ich auch bleiben. Auf Männer konnte man nun mal nicht zählen.

Sargent brummte mir ins Ohr. Er hatte die Angewohnheit, mich in der Nacht an die Bettkante zu drängen und sich in die warme Mulde zu legen, die ich für ihn geschaffen hatte. Ich öffnete ein Auge. Das Tier lag mit dem Körper unter der Bettdecke und mit dem edlen Haupt auf dem Kissen.

»Guten Morgen«, sagte ich.

Die Zunge schoss aus Sargents Mund, und er leckte mir treffsicher über die Wange.

»Du bist aber guter Stimmung heute Früh. Die Seeluft scheint dir zu bekommen.«

Zwei Pfoten kamen unter der Decke hervor und pressten sich gegen mein Schlüsselbein.

»Soll ich nach deinem Frühstück läuten? Verstehe ich das richtig?« Ich zog an der roten Kordel, die neben dem Bett von der Zimmerdecke hing. »Siehst du? Schon erledigt.«

Sargent schmiegte sich eng an mich, und ich vergrub das Gesicht in seinem weichen Fell, bis die Tür sich öffnete und zwei Zofen eintraten. Jede trug ein Tablett, eins mit meinem Frühstück und eins mit dem Frühstück für den Hund, dessen diätetische Bedürfnisse ich der Küche genauestens dargelegt hatte.

In trauter Zweisamkeit nahmen wir unser Mahl ein, und im Anschluss gönnten wir uns ein Bad. Das heißt, ich gönnte mir ein Bad und zwang Sargent zu selbigem, wobei er vor Empörung jaulte wie am Spieß. Aber wer im Bett schlafen wollte, der hatte ein Mindestmaß an Hygiene vorzuweisen, und wer voller Begeisterung in jeden morastigen Tümpel sprang, der würde von einem kurzen Bad in meinem abgekühlten Badewasser keinen Schaden nehmen.

Nach Vollendung unserer Reinigungsrituale betrat ich das Ankleidezimmer. Aus der Garderobe wählte ich einen Kaftan aus Leinen und einen dazu passenden Überwurf.

Es hatte den Anschein, als würde es ein angenehmer Tag werden.

Um kurz vor elf bestiegen Sargent und ich wohlduftend den kessen Sportwagen und machten uns auf den Weg zur Villa von Ségolène Pistou. Das Anwesen thronte auf dem Cap-d'Ail, etwa eine Meile westlich von Monaco.

Wie in der Gegend üblich, war die Landschaft von steilen Klippen und schmalen Stränden geprägt, und das altehrwürdige Anwesen der Familie Pistou befand sich an einer kurvigen Schotterstraße, hoch oben am Hang.

Zwei graue Windhunde beobachteten unsere Ankunft durch die Stäbe eines Eisentores, hinter dem sich ein weitläufiger Park erstreckte. Vor dem Tor stand bereits ein Streifenwagen, und ich rief mir in Erinnerung, dass ich mich nun auf französischem Grund und Boden befand und Commissaire Chatillon daher die Federführung innehatte. Zumindest symbolisch.

Ein Pförtner öffnete das Tor.

»Halten Sie bitte die Hunde fest«, verlangte ich.

»Es sind liebe Tiere, Madame. Sie werden Ihnen nichts tun.«

Ich hob Sargent aus dem Wagen. »Ich sorge mich nicht um mich, sondern um Sie. Und um die Hunde.«

Just in diesem Moment erblickte Sargent das Empfangskomitee. Sofort fing er an, ohrenbetäubend zu kläffen, und versuchte, sich aus meinen Armen zu befreien, um sie alle zu Hackfleisch zu verarbeiten. Mit einiger Anstrengung gelang es mir zwar, ihn ohne Zwischenfall ins Haus zu befördern, Chatillon machte jedoch wohlweislich einige Schritte zur Seite, als ich den Salon betrat. Dort hatte er sich mit der Hausherrin, Lady Wrexley, und Dame Zelda bereits eingefunden.

»Guten Morgen, die Damen … Chatillon.« Ich setzte mich auf einen Fauteuil und flüsterte dem immer noch wütenden Sargent ins Ohr, dass ich nichts von den gemeinen Windhunden gewusst hätte. Übrigens könne er seine Chance auf Gänseleberpastete erhöhen, wenn er mir erlaubte, für eine Weile meiner Arbeit nachzugehen.

Sofort drosselte er das Gebell zu einem mürrischen Knurren und verteilte drohende Blicke an die Anwesenden.

»Ihr Hündchen ist wirklich ausgesprochen temperamentvoll«, sagte Ségolène Pistou pikiert.

Sie saß zusammen mit Dame Zelda auf einer Couch und betrachtete mich mit Grabesmiene. Ich hatte bis dato schon einige Fotografien von ihr gesehen, daher war mir bewusst, dass ihr Gesichtsausdruck nicht zwingend in einem Zusammenhang mit dem von ihr möglicherweise bezeugten oder durchgeführten Mord stand, sondern Teil ihrer Selbstdarstellung als Eminenz des Grauens war. Lady Wrexley, eine aufrechte Dame mit einer Frisur aus Stahl, hatte auf einem Sessel gegenüber der beiden exzentrischeren Ladys Platz genommen und hüllte sich ganz in britische Kühle.

»Der Hund ist hochbegabt«, entgegnete ich. »Da wird ihm ein wenig Temperament wohl gestattet sein. Er ist ein versierter Experte. Würde ich ihm den Auftrag erteilen, mir jedes Mal zu melden, wenn er Ihren Geruch wahrnimmt, könnte er Ihre Spur noch über Wochen unter tausend anderen Gerüchen erkennen.«

Dame Zelda nahm Ségolènes Hand. »Meine Liebe, reg dich nicht auf. Ich verstehe das Tier vollkommen, Miss Dupont. Wenn ich eine Arie vorbereite und mir jemand dazwischenfunkt, werde ich auch ungehalten. Oder wenn mir jemand Dahlien ins Zimmer stellt. Da bekomme ich von jetzt auf gleich keine Luft mehr. Da sollten Sie mich mal bellen hören. Er ist meiner Meinung nach ein ausgesprochen hübscher Hund. Ein West Highland Terrier, nehme ich an?«

Ich hob entsetzt die Augenbrauen. »Wo denken Sie hin! Bitte beachten Sie die Länge der Ohren und die Wendigkeit. Nein, Sargent ist eine Kreuzung aus einem Zwergschnauzer und einem Tibet-Terrier und vereint die Eigenschaften beider Rassen in Perfektion. Den Mut des Schnauzers mit der Empfindsamkeit des Tibet-Terriers. Normalerweise wäre sein Haarkleid länger, aber mein Freund Antoine kommt uns einmal im Vierteljahr besuchen, um ihn zu trimmen.«

»Antoine?« Dame Zelda konnte es kaum fassen. »*Der* Antoine? Mit dem Salon in Paris?«

»Sicher. Er ist mir immer noch dankbar für die Erfindung des Bobs.«

»Das waren Sie?«

»Wer denn sonst? … Wollen wir langsam zur Sache kommen? Ich möchte mit Ihnen über Ihren Aufenthalt an Bord der *Celluloid* sprechen. Wann genau sind Sie dort vorgestern Abend eingetroffen?«

Die Ladys sahen einander an. Dabei kam ich nicht umhin, Dame Zelda auf den Hals zu schauen, den ein hübsches Geschmeide zierte. Es handelte sich um ein Stück, welches die Goldschmiedin Jeanne Toussaint im Auftrag für Louis Cartier entworfen hatte. Ein Halsband aus Onyx und Diamanten, in einem schwarz-weißen Pavé angeordnet. Ebenso geschmackvoll wie teuer. Zwar keines von Zeldas berühmten Stücken, aber dennoch gewagt für den Vormittag. Dame Zelda konnte den Schmuck allerdings durchaus tragen, denn im Gegensatz zu dem von Ségolène Pistou war ihr Hals noch straff.

»Gegen sechs?«, überlegte die truthahnhalsige Gruselautorin.

Zelda wiegte nachdenklich den Kopf. »Ja. Ich glaube, du hast recht. Wissen Sie, Miss Dupont, ich habe überhaupt nicht auf die Zeit geachtet. Ich war so aufgeregt, endlich den kleinen Kit wiederzusehen, nach all den Jahren und all dem Entsetzlichen, was er durchgemacht hat. Seine Mutter und ich sind enge Freundinnen. Mein Mann starb sehr früh an einer Malaria-Erkrankung, und die damalige Duchess verlor ihren Gemahl durch einen Herzinfarkt. Keine von uns hat jemals wieder geheiratet. Für mich wird es keinen anderen Mann geben.«

»Ich bin darüber im Bilde. Doch bleiben wir auf der *Celluloid*. Kam Ihnen Carla Tush irgendwie verändert vor? Hat sie etwas Ungewöhnliches gesagt, war sie besonders hektisch oder auffallend schweigsam?«

»Ich meine, nicht«, sagte Ségolène, »aber kaum dass ich

sie sah, habe ich gespürt …« Sie machte eine dramatische Pause.

»Was haben Sie gespürt?«, fragte ich ungeduldig.

»Nun denn, ich habe es immer geahnt. Sie würde ein schlimmes Ende nehmen. Ein schlimmes.«

»Wie meinen Sie das, Madame?«, wollte Chatillon wissen. »Haben Sie etwas Verdächtiges bemerkt?«

»Es lag ein Schatten über dem Abend. Ein kalter Hauch. Das ist alles.«

Ich zündete mir eine Zigarette an. »Ein kalter Hauch? Soso. Und das im Februar. Ich habe nie verstanden, warum die Leute hier überwintern, obwohl der Sommer in dieser Gegend viel schöner ist. Überwintern sollte man in Südafrika oder in der Karibik.«

Ségolènes Gesicht wurde noch ein wenig länger und schmaler. Dabei senkte sie die Lider. »Es hat eben Tradition in unseren Kreisen.«

»Welche Kreise sind das? Die der erfolglosen Schriftstellerinnen?«

»In der gehobenen Gesellschaft«, zischte sie, und es zeigte sich sogar ein wenig Farbe auf ihren Wangen.

Chatillon hüstelte. »Madame müssen entschuldigen. Die Kollegin aus Amerika hat es gewiss nicht so gemeint.«

»Die Kollegin aus Amerika hat es genau so gemeint«, sagte ich, »und sie leitet im Auftrag der fürstlichen Familie die Ermittlungen.« Menschen wie Ségolène Pistou, deren Selbstsicherheit angeboren war und die fest daran glaubten, aufgrund ihrer Herkunft und ihres Vermögens mehr wert zu sein als andere, musste man erst einmal von ihrer goldenen Wolke herunterholen. Nur wenn man ihnen ihren Status nicht gönnte, konnte man sie dazu bringen, sich zu verplappern und Dinge zu offenbaren, die sie ansonsten für sich behalten würden. Wenn es dafür gelegentlicher Schläge unter die Gürtellinie bedurfte, bediente ich mich dieser gern. »Es ist kein Geheimnis, dass Sie nicht von Ihren schauderhaften Büchern leben, sondern von Ihrem Erbe.«

Der Hieb saß. Ségolène war außer sich. »Ich muss schon sagen! Wer sind Sie überhaupt?«

»Infam!«, empörte Lady Wrexley sich gleichfalls. »Bedenken Sie, wen Sie vor sich haben.«

»Ich hatte schon ganz andere Kaliber vor mir als Sie, Honoria.« Ich ließ mir Lady Wrexleys Vornamen auf der Zunge zergehen. »Bedenken Sie, wir sind hier nicht beim Kaffeekränzchen, sondern führen eine Mordermittlung durch. Es sollte in Ihrer aller Interesse sein, wenn wir den Mörder schnell fassen. Wer weiß, auf wessen zarten Hals er es als Nächstes abgesehen hat?«

Dame Zelda stieß einen spitzen Schrei aus, und Lady Wrexley wurde aschfahl.

»Darf ich Sie nun bitten, Ségolène, von jeder Theatralik abzusehen und sachlich auf meine Fragen zu antworten? Also, hat Carla Tush sich am Abend ihres Todes auffällig verhalten?«

»Nein«, sagte Ségolène durch zusammengepresste Zähne. »Sie war vollkommen normal. Fröhlich wie immer.«

»Teilen Sie diese Meinung?«, wandte ich mich an die beiden anderen Damen.

»Ja, fröhlich wie immer.« Dame Zelda blickte mich betrübt an. »Dass jemand einer so freundlichen Person etwas anzutun vermag. Das macht mich sehr traurig. Die Welt wird immer schauderhafter.«

»Das Theatralikverbot gilt auch für Sie, Zelda«, knurrte ich. »Ségolène, wann haben Sie Carla zuletzt vor Ihrem Tod gesehen?«

Ségolène schien einen Moment in ihren Erinnerungen zu verharren. »So genau kann ich Ihnen das gar nicht sagen«, antwortete sie schließlich. »Im einen Moment war sie noch da, im nächsten war sie schon tot. So kam es mir jedenfalls vor.«

»Haben Sie sonst einen besonderen Moment vor Augen, ist irgendetwas Ungewöhnliches geschehen oder gesagt worden?«

»Sie meinen, zu Carla?«

»Ich meine es ganz allgemein. Dinge, die Ihnen bemerkenswert erschienen sind, selbst wenn sie Ihnen zusammenhanglos vorkommen mögen.«

»Nein. Ich habe mich hauptsächlich mit Lady Wrexley unterhalten. Eigentlich die ganze Zeit.«

»Stimmt das, Honoria?«

»Ja, es stimmt«, meinte Lady Wrexley kühl. »Dennoch halte ich dieses Verhör für müßig. Sie sollten Maya Fay ins Visier nehmen. Sie hat sicher ein Motiv.«

Ich ging auf den Vorschlag ein, und Lady Wrexleys Abwehrhaltung kam mir entgegen. Schon häufiger hatte ich die Beobachtung gemacht, dass Menschen schneller dazu bereit sind, ihre Bekannten und Freunde ans Messer zu liefern, wenn sie sich in ihrer Ehre gekränkt fühlen. Sicher ein Phänomen der Psyche. »Was lässt Sie darauf schließen? Kam es zu einem Eklat?«

»Nein, das nicht. Ich kann nicht behaupten, dass irgendetwas Sonderbares vor sich gegangen wäre. Ich hatte nur den Eindruck, dass gewisse Spannungen zwischen Misses Tush und Miss Fay bestanden. Bestimmt nichts, weshalb man einen Mord beginge … so dachte ich jedenfalls.«

»Welche Art von Spannungen, Madame?«, fragte Chatillon.

»Ein gereiztes Verhältnis, verstehen Sie? Ich glaube, Misses Tush war der Ansicht, dass Miss Fay sich zu sehr aufspielte. Sie ist der große Star im Filmstudio von Mister Tush, und sie hat sich benommen, als verleihe ihr das gewisse Hausrechte.«

»Können Sie Ihre Beobachtungen genauer beschreiben?«

»Nein. Es war nur ein Gefühl, reine Intuition. Als Ehefrau eines Diplomaten entwickelt man ein gewisses Gespür für solche Spannungen.«

»Wie schön für Sie«, gratulierte ich ihr und machte eine gedankliche Notiz, noch einmal mit Maya zu sprechen. Natürlich würde ich Lady Wrexley nicht offenbaren, dass sie mir eine hilfreiche Information gegeben hatte, sondern so tun, als interessierte ihre Theorie mich nicht weiter. Sie sollte nicht den Eindruck gewinnen, die Kuh wäre vom Eis und sie nicht weiter verdächtig. »Ist es nach Ihrer Kenntnis richtig, dass Mister Tush alleine war, als er die Leiche seiner Frau entdeckte?«

Lady Wrexley nickte. »So kam es mir vor. Der arme Mann hat einen Schock erlitten und liegt im Krankenhaus.«

»Um mich herum sterben meine Freunde wie die Fliegen«, lamentierte Zelda, die sich offenbar von meinem Theatralikverbot nicht beirren ließ. Sie wurde mir langsam sympathisch.

»Ich bin immerhin noch da«, sagte Ségolène spitz, wurde jedoch nicht weiter beachtet.

»Ihnen ist auch den ganzen Abend lang nichts aufgefallen, Zelda?«, fuhr ich fort.

Die Opernsängerin zuckte mit den Schultern. »Nichts. Außerdem wurde ich direkt nach dem Dinner abgeholt.«

Ségolène wagte wieder mehr Emphase, um endlich gehört zu werden. »Es war ein schrecklicher Moment, als Ronald schreiend dastand, kreidebleich. Ein furchtbarer Anblick.«

»Verstehe«, sagte ich und unterdrückte ein Gähnen. Was das betraf, gab es nichts Neues zu erfahren. Zeit für eine Wende. »Können Sie, Ségolène, mir eventuell sagen, ob die Vorhänge in Carla Tushs Suite heruntergelassen waren, als sie sich dort aufhielten?«

Ségolène schien zu erstarren. Zehn Sekunden lang saß sie regungslos da. »Nein!«, rief sie unvermittelt. »Nein, sie waren auf jeden Fall oben, denn erstens habe ich direkt aufs Wasser hinausgesehen, und zweitens habe ich mit Carla über die Aussicht gesprochen. Ist das denn von Bedeutung?«

»Möglicherweise.«

»Ich erinnere mich nicht daran«, bemerkte Lady Wrexley ungefragt. »Ich habe mich für das Gemälde interessiert, nicht für Vorhänge.« Sie schniefte verächtlich.

Ségolène interessierte sich im Gegenzug nicht für Lady Wrexleys überhebliche Bemerkung. »Carla hat mir mal erklärt, dass sie die Vorhänge über eine Kordel herunterlässt, wenn sie zu Bett geht. Es gibt da einen neumodischen Mechanismus, bei dem die Gardinen aus der Decke kommen.«

Zelda lachte. »Neulich im Casino hat sie uns noch erzählt, dass ein Dienstmädchen die Vorhänge herunterlässt. Du verwechselst schon wieder alles.«

Erneut saß Ségolène regungslos da, und abermals kehrte sie nach kurzer Introspektion in die Gegenwart zurück. »Das stimmt … Trotzdem bin ich mir sicher, dass die Vorhänge oben waren. Ich habe ein ausgezeichnetes Erinnerungsvermögen.«

Zelda zwinkerte mir zu. »Und eine gute Einbildung.«

Ich ließ mich nicht beirren. Wer in der Lage war, zusammenhängende Romane – ganz gleich wie grauenhaft – zu verfassen, dessen Gehirn funktionierte, und wie jeder Autor würde Ségolène ihre Umgebung genau beobachten. »Vor ihrer Ermordung hat Carla Tush sich umgezogen. Kennen Sie zufällig den Anlass dafür? Hat sie etwas erwähnt?«

Ségolène tauchte wieder in den Erinnerungsmodus ab und sagte schließlich: »Oh ja, natürlich! Heinrich hatte beim Tanzen einen Zitteranfall bekommen, während er ein Glas in der Hand hielt. Ich glaube, er hat es gar nicht gemerkt, aber er schüttete Carla den Inhalt übers Kleid. Ich weiß leider nicht, was es war.«

Ich spitzte die Lippen. »Soso …«

Endlich eine neue Information. Von diesem Umstand hatte mir bisher noch niemand berichtet. Heinrich hatte Carla also mit einer Flüssigkeit übergossen, die im ersten Anlauf von der Spurensuche nicht gefunden worden war. Etwas Durchsichtiges, Geruchloses also, vermutlich Wodka. Oder einfach nur Wasser? Jedoch sicher nicht, wie Ségolène vermutete, weil er seine Gliedmaßen nicht kontrollieren konnte. Hatte er Carla dazu bringen wollen, in ihre Suite zu gehen und sich umzuziehen?

»Carla hat ihn einen Kriegsgewinnler genannt«, fuhr Ségolène fort. »Aber gestern traf ich ihn zufällig vor der Oper, und er zeigte mir eines seiner neuen Bilder, das er gerade einem befreundeten Galeristen vorbeibringen wollte. Sehr bewegend. Ergreifend. Man kann sein Leid förmlich aus dem Pinselstrich herauslesen.«

Ich schmunzelte. »Ja, ich kann mir gut vorstellen, dass seine Kunst Ihnen zusagt.«

»Gruseliges Zeug.« Zelda schüttelte sich und hielt sich eine Hand an den Hals. Alle ihre Finger waren mit Diamantringen besetzt. »Und du überlegst, dir eines seiner Bilder zu kaufen. Mit so etwas im Haus würde ich in der Nacht kein Auge zutun.«

»Zelda«, sagte ich und deutete auf den Schmuck. »Sie leben wahrhaftig gefährlich. Sie tragen ja mindestens fünfzig Karat am Körper.«

Sie sah an sich hinunter. »Pure Gewohnheit. Die Vorstellung, von meinen Steinen getrennt zu sein, tut mir körperlich weh.«

»Das hat auch die arme Carla immer über dich gesagt«, ergänzte Ségolène.

»Gerade die!«, rief die Sängerin. »Sie ist …äh … war doch diejenige, die mit dem Collier der Bernadotte herumgelaufen ist! Ich möchte gar nicht wissen, was für einen Spottpreis sie der bemitleidenswerten russischen Familie dafür gezahlt hat. Wahrscheinlich waren das Leute, mit denen wir noch vor wenigen Jahren Bridge im Ritz gespielt haben.«

»Es waren die Tursunovs«, sagte ich, »und Ronald hat ihnen einen angemessenen Preis gezahlt. Ich selbst habe die Transaktion in die Wege geleitet. Prinz Tursunov hat das Collier einst in Konstantinopel vom Sultan als Geschenk erhalten.«

Zelda rümpfte die Nase. »Da sieht man wieder, es lohnt sich eben doch, echten Schmuck zu tragen. Heutzutage weiß man nie, wann die Revolution kommt.«

»In Konstantinopel?« Lady Wrexley war überrascht. »Wie ist es denn da hingekommen? Ich dachte, es sei der Familie Tush in Amerika gestohlen worden.«

»Faszinierend, nicht wahr? Es ist meine große Leidenschaft, den Weg von geraubten Wertgegenständen zurückzuverfolgen. Seit gestern erst bin ich darüber im Bilde, dass die Kette nicht, wie bisher angenommen, in San Francisco abhandenkam, sondern in der Südsee. Wie sie von dort nach Konstantinopel gelangte, weiß kein

Mensch. Was für eine Reise! Dabei soll der Dieb ein Kind gewesen sein.«

»Den armen Sultan haben sie auch vertrieben.« Zelda bekreuzigte sich. »Bald geht es uns Europäern an den Kragen.«

»Das Kind wurde bestimmt von einem brutalen Kriminellen zu dem Raub gezwungen.« Ségolènes Augen leuchteten. »Sie sperren die Kinder in dunkle Verliese und …«

»Wir wissen alle davon«, sagte ich bestimmt.

»Deine Vorstellungskraft möchte ich wahrlich nicht haben, Ségolène.« Zelda bediente ein Glöckchen, das auf einem Couchtisch neben ihr stand. »Mir ist nach einem Sherry. Noch jemand?«

Ich schüttelte den Kopf. »Ich würde gern, aber ich muss nachher noch mit einem Taucheranzug in die Tiefe.«

Die Damen sahen mich fragend an.

Zeldas Hand glitt wieder an ihren Hals. Offenbar eine für sie typische Bewegung. »Einem was?«

»Eine Art U-Boot, das man am Körper trägt«, erklärte Commissaire Chatillon, der auch mal etwas sagen wollte.

»Aber warum, um Himmels willen?«

»Ich will das Bernadotte-Collier bergen. Wie schon in der Oper erwähnt, gehe ich davon aus, dass es auf dem Meeresgrund liegt, weil der Mörder es aus dem Fenster geworfen hat.«

»Wirklich unfassbar!«, krähte Dame Zelda. »Wer würde so etwas tun?, frage ich Sie. Das ist scheußlich, ja, geradezu scheußlich!«

»Sie sind schon die Zweite, die sich über diese Vermutung schockierter zeigt als über den Mord selbst. Der Erste war Mister Greenberg.«

Zelda schnappte noch einmal nach Luft und schien all ihre Ringe, Armreifen mitsamt dem Cartier-Halsband zugleich festhalten zu wollen.

Ségolène senkte die Lider und setzte einen besonders erhabenen Gesichtsausdruck auf. »Ich sage dir immer wieder, du sollst deinen Tand zur Bank bringen.«

Ein ausgesprochen adretter Diener trat ein, und sofort hob Sargent den Kopf. Ich kraulte ihm beruhigend den Rücken.

»Ruhig, mein Liebling, nur noch ein Weilchen.«

Enttäuscht ließ er den Kopf in meinen Schoß sinken.

Zelda orderte: »Einen Sherry, bitte … Lady Wrexley? Ségolène? Commissaire?«

»Nicht im Dienst, danke«, wehrte Chatillon ab.

»Ich könnte einen vertragen«, erklärte Lady Wrexley. Sie war wohl ausnahmsweise nicht im Dienst.

»Also zwei Sherry.«

Der Diener verbeugte sich. »*Bien sûr,* Madame.«

»Ach, und bringen Sie uns doch bitte auch etwas zum Knabbern, mir ist schon ganz elend.«

»Chatillon«, fragte ich, während Zelda dem Domestiken ihre diversen Bestellungen aufgab, »ist der Strand vorne am Cap-d'Ail begehbar? Ich vermute, von dort aus hat man einen guten Blick auf die Stelle, an der die *Celluloid* vor Anker lag. Ich habe ein Vermessungsgerät dabei.«

»Ja, dort ist ein schmaler Sandstreifen unterhalb der Klippe.«

»Sehr gut, dann fahren wir im Anschluss dorthin ... Zelda, haben Sie die *Celluloid* in der Bucht liegen sehen, nachdem Sie am Tatabend wieder hier waren? Zelda? Zelda!«

»Huch?« Sie zuckte. »Entschuldigen Sie. Wie bitte?« Der hübsche Diener beanspruchte ihre volle Aufmerksamkeit.

Ich wiederholte meine Frage.

»Oh ja, ich sah sie draußen liegen, gar nicht weit entfernt. Sie leuchtete wunderschön in der Dunkelheit.«

Ségolène mischte sich wieder ein. »Wir haben das Schiff schon am Nachmittag dort liegen sehen. Vielleicht eine Meile von hier. Es befand sich genau zwischen den Landzungen.«

»Sehr gut, das sind ausgesprochen hilfreiche Informationen, meine Damen. Je exakter ich die Position des Schiffes kenne, desto besser kann ich nach dem Collier suchen. Ich habe die relativ genauen Angaben des Kapitäns, was die Entfernung vom Ufer betrifft, doch oft ist das Augenmaß entscheidend. Aber lassen Sie uns bitte noch einmal über das Dinner sprechen. Worum ging es denn hauptsächlich beim Tischgespräch?«

Zelda legte die Stirn in Falten. »Ich habe mich eine Ewigkeit mit dem kleinen Kit und seiner Verlobten unterhalten. Vor allem über seine Mutter, aber auch ein wenig über seine Genesung und darüber, wie er Miss Fortescue kennengelernt hat. Ein nettes Mädchen. Ich hoffe, es ergeht ihr nicht wie der ersten Duchess.«

»Wie meinen Sie das? Dass sie mit einem Dampfer untergeht?«

»Nein, nein. Nichts so Dramatisches. Fürchterlich, die Vorstellung. Unterzugehen im eisigen Wasser. Hilflos. Ich bin entsetzlich wasserscheu. Und der herrliche Verlobungsring ist gleich mit ihr untergegangen. Ein Vier-Karat-Diamant aus der Regentschaftszeit.«

»Ach, tatsächlich?«

»Seine Mutter hat es mir nach seiner Verlobung geschrieben, weil sie von meiner Leidenschaft für Schmuck wusste. Das gute Stück war eines der letzten Erbstücke. Ich kenne alle Geheimnisse der Surreys.«

»Sie bereichern mein Wissen ungemein.«

Zelda fuhr fort. »Doch ich habe eben nicht von einem spektakulären Unglück gesprochen, falls Sie das annahmen, sondern von Christophers Untreue. Wir alle wussten, dass er Rose Munroe nach seiner Heirat nicht aufgeben würde.«

»Wussten Sie also …?«

»Ja! Er war völlig vernarrt in sie. Seine Mutter bezeichnete Rose hämisch als seine irische Spielwiese. Nicht gerade charmant, aber zutreffend.«

Ich strich dem dösenden Sargent über den Kopf. »Seine Mutter hat also ebenfalls von der Affäre gewusst? Und die ahnungslose Diana ins offene Messer laufen lassen?«

»Aber sicher. Ihr war wohlbekannt, dass ihr Sohn eine Vorliebe für feurige Frauen hat und nur des Geldes wegen heiraten würde. Wir alle haben Rose als das akzeptiert, was sie war. Ich persönlich konnte sie gut leiden.«

»Das arme Kind«, säuselte ich. »Diana Gould, meine ich … Allein in einem fremden Land, in einem kalten

Herrenhaus, und alle wussten von der Liebschaft ihres Mannes, den sie vergötterte.«

»So kann man es auch betrachten. Wahrscheinlich war es das Beste für das Mädchen, dass es starb, bevor es die Wahrheit über Rose erfuhr.«

Ich gluckste unweigerlich. »Man möchte doch glatt den deutschen Dichter Friedrich Schlegel zitieren: *Diana, heil'ge, reich' zum Tanz die Waffen! Als ich der Brüste Füll' im Marmor schaute, da ward von deiner Milch das Herz mir trunken; und ob ich gleich im Mark vor dir ergraute, so fühlt' ich Kraft auch, nimmer zu erschlaffen, bleib' in Mysterien ewig nun versunken.* Fragen Sie mich nicht, warum ich mir ausgerechnet diesen Vers gemerkt habe, aber er ist sehr passend, finden Sie nicht?«

Dame Zelda spielte ungeduldig mit ihrem Armband. »Ich wollte nur zum Ausdruck bringen, dass es eine Gnade für Diana war.«

»Sie meinen, ein Todeskampf im eiskalten Wasser ist dem Wissen um einen untreuen Mann vorzuziehen? Interessant. Und Sie glauben außerdem, der Duke würde auch Miss Anne betrügen? Tat er es womöglich schon? Mit Carla Tush?«

Zelda kicherte. »Niemals! Carla hat es mit Balaton getrieben.«

Lady Wrexley hustete entsetzt.

Ich verzog anerkennend den Mund. »Das wissen Sie also ebenfalls?«

Die schwarzen Augen der Operndiva funkelten. »Ich habe ein Gespür für solche Dinge. Ich singe tagtäglich über Leidenschaft, Liebe und Tod! Über Rache und Triumph! Ich habe diese Gefühle und wie sie sich äußern ein Leben lang studiert. Deswegen bin ich auch der Meinung, dass Yuri der Täter ist. Die wunderschöne und mysteriöse Maya Fay hat ihn überhaupt nicht interessiert, obwohl sie seine Begleitung war.«

Da ich die wahre Tiefe von Maya Fays Mysterium kannte, die der von Zeldas soeben dargereichtem Sherryglas glich, überging ich die Bemerkung. »Verstehe. Äußerst aufschlussreich. Die anderen Gäste sind Ihnen beim Dinner nicht weiter durch sonderbares Verhalten oder eigenartige Fragen aufgefallen?«

»Nein, niemand. Aber wer rechnet schon mit derartigen Ereignissen? Ich war viel zu sehr auf mich und den bevorstehenden Auftritt bedacht.«

»Wie immer«, murmelte Ségolène.

»Also gut.« Ich stand auf und klemmte mir Sargent unter den Arm. »Wir sind fürs Erste hier fertig. Haben Sie noch Fragen, Chatillon? Immerhin haben Sie die Federführung inne.«

Chatillon schien zu schmunzeln. »Nein, Madame. Ich habe keine Fragen.«

»Wunderbar. Dann geben Sie mir wenigstens eine Zigarette, ich habe mein Päckchen im Auto liegen lassen, als ich die armen Windhunde vor Sargent beschützen musste.«

Ségolène, Zelda und Lady Wrexley erhoben sich ebenfalls, und Sargent nutzte die entstehende Nähe, um nach Zelda zu schnappen.

»Nun aber Schluss!«, ermahnte ich ihn. »Sie singt doch gar nicht.«

»Für die empfindlichen Ohren eines Tieres ist die Oper eine besondere Beanspruchung.« Zelda lächelte gönnerhaft. »Ich muss geklungen haben wie eine Heulboje.«

»Ganz genau«, sagte ich und ließ die perplexe Sängerin stehen. »Chatillon, kommen Sie, die Zeit drängt.«

»Jetzt konzentriere dich bitte«, sagte ich zu Sargent, während ich ihm vor Ségolènes Anwesen das Lederhäubchen überstreifte. »Ich habe den Eindruck, du bist heute nicht richtig bei der Sache.«

Er blinzelte und gab ein leises Murren von sich.

»Da, fertig.« Ich ließ den Motor an. »Schon eigenartig, dass Weidemann Carla sein Getränk übergeschüttet hat, nicht wahr? Meinst du, er verfolgt noch andere Ziele, außer seine Bilder an zahlungskräftige Kunden zu bringen? Drogen vielleicht? Oder Geheimnisse? Bei seiner Verwandtschaft läge Spionage nahe. Wenn er tatsächlich der Mörder ist, dann muss Carla tatsächlich etwas gegen ihn in der Hand gehabt haben.«

Das Brummen des Motors übertönte Sargents Antwort auf meine Spekulationen. Er schien sich jedoch ohnehin auf die Steuerung des Wagens mittels seiner Vorderpfoten zu konzentrieren. Wie herrlich musste es sein, so im Wahn zu leben?

»Eines scheint mir jedenfalls klar: Der Mörder hat die Vorhänge heruntergelassen. Ich nehme an, um nicht zufällig von einem anderen Boot aus gesehen zu werden.

Vorher musste er sich allerdings noch der Tatwaffe bemächtigen, dem Gürtel des Morgenmantels. Das hätte leicht bei einem vorgetäuschten Besuch der Toilette geschehen können oder während der Führung durch das Schiff, vielleicht sogar schon vor dem Dinner. Falls Ronald selbst der Täter war, gab es in dieser Hinsicht keine Schwierigkeiten.«

Sargent legte sich in die Kurve. Wir verließen den Schotterweg und bogen auf die Küstenstraße ab. Im gleißenden Licht der Februarsonne funkelten die Wellen des Mittelmeeres wie Diamanten, und ich bildete mir ein, es wäre das versunkene Collier, das mir den Weg zu seinem Versteck weisen wollte. Immerhin hatte es eine ganze Weile in meinem Besitz zugebracht und zählte sicher darauf, erneut von mir gerettet zu werden. Diamanten waren keine geduldsamen Steine. Sie hielten gar nichts davon, auf dem Meeresgrund zu enden, aber wer tat das schon?

»Chatillon hat gesagt, etwa eine Viertelmeile von hier kommt eine Abzweigung, die zum Strand führt. Ich nehme an, dass es sich wieder um so eine kurvige Sandpiste handelt. Zum Glück ist Ettore nicht hier, er bekäme einen Herzinfarkt, wenn er sähe, was wir mit seinem Rennwagen treiben … Ah, da vorne.«

Wir düsten die steilen Serpentinen hinab, und um uns herum flogen Kieselsteine und Staub durch die Luft.

»Wunderbar!«, rief ich Sargent zu und bremste kurz vor dem Wasser scharf ab. »Ich liebe die Riviera! Zu Hause in Amerika ist alles zuzementiert und dreifach gesichert. Hier spürt man noch, dass man lebt, findest du nicht?«

Sargent fand das auch, und er unterstrich seine Meinung mit energischem Schwanzwedeln.

Wir entledigten uns einmal mehr unserer Hauben und hüpften aus dem Wagen. Ich schüttelte mein Haar und blickte zurück, dorthin, wo sich der Streifenwagen von Chatillon langsam den Weg bergab bahnte.

»Auf die können wir nun wirklich nicht warten. Komm, wir gehen schon mal in Richtung Landzunge. Halt, ich muss den Neigungsmesser mitnehmen.«

Ich beugte mich in den Fußraum des Wagens und holte eines der Geräte hervor, die ich in weiser Voraussicht am Morgen eingepackt hatte. Dieses spezielle Instrument, das so ähnlich aussah wie ein Fernrohr, war eigens für mich in Wien hergestellt worden und erlaubte mir, Winkel, Höhen und Entfernungen auszumessen. An der Unterseite befand sich ein zierlicher Dreifuß zum Ausfahren, mit dem sich der Neigungsmesser sicher auf den Boden stellen ließ. Also umfasste ich die Holzbeine und hob das gute Stück aus der Cigare.

»Lauf!«, rief ich Sargent zu, der sogleich begeistert über den schmalen Sandstreifen unter dem Kliff davonstob und sich einen Spaß daraus machte, der Gischt der Wellen zu entkommen. Lachend lief ich ihm nach. »Es ist kaum zu glauben, dass du schon acht Jahre alt bist, du benimmst dich wie ein Welpe.«

Er bellte und blieb stehen, um in rasender Geschwindigkeit ein Loch zu buddeln, in dem er sich genüsslich wälzte. Ich blieb neben ihm stehen.

»Na bravo. Vorhin erst hast du gebadet, jetzt bist du

schon wieder vollständig paniert.« Sandkörner flogen mir um die Ohren, und ich trat einen Schritt zurück.

Vergnüglich legte ich den Kopf in den Nacken, um das Gesicht in die Sonne zu halten, und blinzelte ein wenig. Da nahm ich über mir eine Bewegung wahr. Dann einen Laut, wie Schleifpapier auf Eisen. Ohne nachzudenken, sprang ich nach vorn und warf mich, die Arme über dem Kopf, auf Sargent. Nur den Bruchteil einer Sekunde später landete ein Felsbrocken hinter mir im Sand, groß wie ein Kürbis. Mit einem lauten Krachen begrub er den Neigungsmesser unter sich, genau an der Stelle, an der ich eben noch gestanden hatte. Ich packte den Hund und stürzte mich, mehr kriechend als laufend, ins Meer, um aus der Falllinie des Steinschlages zu gelangen. Da prasselten auch schon weitere Steine auf den Strand. Kleiner zwar, aber genauso tödlich wie der erste.

Feiner Sand flog durch die Luft und brannte in meinen Augen. Mit der freien Hand und den Füßen auf dem Meeresboden kämpfte ich mich durch die Wellen ins tiefere Wasser, bis ich endlich schwimmen konnte. Sargents Krallen bohrten sich tief in meinen Arm und meine Brust. Er fiepte laut, und in seinen schwarzen Augen stand die nackte Angst. Aufgrund seiner kurzen Beine und des überproportional langen Körpers war er kein guter Schwimmer, und er wagte sich normalerweise nur mit einer eigens für ihn angefertigten Sicherheitsweste in tiefere Gewässer.

»Ich hab dich, mein Schatz«, keuchte ich. »Ich hab dich. Ich lass dich nicht los.«

Das Wasser war zwar kalt, aber nicht unerträglich, und ich schwamm auf dem Rücken parallel zur Klippe in die Richtung, aus der wir gekommen waren. Der Kaftan zog schwer an mir, und ich hatte alle Mühe, Sargent über Wasser zu halten. Gott sei Dank war ich Mitglied der amerikanischen Gesellschaft für Rettungsschwimmer und beherrschte das Abschleppen in Perfektion.

Jenseits der Klippe, dort, wo ich den Wagen geparkt hatte, schleppte ich mich aus dem Wasser und setzte den Hund im Sand ab.

Chatillon kam auf mich zugerannt. »Madame! Madame! Um Gottes willen! Geht es Ihnen gut?«

Sofort begann Sargent, wie ein Irrer zu keifen.

»Bleiben Sie stehen, Mann!«, rief ich. »Der Hund ist in Panik. Er ist zu allem fähig.«

Chatillon tat, wie ihm befohlen, und ich holte einige Male tief Luft.

»Verdammt.«

»Geht es Ihnen gut, Madame?«, fragte Chatillon wieder.

»Ja«, antwortete ich. »Aber mein Neigungsmesser ist hin.«

»Soll ich jemanden rufen lassen, der sich danach auf die Suche macht?«

Ich bemächtigte mich erneut meines vor Angst und Stress zitternden Hundes und stapfte zur Cigare. »Nein, nein, lassen Sie nur. Das Ding ist kaputt. Es ist von einem Felsbrocken zerschlagen worden. Ich fahre jetzt in den Palast und bringe Sargent ins Bett. Der arme Kerl hat genug für heute und wird den Rest des Tages schlafen. Wir sehen uns in einer Stunde am Hafen. Das verfluchte Collier finde ich auch ohne Landvermessung, darauf können Sie wetten.«

Ich stieg ins Auto, Sargent eng auf meinem Schoß zusammengerollt, und trieb das Gefährt gnadenlos den steilen Weg hinauf.

»Ich hasse die Riviera!«, brüllte ich in den Wind. »Ich hasse sie!«

The New York Times,
15. April 1912

TITANIC SINKT VIER STUNDEN NACH KOLLISION MIT EISBERG

CAPE RACE, N.F., 15. April: Heute Abend übermittelte der Ozeankreuzer *Olympic* der White-Line-Reederei den Funkspruch, dass die *Carpathia* der Cunard Reederei bei Sonnenaufgang die Position erreichte, von der aus die *Titanic* letzte Nacht infolge einer Kollision mit einem Eisberg einen Notruf abgesetzt hatte. Die *Carpathia* fand bei ihrer Ankunft nur Rettungsboote und einige Wrackteile des weltgrößten Dampfschiffes vor.

Die *Titanic* sank gegen 2.20 Uhr in der Nacht, etwa 34 Meilen von der Stelle entfernt, an der sie mit dem Eisberg zusammenstieß. Sämtliche Rettungsboote des Schiffes wurden aufgefunden. Insgesamt 655 Schiffbrüchige, hauptsächlich Frauen und Kinder, wurden von der Crew und den Passagieren der *Carpathia* gerettet. An Bord der *Titanic* befanden sich zum Zeitpunkt des Unglücks etwa 1200 Personen.

Die *California*, ein Kreuzer der Leyland-Reederei, bleibt am Ort des Unglücks, während die *Carpathia* mit den Überlebenden in Richtung New York unterwegs ist.

Zu aktueller Stunde kann mit Sicherheit gesagt werden, dass kein anderes Schiff in der Umgebung Überlebende aufgenommen hat.

8.

»Ja, es stimmt! Wirklich. Major Smith. Oder Captain Smith? So genau erinnere ich mich nicht, es muss gut fünfzig Jahre her sein, dass er im Regiment meines Vaters gedient hat. Wir hatten heute Vormittag keine Zeit, darüber zu sprechen. Diese entsetzliche Detektivin hat uns dermaßen malträtiert, dass niemand Lust auf gepflegte Konversation verspürte.« Lady Wrexley blieb stehen und sah sich um. »Eine herrliche Gegend, nicht wahr? Diese Farben!«

Kit verzog den Mund. Seit zwei Stunden versuchte er, die Wrexleys dazu zu bewegen, sich zur Tatnacht zu äußern – ergebnislos. Stattdessen war Lady Wrexley in einen Klatschmarathon mit Anne eingetreten. Jeder gemeinsame Bekannte, und sei er noch so entfernt, wurde angesprochen. Kit bekam keinen Fuß in die Tür. Gleichzeitig schwadronierte Lord Wrexley, ohne Luft zu holen, über das im Juni beginnende Palästina-Mandat und erwartete von Kit eine fundierte Meinung zum Thema. Es war zum Aus-der-Haut-Fahren. Was sollte er Jackie Dupont – er hatte sich vorgenommen, sie nur noch bei diesem Namen zu nennen – berichten?

»Wie alt war Dame Zelda denn, als sie ihn geheiratet hat?«, fragte Anne. »Ich schätze sie auf Mitte fünfzig.«

Lady Wrexley stapfte wieder los. »Anfang zwanzig, wenn ich mich richtig entsinne. Er war auf jeden Fall erheblich älter als sie, denn er war ja schon Offizier, als ich noch ein Mädchen war, und die Heirat fand erst viele Jahre später statt.«

»Aber wenn er in Indien Offizier war, wie konnte er da eine junge Spanierin kennenlernen?«

»Eine besonders romantische Geschichte. Er ist wohl nach seinem Austritt aus der Armee einem Handelskonsortium beigetreten. Auf einer Reise besuchte er in einer spanischen Küstenstadt – fragen Sie mich bitte nicht, in welcher – einen Markt. Dort drang ein so lieblicher Gesang an sein Ohr, dass es ihm den Atem verschlug. Er bog um eine Ecke und sah ein junges Mädchen, das Korallenketten verkaufte und dabei vor sich hin sang.«

»Das war Zelda. Herrlich romantisch … Sehen Sie nur, von hier aus kann man das Hotel auf der Halbinsel erkennen.«

»Oh ja!«, frohlockte Lady Wrexley. »Die Sicht ist wirklich hervorragend heute. Ich glaube, ich kann sogar Korsika sehen.«

Lord Wrexley interessierte sich überhaupt nicht für das Hotel oder Korsika. Er philosophierte weiter über das Schicksal des British Empire. »Ich finde die Erklärung des Premierministers durchaus fragwürdig und bin nicht unbedingt der Meinung, dass man hier in britischem Interesse gehandelt hat. Wie stehen Sie dazu, Surrey?«

»In der Tat, in der Tat«, murmelte Kit, der den Anfang von Wrexleys Monolog nicht gehört hatte. »Fragwürdig.«

Lady Wrexley, erneut im Marschmodus, hatte noch nicht mit Dame Zelda abgeschlossen. »Es hat mich kein bisschen überrascht, später zu lesen, dass Major Smith eine begabte Sängerin geheiratet hat. Der Mann war meines Wissens sehr häufig im Theater oder im Konzert. Ein Lebemann sei er gewesen, hat meine Mutter stets behauptet. Aber die war nun wirklich eine viktorianische Dame im heutigen Sinne. Aus meiner Erfahrung kann ich sagen, Männer wie Smith binden sich in der Regel sehr spat, und nicht selten suchen sie sich eine wesentlich jüngere Frau. Die Malaria hat ihn wohl recht bald nach der Heirat dahingerafft ... Riechen Sie nur, Miss Fortescue, ist das Lavendel? Im Februar?«

»Tatsächlich, Lavendel«, stimmte Anne zu. »Und was ist das hier für eine Blume?« Sie lehnte sich weit nach vorn, um besser an dem unbekannten Gewächs riechen zu können, als ein Windstoß ihr den Hut vom Kopf wehte. »Oh nein!«, rief sie und versuchte, den Hut zu erhaschen, der aber flog davon und verfing sich ein ganzes Stück den Hang hinab in einem Gebüsch.

»Der schöne Hut«, sagte Lady Wrexley bedauernd und prüfte den Sitz ihres eigenen.

Kit – erleichtert, der Debatte über die vermeintliche Neugründung eines Staates Palästina zu entkommen – setzte dem Hut nach. »Ich hole ihn zurück. Warte!«

»Sei vorsichtig, Kit, da kommt bald die Klippe!«

Der Wanderweg führte an dieser Stelle oberhalb der Steilküste zwischen Villefranche-sur-Mer und Nizza entlang. Die Kliffe thronten etwa vierzig Meter über dem Meer. Kit kannte die zerklüfteten Buchten und Strände darunter sehr gut. Sie waren nur per Boot zu erreichen und ragten oft weit in den Fels hinein. Der ideale Ort für geheime Schäferstündchen. Kit hatte so manch sonnige Stunde mit Rose Munroe in einer solchen Bucht verbracht. Er musste unweigerlich lächeln, denn als er einige Meter den Hang hinabgestiegen war, sah er, dass vor einer der Buchten tatsächlich ein Ruderboot lag. Darin saß ein Mann, der auf etwas oder jemanden zu warten schien.

Kit erreichte den Hut und wollte ihn aus dem Gebüsch ziehen, jedoch hatte sich dessen Seidenband in einem Ast verhakt.

»Hast du ihn?«, rief Anne ängstlich von oben.

»Gleich!«, rief Kit zurück. »Er hängt fest!« Er änderte seine Position, um besser zu erkennen, wo genau er das Band lösen musste. Dabei geriet das Ruderboot wieder in sein Blickfeld, und er nahm eine Bewegung wahr. Er hob den Kopf.

Ein Schwimmer näherte sich dem Boot, und Kit musste wieder schmunzeln. Im selben Moment fiel ihm ein, dass in dem Boot ja ein Mann wartete. Es musste sich demnach um eine Schwimmerin handeln … oder auch nicht. Denn nun beobachtete Kit, wie der im Boot Sitzende dem Schwimmer die Hand reichte und ihn hineinzog. In der Tat, zwei Männer. Von dem Ruderer sah Kit nur den Rücken, bei dem Schwimmer handelte es sich aber eindeutig um einen wohlgeformten jungen Mann mit gebräunter Haut und blonden Haaren.

Kit spürte eine gewisse Hitze in die Wangen steigen. Natürlich waren ihm Liaisons zwischen Männern bekannt; sowohl in der Kunstszene als auch in der Armee war er gelegentlich mit Männern in Kontakt gekommen, deren romantisches Interesse anderen Männern galt. Dennoch besaß ein solches Rendezvous wesentlich mehr Brisanz als eines zwischen einem Mann und einer Frau.

Gerade überreichte der Ruderer dem Schwimmer ein Päckchen, das aussah, als sei es in Wachspapier eingeschlagen. Der Form nach handelte es sich um ein Bündel Geld. Kits Augen wurden groß. Beobachtete er gerade einen Akt der Prostitution? Hastig wand er den Blick ab und konzentrierte sich für einen Moment fieberhaft darauf, endlich das Seidenband zu lösen.

Mit einem letzten kräftigen Ruck hielt er den Hut in der Hand. Er richtete sich auf und wollte, so schnell er nur konnte, den Hang wieder emporsteigen. Doch dann widerstand er der Versuchung nicht länger und erlaubte sich einen letzten Blick nach unten, wo das Ruderboot sich soeben in Bewegung gesetzt hatte. Diesmal konnte er das Gesicht des Ruderers erkennen, und was er sah, ließ sein Blut in den Adern gefrieren. Es war Heinrich Weidemann. Heinrich, der Lungenkranke, der einen Termin mit einem Lungenspezialisten wahrnehmen wollte. Heinrich, der angeblich zu schwach zum Treppensteigen war, geschweige denn zum Rudern!

»Kommst du endlich, Kit, oder bist du festgewachsen?«, fragte Anne. »Geht es dir nicht gut?«

»Doch«, krächzte Kit. »Ich komme schon.« Mit weichen Knien kämpfte er sich bergauf.

Eine Minute später erreichte er die anderen und schnappte nach Luft.

Anne legte ihm die Hand auf den Rücken. »Du sollst dich doch nicht überanstrengen, Christopher. Jetzt sieh nur, was du angerichtet hast.«

Ohne Vorwarnung packte ihn die Wut. Konnte sie ihn denn nicht in Ruhe lassen? Konnten ihn nicht einfach alle in Ruhe lassen? »Was fällt dir ein, mit mir zu reden, als wäre ich ein Kind?«, zischte er, doch schon eine Sekunde später tat es ihm leid, denn sofort stiegen Anne die Tränen in die Augen. »Entschuldige bitte, Anne. Aber bitte versteh, dass ich nicht länger dein kriegsversehrter Patient bin.«

Sie presste die Lippen aufeinander und verschränkte die Arme vor der Brust. »Wie du meinst.«

Kit seufzte, dann drehte er sich zu den Wrexleys um und erklärte laut: »Leider konnte ich das Seidenband nicht unbeschadet entwirren.« Er hoffte, das möge ihnen als Erklärung für Annes verbitterte Miene genügen. »Lassen Sie uns weitergehen, es ist nur noch ein kurzer Marsch von hier bis zur Festung von Nizza. Von dort oben hat man einen fantastischen Blick über die Engelsbucht.«

Kit wurde die Gedanken an Heinrich im Ruderboot während des restlichen Ausflugs nicht mehr los. Er war unendlich dankbar, als zwei Limousinen vor der Terrasse des Hotel Negresco vorfuhren, wo die Ausflügler ihren Kaffee genossen hatten, um sie zurück nach Saint-Jean-Cap-Ferrat zu bringen.

Was hatte Heinrichs Treffen mit dem jungen Mann zu bedeuten? Und warum hatte Heinrich ihm Geld gegeben? Wieso behauptete Heinrich, ein Kriegsversehrter zu sein, wenn es gar nicht stimmte? War Carla ihm etwa auf die Schliche gekommen? Hatte sie ihm gedroht, ihn auffliegen zu lassen? Weswegen? War es sein vorgetäuschtes Leiden oder seine Präferenz für Männer? Beides war auf jeden Fall ein triftiges Motiv. Oder verbarg Heinrich hinter seiner schlechten Verfassung gar eine lukrative Tätigkeit als Juwelendieb? Aus dieser Überlegung ergab sich eine weitere: Was, wenn der Schwimmer der Mörder war? Was, wenn der blonde Jüngling zur *Celluloid* geschwommen war, sich an der Ankerkette hochgezogen hatte, unbemerkt in Carlas Suite gelangt war, sie getötet und das Collier geraubt hatte?

Kit wünschte sich – und das überraschte ihn selbst –, er könnte auf der Stelle mit Jackie Dupont sprechen. Nur wusste er nicht, wie er sie erreichen sollte. Erstens durfte er den Wrexleys und Anne seinen Auftrag nicht offenbaren, und zweitens hatte er keinen blassen Schimmer, wo die Frau sich aufhielt. Er würde sich gedulden müssen, bis sie Kontakt zu ihm aufnahm.

Aus den Memoiren der JACKIE DUPONT

Meine Nase juckte. Außerdem hatte ich eine Wimper im Auge. Und einen Mohnkrümel zwischen den Zähnen. Ich litt, grob zusammengefasst, unter all den kleinen Unannehmlichkeiten des Lebens, die sich normalerweise in einer Sekunde beseitigen lassen, wenn man sich nicht gerade vierzig Fuß unter Wasser befindet und ein Goldfischglas auf dem Kopf trägt. Überhaupt waren diese Panzertauchanzüge sperrige Geräte. Wer auch immer den Einfall gehabt hatte, in einer wasserdichten Ritterrüstung in die Tiefen der Ozeane abzutauchen, musste ein schadenfroher Mensch sein.

Meine Laune war ohnehin nicht die beste, schon gar nicht nach dem Steinschlag am Cap-d'Ail. Seit einer halben Stunde begutachtete ich nun schon den feinen Sand unter meinen Füßen und jeden gelegentlichen Felsbrocken – bisher ohne Erfolg. Wie eine Kreatur aus einem Jules-Verne-Roman kroch ich auf dem Meeresboden umher und atmete dabei geräuschvoll durch einen Schlauch. Bald würde ich auftauchen müssen, um die Sauerstoffvorräte zu erneuern – sofern man in meinem Fall von *auftauchen* sprechen konnte. Schließlich hing ich an einem Stahlseil und würde von einer Winde nach oben befördert werden, mit freundlicher Genehmigung der italienischen Marine, die im Bereich der mechanischen Unterwasserkampfkunst außer Konkurrenz agierte.

Da mein Onkel während des Krieges für den Geheimdienst tätig gewesen war, verfügte unsere Detektei über beste Verbindungen zum italienischen Militär, und es war kein Problem, die Panzertaucher-Brigade aus La Spezia rasch nach Monaco zu beordern. Wenn mich meine Quellen nicht täuschten, wurde der italienische König zwar nicht mehr lange auf dem Thron sitzen, doch auch auf der anderen Seite des italienischen Machtspektrums waren wir gut vernetzt. Außerdem hatte ich mich soeben vor den Augen der Matrosen entblößt, um in das Tauchgerät einzusteigen. Den Italiener wollte ich sehen, der mir in Zukunft seine Winde vorenthalten würde.

Auf einmal spürte ich eine Unebenheit unter dem rechten Fuß. Ich wollte kaum glauben, dass ich durch den Panzertaucheranzugsstahl überhaupt noch etwas spürte, aber da war etwas. Hätte ich ein Geräusch hören können, es wäre wohl ein Knirschen gewesen. Langsam schob ich das rechte Bein nach hinten und beugte mich so weit nach vorn, wie das Panzergestell um meinen Körper es zuließ. Und siehe da: Dreihundertsechzig Karat ließen sich nicht so einfach beseitigen. Manch einer mochte geunkt haben, dass die alte Dupont den Verstand verloren haben musste, wenn sie glaubte, trotz der Strömung und einer nur vagen Idee über die Lage der Jacht zwei Nächte zuvor, ein Schmuckstück bergen zu können. Diese Zweifler kannten mich schlecht. Diamanten fanden mich, nicht umgekehrt. Sie wollten zu mir. Das war schon immer so. Außerdem war die Kette nicht gerade ein Leichtgewicht. Selbst wenn ein Wirbelsturm getobt hätte, besonders weit wäre sie nicht gekommen.

Mit dem größtmöglichen Feingefühl, das ein Mensch in Stahlhandschuhen haben konnte, schob ich den Zeigefinger meiner rechten Hand unter das vergnügt schillernde Collier und hob es hoch. Derweil zog ich mehrfach mit der anderen Hand am Stahlseil, um zu signalisieren, dass ich aufsteigen wollte.

Gemächlich hievte man mich dem Sonnenlicht entgegen, und ich kehrte schließlich wie die amerikanische Freiheitsstatue mit emporgereckter Faust an die Wasseroberfläche zurück.

»Santa Maria!«, rief der Italiener an der Winde, als er das glänzende Schmuckstück in meiner gepanzerten Faust bemerkte.

Mit seinen Kumpanen half er mir über die Reling, und sie befreiten mich von dem Goldfischglas.

»Mein Name ist Jackie«, sagte ich und zwinkerte dem Mann an der Winde zu. »Und heilig bin ich auch nicht.« Ich zog meine Zigarettenspitze aus den Tiefen des Taucheranzuges hervor und hielt sie dem Matrosen hin. »Hast du mal Feuer, *tesoro*?«

Bevor ich Gelegenheit hatte, mich mit den Herren von der Marine näher bekannt zu machen, raste ein Motorboot der monegassischen Küstenwache auf uns zu. An

Bord befand sich der hektisch winkende Maréchal Tranquil. Bald erreichte er das italienische Schiff und rief mir schon von Weitem zu: »Madame, Madame! Monsieur Tush ist vernehmungsfähig!«

»Warum diese Eile, guter Mann?«

Er sah mich verdutzt an. »Aber Madame, Sie haben mich doch gebeten, es Ihnen unverzüglich mitzuteilen, sobald die Ärzte die Vernehmung von Monsieur Tush gestatten.«

Ich seufzte, stieg aus dem mittlerweile geöffneten Taucheranzug und gab dem nächstbesten Italiener einen Kuss auf die Wange. »*Ciao, bello*. Leider muss ich schon gehen.« Ein anderer Italiener hielt mir den Kimono hin, in dem ich an Bord gegangen war. Mit trauriger Miene nahm ich das Kleidungsstück entgegen und legte es mir über die Schultern. »*Arrivederci a Roma* … Na gut, Maréchal, ab ins Krankenhaus.«

»Wollen … wollen Sie sich denn vorher nicht umziehen, Madame?«

»Nein, wieso?«

Er schwieg betreten.

»Machen Sie sich keine Sorgen, Monsieur le Maréchal, ich werde mich nicht erkälten. Mein Nerz wartet im Auto auf mich.«

»Oh, natürlich. Apropos Auto, sagen Sie, Madame, das Gemälde auf Ihrem Ersatzreifen … Ist das von Bedeutung?«

»Ach, herrje! Da habe ich die gute alte Georgiana seit gestern durch Frankreich kutschiert. Die hatte ich ja vollkommen vergessen. Kommen Sie, Tranquil, jetzt geben Sie endlich Gas. Wir haben keine Zeit zu verlieren.«

Er salutierte mir, und der Motor seines Bootes heulte auf. »Jawohl, Madame.«

Eine Viertelstunde später saß ich am Krankenbett von Ronald Tush. Er hielt meine Hand und sah mich mit glasigen Augen an.

»Oh, Jackie. Oh, Jackie! Wie soll ich nur ohne Carla weiterleben? Sie war mein Ein und Alles. Mein Sonnenschein.«

Ich zog an meiner Zigarette und blies so lange Rauch aus, bis das *Rauchen-verboten-*Schild an der Wand hinter Ronalds Bett nicht mehr zu sehen war. »Wussten Sie von Carlas Affäre mit Graf Balaton?«

Er wimmerte. »Natürlich. Wir haben eine offene Ehe geführt. Das hatte nichts mit unserer Liebe füreinander zu tun. Aber das Schwein wollte Carla für sich alleine haben. Er konnte es nicht ertragen, dass sie bei mir bleiben wollte.«

»Beruht dieser Verdacht auf Fakten, oder handelt es sich um Spekulation?«

Er schluchzte und schwieg.

»Manch einer glaubt, Sie hätten Ihre Frau umgebracht.«

Er heulte auf. »Niemals! Warum hätte ich das tun sollen?«

»Um eine andere zu heiraten? Maya Fay zum Beispiel?«

»Maya?«, kreischte er regelrecht. »Dieses dumme Ding vom Land?«

»Sie und ich wissen, dass sie ein dummes Ding ist. Für den Rest der Welt ist sie eine glutäugige Mata Hari.«

Er wischte sich die Tränen aus den Augen. »Sie können Maya übrigens ausrichten, dass sie gern früher nach Amerika zurückfahren darf, wenn sie will. Ich bezahle ihr die Reise … Mata Hari … So ein Blödsinn!«

»Ich weiß, vollkommen schwachsinnig. Mein Onkel war an der Ergreifung Mata Haris maßgeblich beteiligt. Ein ganz anderes Kaliber, versichere ich Ihnen. Aber kommen wir zurück zu Ihrer Frau. Sie behaupten, Balaton sei der Mörder, er dagegen behauptet, Sie wären es. Damit stecken wir in einer Sackgasse. Eines wissen wir jedoch sicher: Ein Raub war es nicht.« Ich griff in die Tasche meines Pelzmantels und zog das Collier hervor.

Ronald schloss die Augen. »Das können Sie behalten.«

»Auf keinen Fall. Sie haben doch eine Tochter.«

Er nickte.

»Sehen Sie. Ihre Frau wurde schließlich nicht wegen dieser Kette umgebracht. Das Schmuckstück dürfen Sie Ihrer Tochter nicht vorenthalten.«

»Wo … wo war denn die Kette?«

Das Verbotsschild tauchte erneut in meinem Sichtfeld auf, und ich sorgte für Nachschub an Zigarettenrauch. »Auf dem Meeresboden«, antwortete ich dann. »Ich musste in einem italienischen Marine-Tauchgerät dort hinuntergelassen werden, und ich bezweifle stark, dass der Dieb ebenfalls über solches Gerät verfügt. Ein Ablenkungsmanöver. Das war's.«

»Es sei denn, der Dieb war auch diesmal ein Perlentaucher.« Ronald verzog das Gesicht zu einem müden Lächeln.

»Es gibt hier in der Gegend keine Perlentaucher, Ronald. Dafür müssen Sie schon in den Persischen Golf oder in die Südsee … Moment, was haben Sie da eben gesagt? Wieder? Wie meinen Sie das?«

»Die Kette … Sie wurde von einem Perlentaucher gestohlen … Beim ersten Mal.«

Meine Augen wurden groß. »Das ist bekannt?«

»Nein, nein.« Er winkte ab. »Carla hat es mir so erzählt. Angeblich hat sie den Dieb bei der Tat beobachtet. Ein kleiner Junge soll sich an Bord geschlichen haben, und Carla behauptete, es sei ein Perlentaucher gewesen. Sie hatte eine blühende Fantasie. Natürlich war sie selbst noch ein Kind, damals, als die Kette abhandenkam. Wer weiß, was tatsächlich passiert ist. Aber die Vorstellung vom Perlentaucher, der Diamanten stiehlt, hat mir immer gut gefallen.«

Ich drückte seine Hand. »Ich habe Ihre Frau sehr gemocht.«

Er begann erneut zu weinen. Eine Weile ließ ich ihn schluchzen, dann setzte ich die Befragung fort.

»Ist Ihnen am Abend der Tat etwas aufgefallen? Hat jemand besonders angespannt gewirkt? Abgelenkt?«

»Nichts. Niemand. Alle waren fröhlich und normal, wir waren dankbar und glücklich, endlich wieder gemeinsam feiern zu können, wie vor dem Krieg.«

»Sie haben einigen Herren in Ihrer Kabine Ihre neuen

Golfschläger gezeigt. Hat jemand in der Zeit das Badezimmer benutzt?«

»Mein Badezimmer? Nein. Warum?«

»Ach, nur so.« Der arme Mann litt schon genug, da wollte ich ihm nicht auch noch auftischen, dass seine Frau mit dem Gürtel seines Morgenmantels erwürgt worden war. Außerdem war diese Information Teil der Untersuchung und daher geheim. Der aktuelle Ermittlungsstand war nur mir und der Polizei bekannt, und immerhin war Ronald Tush, trotz seiner Unpässlichkeit, akut tatverdächtig, ganz gleich, was er mir gegenüber beteuerte.

»Hatten Sie ein Verhältnis mit Ihrer Sekretärin?«

»Nein.«

»Das hatte ich auch nicht erwartet. Das Kind ist viel zu effizient.«

Er nickte.

»Gibt es eine andere?«

»Nicht hier in Frankreich.«

»Wem, außer Balaton, würden Sie die Tat noch zutrauen?«

Er zögerte einen Moment. »Höchstens Greenberg.«

»Hätte er ein Motiv?«

»Nicht, dass ich wüsste, aber soweit ich gehört habe, sind seine Geschäfte nicht immer lupenrein. Carlas Vater hat viel mit der Greenberg-Bank gearbeitet. War ein großer Geldgeber im Spanisch-Amerikanischen Krieg. Da ist bestimmt einiges vorgefallen.«

»Kein starkes Motiv, leider.«

»Carla war sehr … sehr«, ihm versagte die Stimme. »beliebt.«

»Das war sie. Glauben sie mir, es ist mir ein persönliches Anliegen, diese schreckliche Tat aufzuklären. Frauenmörder sind mir besonders zuwider.« Ich sah mich im Krankenzimmer nach einem Aschenbecher um. Keiner in Sicht, der lächerlichen Verbotspolitik der Klinik sei Dank, daher nahm ich mit Ronalds Wasserglas vorlieb. »Wie steht es mit Christopher St. Yves? Vertrauen Sie ihm?«

»Natürlich. Ich kenne Kit, seit er ein Knabe war.«

Dem ehemaligen Knaben war in Wahrheit gerade so weit zu trauen, dass er Ronald einen gefälschten Gainsborough untergejubelt hatte. Aber das tat hier nichts zur Sache.

»Kannten Sie eigentlich die Goulds? Die Familie seiner Frau?«

»Diana haben wir nie getroffen. Aber Carla war mit einigen der Daltons bekannt, bevor wir die Ostküste verließen. Und Henry Gould, Kits Schwiegervater, habe ich früher ein paarmal an der Wall Street gesehen, doch wir verkehrten nicht in denselben Kreisen. Der Mann lebte sehr zurückgezogen, besonders nach dem Tod seiner Frau. Er soll sie sehr geliebt haben. Ein echter Wildfang muss sie gewesen sein, Jacquetta hieß sie, glaube ich. Ritt und schoss wohl wie der Teufel. Und klug war sie dazu. Sie soll besonders …«

»Sehr aufschlussreich«, unterbrach ich ihn und erhob mich von der Bettkante. Jacquetta Dalton war tot. Es gab keinen Grund, sich über sie zu unterhalten. »Danke, Ronald. Das war alles fürs Erste. Jetzt muss ich schnell in den Palast und nach meinem Hund sehen. Sollte ich weitere Fragen habe, komme ich wieder bei Ihnen vorbei. Und keine Sorge, ich lasse Ihnen ein neues Glas bringen. Wir wollen ja nicht, dass Sie uns verdursten. Auf Wiedersehen.«

Mit schnellem Schritt verließ ich das Krankenhaus und fuhr das kurze Stück zum Palast hinauf. Als ich ankam, lag Sargent in meinem Bett.

»Hallo, Schätzchen. Hast du den Schreck schon weggeschlafen?«

Er atmete schwer und drehte sich auf die andere Seite.

Vorsichtig legte ich mich zu ihm unter die Decke und schlang einen Arm um ihn. »Morgen ist alles vergessen, mein Herz. Morgen ist alles vergessen.«

Leider konnte ich nicht bis zum nächsten Morgen bei Sargent liegen bleiben, denn ich hatte noch einiges zu erledigen. So ein Mordfall löste sich nicht im Bett. Jedenfalls nicht besonders häufig. Genau deswegen war Mord nicht mein Steckenpferd. Immer diese Hektik. Immer diese Sorge, dass es noch jemand anderen erwischen könnte. Her mit den Meisterdieben! Die hatten Stil, und sie griffen nur im äußersten Notfall zu Gewalt.

Widerwillig zog ich an der Kordel neben dem Bett. Sogleich kam eine Zofe herein und erkundigte sich nach meinem Begehren.

»Bitte lassen Sie Prinzessin Charlotte ausrichten, dass ich mit ihr zu sprechen wünsche. Ich hörte, dass sie von ihrem Ausflug nach Paris zurückgekehrt sei. Sie darf gern in mein Schlafzimmer kommen.«

»Jawohl, Madame.«

Wenige Minuten später stand die Prinzessin vor mir. Die junge Frau sah mich mit ihren großen, dunklen Augen hoffnungsvoll an. Seit Albert sein uneheliches Kind legitimiert hatte, lebte es im Palast und stand kurz davor, einen entfernten Cousin zu heiraten, um den Thron dem Hauptstamm der Grimaldis zu sichern und ihn vor den unliebsamen Verwandten aus Deutschland zu schützen. Kein besonders unterhaltsames Unterfangen für eine lebenslustige Person wie Charlotte, deren Mutter eine Tänzerin aus Algerien gewesen war.

»Haben Sie etwas für mich zu tun, Madame Dupont? Darf ich Ihnen bei dem Fall behilflich sein?«

Ich lächelte. »Ach, ich wünschte, du könntest das, Kätzchen, aber im Moment brauche ich dich, um auf Sargent aufzupassen. Hast du Lust dazu?«

Sie nickte eifrig. »Oh ja, Madame.«

Mädchen und Hund hatten schon bei unserer Ankunft in Monaco vor einigen Wochen einen Narren aneinander gefressen.

»Er hat allerdings vorhin einen bösen Schrecken bekommen und wird hauptsächlich schlafen. Ich musste ihn am Nachmittag schon allein lassen und werde gleich rüber nach Saint-Jean-Cap-Ferrat fahren. Es würde mir die Arbeit um einiges erleichtern, wenn ich wüsste, dass du ihm Gesellschaft leistest. Bestimmt möchte er heute Abend mit dir einen Spaziergang im Park unternehmen.

Nach dem Abendessen. Bei ihm steht heute übrigens Kalbsleber auf dem Speiseplan, darum musst du dich aber nicht kümmern, das habe ich alles schon mit der Küche geklärt. Was sagst du dazu?«

»Natürlich, ich helfe Ihnen, wo ich nur kann. Ich wünschte, ich wäre auch eine Detektivin, wie Sie, Madame. Stattdessen muss ich meinen entfernten Cousin heiraten.«

»Ach, Kindchen. Es ist doch so einfach. Schenke dem Hause Grimaldi ein paar Erben, danach kannst du machen, was du willst. Dich scheiden lassen, dir einen Liebhaber nehmen, ferne Länder bereisen. Alles, was die Fürsten dieser Welt wollen, sind Erben. Meiner Meinung nach eine völlig schwachsinnige Einstellung, denn was hat der Mensch schon von seinen Erben? Sie werden erst wichtig, wenn man selbst tot ist.«

Sie zuckte mit den Schultern. »Besser als ein Leben am Theater ist es allemal.«

»Eben … Hilfst du mir, ein Kleid auszusuchen? Ich möchte dieses Collier hier tragen.« Ich zeigte ihr das frisch geborgene Schmuckstück.

»Wie wunderschön, Madame. Dazu sollten Sie Weiß tragen.«

»Weiß? Ich habe ein weißes Kleid von Lanvin dabei. Es wurde mir auf den Leib geschneidert.« Nach kurzer Suche im Kleiderschrank fand ich das gute Stück und hielt es mir vor den Körper.

»Himmlisch!«, jauchzte Charlotte. »Sie werden aussehen wie eine Braut.«

Ich hob die Augenbrauen. »Ich bin alles andere als das.«

»Sie sind doch verheiratet, oder nicht?«

»Würdest du es passend finden, mich Mademoiselle Dupont zu nennen? In meinem Beruf?«

Charlotte zögerte. »Nein. Wohl nicht ... Vielleicht treffen Sie ja noch jemanden, den Sie heiraten möchten. Sie sind doch noch gar nicht so alt ... Wie alt sind Sie eigentlich?«

»Das fragt man eine Dame nicht, Charlotte. Ich bin jünger, als ich mich fühle, und älter, als ich aussehe. Nein, andersherum ... Mach mir bitte schnell das Kleid zu, ja? Und die Kette? Danke, du bist ein Herz.« Ich trat noch einmal ans Bett und gab dem schlafenden Sargent einen Kuss auf das Haupt. »Erhol dich weiterhin, mein Liebling. Guten Abend, Charlotte. Richte deinem Vater aus, er soll nicht meinetwegen wach bleiben.«

»Das mache ich, Madame. Guten Abend ... Oh, beinahe hätte ich es vergessen! Mein Vater bat mich, Ihnen zu sagen, dass Maestro Puccini morgen eine private Matinee für uns gibt, in der er uns seine neue Komposition vorstellt.«

»Danke. Da will ich selbstverständlich nicht fehlen. Bis dann.«

Kurz darauf fuhr ich schon wieder die kurvige Straße von Monaco in Richtung Westen.

Im Laufe des Nachmittags war ein kühler Wind aufgekommen, der mich einmal mehr daran erinnerte, dass wir erst Februar hatten. In Boston lag sogar noch Schnee, das hatte Onkel Daniel mir telegrafiert. Mich fröstelte. Vielleicht fehlte mir auch nur der warme Sargent auf dem Schoß? Oder hatte ich mich erkältet? Es kam mir vor, als hätte ich den Großteil des Tages im Wasser verbracht, einmal im Kaftan und einmal in einem Anzug aus Panzerstahl.

Sobald der Fall aufgeklärt war, so schwor ich mir, würde ich mit Sargent den nächsten Dampfer besteigen und irgendwohin fahren, wo die Sonne brannte. Nach Kairo oder nach Rio de Janeiro. Oder in die Südsee. Da konnte ich sogar noch umschulen, von Detektivin auf Perlentaucherin. Aber dafür müsste ich gewiss das Rauchen aufgeben, um lange genug die Luft anhalten zu können. Nein, das war kein Beruf für mich.

So träumte ich von Wüstensand und Mangohainen, bis ich die Auffahrt des Grand Hotels von Cap Ferrat erreichte. Es war mittlerweile sieben Uhr abends, und ich vermutete, dass einige der Verdächtigen sich in der Bar schon den ersten Aperitif gönnten.

Ich legte mir den Pelzmantel über den Arm und spazierte in die Lobby.

Der junge Mann, den ich schon vom Vorabend kannte, schoss sofort hinter der Rezeption hervor und zündete noch im Laufen ein Streichholz an. Eilfertig hielt er es mir an die Zigarettenspitze, die ich mir in dem Augenblick in den Mund steckte.

»Madame la Duchesse, so eine Ehre, Sie wieder bei uns begrüßen zu dürfen. Soll ich Ihren Gemahl darüber informieren, dass Sie eingetroffen sind?«

Ich kniff ihn in die Wange. »Nein, nein. Besorgen Sie mir bitte einen Tisch im Restaurant. Ich diniere heute Abend mit Lord und Lady Wrexley, Miss Fay, Mister Greenberg, meinem Mann, Miss Fortescue, vielleicht Herrn Weidemann und eventuell auch Graf Balaton, falls ich ihn, wie ich annehme, in der Bar vorfinde.«

»Sie nehmen richtig an, Madame la Duchesse.«

»Dann werde ich mich mal dorthin bewegen und etwas trinken. Meine Gäste wissen noch nicht, dass sie mit mir speisen. Sorgen Sie bitte dafür, dass sie den Weg an den richtigen Tisch finden, ja?«

»Gewiss doch, Madame la Duchesse.«

Ich schlenderte weiter in die Bar. Dort saß Yuri Balaton mutterseelenallein und klammerte sich an ein Whiskeyglas.

»Guten Abend, Yuri«, sagte ich, setzte mich neben ihn und bestellte einen Pernod.

»Ach, Sie sind es«, krächzte der Graf. »Haben Sie Ronald schon festgenommen?«

»Ich habe heute mit ihm gesprochen. Er hält übrigens Sie für den Mörder. Ist das nicht ulkig? Er behauptet, Sie hätten es nicht hinnehmen wollen, bloß der Lustknabe von Carla zu sein.«

»Lustknabe … Ich bin fünfunddreißig. Außerdem bin ich verheiratet und habe drei Kinder.«

»Immer noch zehn Jahre jünger als Carla.«

Er zuckte mit den Schultern. »Das war mir egal. Ich habe sie zum ersten Mal gesehen, da war ich fast noch ein Kind. Und Carla war … eine Göttin. Eine richtige

Frau. Kein Mädchen in meinem Alter. Sie trug moderne Kleider, teuren Schmuck und war nie um eine Antwort verlegen. Ein bisschen so wie Sie heute.« Er musterte mich. Dann wurde er schlagartig fahl. »O Gott … Gütiger Gott … Das ist doch … Es ist …«

»Ja genau, das Collier. Ich habe es vorhin aus dem Mittelmeer gefischt. Bitte fragen Sie mich nicht, wie. Ich möchte nicht darüber sprechen. Es war grauenhaft.«

Er schüttete sich den restlichen Whiskey in die Kehle und gab dem Barkeeper ein Zeichen, ihm nachzuschenken. »Dann … Dann war es ja wirklich kein Dieb.«

»Nein, kein Dieb. Wollten Sie mir nicht ohnehin Ronald Tush als Täter auftischen?«

Er presste die Lippen aufeinander.

»Warum sitzen Sie eigentlich hier im Hotel herum, Yuri? Sie haben doch eine schöne Villa.«

»Es trinkt sich besser hier.«

Ich sah mich in der Bar um. Einige elegante Paare saßen an den Tischen. »Ganz allein?«

Er nickte.

»Verstehe. Drei kleine Kinder und eine überstrapazierte Ehefrau sind keine guten Trinkkumpanen. Hören Sie, Yuri. Ich weiß, bei unserem ersten Gespräch standen Sie noch unter Schock. Aber vielleicht können Sie heute schon etwas klarer sehen. Jetzt, da wir uns einig sind, dass Sie Ronald nie wirklich unter Verdacht hatten, frage ich Sie noch einmal: Hat sich einer der Gäste eigenartig benommen? Wirkte jemand nervös? Oder … und hier halte ich Sie für einen zuverlässigen Zeugen … hat Carla sich auffällig verhalten? Sie kannten sie gut. Kam sie Ihnen angespannt oder besonders selbstzufrieden vor?«

»Nein. Sie war wie immer sehr überschwänglich. Sie hat Komplimente an alle verteilt. Sie wissen schon. Greenberg war *ein großer Sammler*, Miss Fortescue war *eine reizende junge Dame*, Zelda hatte *Augen wie schwarze Perlen der Südsee* und ohne Kits *fantastisch restauriertes Gemälde* konnte sie überhaupt nicht mehr aufwachen. Wer hätte gedacht, dass sie nur wenige Stunden später tatsächlich nie wieder aufwachen würde?« Seine letzten Worte waren nur noch ein Flüstern, und seine Hand zitterte, als er nach dem nachgeschenkten Whiskey griff. »Warum hätte jemand sie umbringen sollen? Sie hat doch keiner Fliege etwas zuleide getan.«

»Das liegt immer im Auge der Fliege.«

»Wie bitte?«

»Ich habe aus sicherer Quelle erfahren, dass Carla gern über andere Menschen im Bilde war. Man hätte sie wohl beinahe als Sammlerin von Informationen bezeichnen können.«

Yuri reagierte nicht. Sein Blick war abgedriftet und ruhte auf etwas oder jemandem in meinem Rücken. Blitzschnell fuhr ich herum und sah Maya Fay, die am Arm von Samuel Greenberg durch die Lobby schritt. Was für ein interessantes Paar. War das eine neue Entwicklung oder vielleicht eine bereits länger bestehende Bekanntschaft? Aber noch war ich nicht mit dem Herrn Graf fertig. Es brachte nichts, von einem Verdächtigen zum nächsten zu springen. Da geriet bloß alles durcheinander.

Maya stand ohnehin ganz oben auf meiner Liste der Personen, mit denen ich mich noch einmal gründlicher unterhalten musste.

»Yuri?«, fragte ich. »Haben Sie mich nicht gehört, oder wollen Sie mir nicht antworten?«

Er schloss die Augen. »Carla war keine Erpresserin.«

»Das habe ich nicht gesagt. Oft reicht das Wissen um ein Geheimnis schon aus. Hat sie Ihnen in letzter Zeit etwas zugeflüstert? Ein Geheimnis über jemanden, der sich an Bord befand?«

Er bewegte sein Glas hin und her und betrachtete die Lichtreflexionen im Whiskey. »Sie hat mir erzählt, dass die Greenberg-Bank im Spanisch-Amerikanischen Krieg eine Menge Geld einbehalten hat, das eigentlich dem amerikanischen Volk zustand.«

War es demnach Greenberg gewesen, der seinen Blick eben gefangen hielt, und nicht Maya?

»Das ist lange her«, meinte ich beiläufig, um Yuri nicht aufzuschrecken. »Vermutlich waren die Greenbergs nicht die Einzigen, die das gemacht haben.«

»Ja. Wahrscheinlich haben Sie recht.«

»Ich habe eigentlich immer recht, das ist mein größter Vorzug.« Meine Zigarette war nur noch ein Stummel, also steckte ich mir eine neue in die Zigarettenspitze und ließ mir von Balaton Feuer geben. Hätte er einen triftigen Verdacht gehabt, wäre dies der Moment gewesen, Greenberg ans Messer zu liefern. Yuri tat es nicht, was mich schließen ließ, dass er nur im Trüben fischte, ohne über handfeste Informationen zu verfügen. Damit wollte ich mich nicht unnötig aufhalten. »Wie sieht es mit Christopher St. Yves aus? Könnte er ein Mordmotiv haben? Er ist vom verarmten Hochadligen zu einem der reichsten Männer der Welt avanciert. Hatte Carla Informationen über ihn, die ihn in Gefahr hätten bringen können?«

Yuri schnaubte amüsiert. »Selbst wenn. Kit, ein Mörder? Unser Goldjunge? Nie im Leben. Mord entspricht überhaupt nicht seinem Naturell. Kit ist eine geborene Frohnatur, und das wäre er heute sicher immer noch, hätte das Schicksal ihm nicht so übel mitgespielt. Er kann einem im Grunde nur leidtun. Obwohl ich schon manchen hinter vorgehaltener Hand habe sagen hören, dass er sich zu weit aus dem Fenster gelehnt habe, als er meinte, eine reiche Amerikanerin heiraten zu können und mit Rose Munroe weiterzumachen wie gehabt.«

»Soso. Ihm hat das Schicksal also übel mitgespielt. Die betrogene Amerikanerin, die zusammen mit ihrem Vater und ihrem Großvater im eiskalten Atlantik untergegangen ist, halten Sie wohl nur für eine Randfigur.«

»Ich habe das Mädchen nicht gekannt. Schön dumm, sich mit einem Schlitzohr wie Kit einzulassen. Na, wer weiß. Er hat das arme Ding bestimmt nach allen Regeln der Kunst verführt und den zärtlichen Verehrer gegeben. Das kann er gut. Ich bin mal gespannt, wie lange er seiner *überaus reizenden* Anne treu bleibt, sobald er sich vom Krieg erholt hat. Kit will bei einer Frau das Abenteuer spüren, ein Risiko eingehen, sich die Finger verbrennen. Er will eine inspirierende Muse, keine graue Maus.«

Ich trank einen Schluck Pernod. »Sie meinen, ein Mann bleibt eben immer ein Mann.«

»Ja. Ein Mann bleibt immer ein Mann.«

New York, 1. Mai 1912

Lieber Christopher,
nun ist es leider schauerliche Gewissheit. Neben meinem Mann und meinem Schwiegersohn hat auch meine geliebte Enkeltochter in den kalten Fluten des Atlantiks den Tod gefunden. Da sie durch die Heirat mit Dir mittlerweile Engländerin ist, werden sich britische Gerichte mit den Formalitäten befassen. Lass mich Dir sagen, dass mein Herz gebrochen ist, wie bestimmt auch Deines, und dass Du, wenn ich auch weit entfernt bin, auf mich zählen kannst, wie auch ich auf Dich zähle.
Möge der liebe Gott die Seelen unserer Liebsten aufnehmen und ihnen gnädig sein.
In stillem Gedenken

Maria Dalton

9.

»Madame la Duchesse erwartet Sie bereits.« Der Oberkellner deutete auf einen Tisch im hinteren Teil des Restaurants. »Bitte folgen Sie mir.«

»Von wem spricht er?«, zischelte Anne.

Kit tat, als verstehe er nicht, dabei hatte er eine präzise Ahnung, von wem der Mann sprach. Und siehe da: An einem runden Tisch, der für acht Personen gedeckt war, saßen bereits die Wrexleys, Maya Fay, Samuel Greenberg, Yuri Balaton sowie eine winkende Jackie Dupont, die ein schneeweißes Abendkleid trug und am Hals ein glitzerndes … Nein!, es war das glitzernde Collier von Désirée Bernadotte.

»Christopher, Anne! Hier drüben!«

Kit spürte auf der Stelle einen Kloß im Hals.

Anne packte seine Hand. »Ist das …?«

»Ja«, flüsterte er.

»Kommen Sie, kommen Sie!«, rief Jackie nun und erhob sich. »Hier sind noch zwei Plätze für Sie. Wie Sie dank Ihrer hervorragenden Erziehung sicher wissen, dürfen Ehepaare nicht nebeneinandersitzen, frisch Verlobte dagegen müssen es sogar. Deshalb habe ich Ihnen zwei Stühle nebeneinander freigehalten … Ah ja, Anne. Ich sehe, Sie bewundern das Collier. Ich konnte es Gott sei Dank heute Nachmittag dem Mittelmeer entreißen. Es wäre doch zu schade gewesen, wenn es nach all seinen langen Reisen verloren gegangen wäre, nicht wahr? Ist es nicht ein herrliches Stück?«

»Das … Wie …? Oh ja«, stotterte Anne und ließ sich etwas wackelig auf einem der Stühle nieder.

»Miss Dupont hat uns eben geschildert, wie sie mit einer Tauchglocke hinabgestiegen ist«, erklärte Greenberg.

»Mit einem Taucheranzug«, korrigierte Jackie, »aber das Prinzip ist dasselbe. Trinken Sie Rotwein oder Weißwein? Ach, bringen Sie einfach alles, Matthieu.«

Matthieu war offensichtlich der Oberkellner. Der verbeugte sich nämlich tief. »*Oui, Madame la Duchesse. Bien sûr.*«

»Dieses Hotel ist wirklich reizend. Man hat mir die Muscheln empfohlen, die seien heute ausgezeichnet. Es sind immerhin Schätze aus dem Meer, genau wie das Collier. Vielleicht finden wir ja sogar eine Perle darin. Zum Glück hat Prinzessin Charlotte sich bereit erklärt, sich heute Abend um Sargent zu kümmern. Er ist ganz vernarrt in sie. Ein reizendes Kind, diese Charlotte. Ich goutiere es sehr, dass der Prinz sie endlich legitimiert hat.«

»Gewiss, gewiss«, murmelte Lord Wrexley, der nicht wirklich dieser Meinung zu sein schien. In Wrexleys Weltbild war ein solcher Akt ein einziger Affront, und Kit musste zugeben, selbst ein wenig die Nase gerümpft zu haben, als er davon gehört hatte. Der Titel der Surreys wurde konsequent in der männlichen Linie vererbt.

Ein kalter Schauer lief ihm den Rücken hinunter, als ihm klar wurde, was das Erscheinen von Jackie Dupont für seinen eigenen legitimen Nachwuchs zu bedeuten hatte: Es würde keinen geben.

Oder etwa doch? Wenn Diana lebte, gab es einen Funken Hoffnung. Kit müsste Diana lediglich davon überzeugen, dass sie … ja was? Dass sie in seine Arme sank? Allein die Vorstellung ließ Kits Atem schneller werden. Seine Augen ruhten auf dem Collier an ihrem Hals, und er konnte sich mit einem Mal genau daran erinnern, wie ihre Haut sich an jener Stelle anfühlte, wenn er mit den Fingern darüberstrich. Sein Herz machte einen schmerzhaften Sprung. Schnell sah er in die Runde, um sich abzulenken. Er bemühte sich, gleichmäßig zu atmen, und es dauerte eine ganze Minute, bis er seine Sinne wieder beieinander hatte und wahrnahm, was um ihn herum geschah.

Maya Fay spielte angespannt mit ihrer Serviette und hielt den Blick stumm auf den Tisch gerichtet. Yuri Balaton saß hohlwangig und bleich neben ihr, seine Augenränder waren gerötet. Carlas Tod schien ihm besonders nahezugehen. Kit hatte früher schon den Verdacht gehegt, dass Yuri eine gewisse Bewunderung für Carla verspürte. Sollte er damit recht haben? Was bedeutete dieser Umstand für den Fall? War Yuri dadurch mehr oder weniger verdächtig?

Greenberg, der Bankier, hing an Jackies Lippen und nickte und lächelte in einem fort. Offensichtlich war er einer ihrer mannigfaltigen Verehrer. Was fiel ihm ein, dem Lustmolch? Er war mit Sicherheit fünfundzwanzig Jahre älter als Di… Jackie. Kit räusperte sich und trank einen Schluck Wasser, das ihm ein Kellner soeben eingeschenkt hatte. Dann betrachtete er die Wrexleys. Lady Wrexley berichtete Jackie gerade von der Wanderung nach Nizza, und Lord Wrexley untermalte die Erzählung mit belanglosen Kommentaren.

»Kommt Heinrich denn nicht?«, fiel Kit Lady Wrexley unvermittelt ins Wort, die ihn erstaunt ansah. Ein Gentleman unterbrach keine Dame.

»Meinen Sie Mister Weidemann?«, fragte sie dennoch. »Wir haben ihn vorhin beim Tee getroffen, und er wollte früh zu Bett gehen, da er sich schwach fühlte.«

»Ach so.« Kit warf Jackie einen vielsagenden Blick zu, den sie jedoch überging.

»Furchtbar, so krank zu sein«, sagte sie stattdessen und richtete das Wort an Maya Fay. »Maya, Kleines, ich soll dir Grüße von Ronald ausrichten, ich habe vorhin mit ihm gesprochen. Du sollst dir keine Sorgen machen, und falls du früher nach Amerika zurückfahren willst, zahlt er dir die Überfahrt. Natürlich musst du noch hierbleiben, bis die Ermittlungen abgeschlossen sind.«

Maya nickte, ohne ihre Haltung zu verändern. »Ich … ich würde gern bald nach Hause fahren.« Danach schluckte sie und hob dramatisch die Lider. »Ich habe solche Angst. Was, wenn der Mörder wieder zuschlägt?«

Jackie nippte an ihrem Champagner. Sie war die Einzige, die welchen bestellt hatte. Vielleicht wurde ihr aber auch automatisch welcher serviert, ganz gleich, wohin sie kam. »Spätzchen, der Mörder wird dich nur dann umbringen, wenn du etwas gegen ihn in der Hand hast. Solange er sich in Sicherheit wähnt, wird er bestimmt niemanden töten. Hast du mir vielleicht etwas verschwiegen?«

Maya schüttelte den Kopf. »Natürlich nicht.«

»Na also, dann hast du auch nichts zu befürchten. Schließlich haben wir es mit einem gezielten Mord zu tun und nicht mit Raub. Den Beweis dafür trage ich am Hals. Sollte jemand mir etwas verschwiegen haben, täte er daher gut daran, es mir gleich zu sagen und nicht etwa zu versuchen, den Mörder auf eigene Faust zu erwischen oder ihn womöglich gar zu erpressen. Haben das alle verstanden? Yuri?«

Der Graf fuhr sich durchs Haar. »Ich habe Ihnen alles gesagt, ich weiß nichts. Ich war viel zu betrunken, um etwas mitzubekommen.«

»Schön für Sie. Ah, da kommen die Muscheln. Als Hauptgang gibt es Hirschbraten.«

»*Pour Madame la Duchesse.*« Der Oberkellner stellte einen besonders apart arrangierten Teller vor Jackie ab.

Anne konnte nicht mehr an sich halten. »Darf man fragen, warum er Sie Madame la Duchesse nennt, Miss Dupont?«

Jackie grinste wie ein Tiger und zwinkerte dabei Kit zu. »Warum nicht? Ach, Honoria«, sie drehte sich zu Lady Wrexley, »wir hatten wirklich einen sehr erfreulichen Vormittag in Ségolène Pistous herrlicher Villa. Was für ein Anwesen! Was für ein Ausblick! Dame Zelda sagte mir, Sie hätten ihren Gatten gekannt? Wir sind gar nicht dazu gekommen, darüber zu sprechen.«

»Oh ja, Captain Smith. Oder vielmehr Major. Zu meiner Zeit war er aber noch ungebunden. Ein echter Filou.«

»Wie sagen die Engländer noch gleich so schön? Es gibt keinen besseren Gemahl als einen reformierten Lebemann.«

Kit schloss die Augen und ballte die Fäuste. Noch einmal würde er die Geschichte nicht ertragen. Jackie Dupont hingegen ließ sich begeistert zu einer Runde Klatsch und Tratsch hinreißen, während sie genüsslich ihre Muscheln schlürfte.

»Auf einem Markt in einer kleinen Hafenstadt«, frohlockte Jackie soeben. »Hinreißend! Nun denn, sie muss mittlerweile überall gewesen sein, das hätte sie sich als Mädchen gewiss nicht träumen lassen. Gerade für mich ist ihre Schmuckkollektion von allerhöchstem Interesse. So viele berühmte Steine besitzt kaum eine Zweite. Sie wissen sicher, Honoria, dass Juwelen mein Spezialgebiet sind.«

Kit stieg von Wasser auf Weißwein um.

»Ich weiß«, sagte Lady Wrexley. »Dame Zelda hat uns während des unsäglichen Dinners mit ihren Erinnerungen erfreut und uns ausführlich von ihrem Schmuck erzählt. Carla, Gott hab sie selig, hat sie sogar mehrmals geneckt und behauptet, jemand hätte Dame Zelda als Kind die Murmeln gestohlen, weil sie so an ihren Steinen hänge.«

»Richtig«, bestätigte Maya. »Carla sagte, Zelda würde für ihre Juwelen ihre Stimme hergeben.«

Kit erinnerte sich nur vage an das Gespräch, doch er meinte sich zu erinnern, dass Heinrich Weidemann Zelda einige Fragen zu ihrem Schmuck gestellt hatte. Kit selbst hatte mit der Operndiva lange über seine Mutter gesprochen und darüber die profaneren Themen vergessen.

Jackie winkte einem Kellner, der ihr sofort frischen Champagner brachte. »Was für ein absurder Gedanke … Ségolène empfiehlt ihr wohl seit Jahren, mit Kopien zu reisen. Aber von solch einer Sammlung trennt man sich wahrhaftig nur schwer.« Sie strich mit der Hand über das Collier an ihrem Hals. »Ich wünschte, ich könnte dieses schöne Stück behalten.«

Yuri Balaton schlug mit der Faust auf den Tisch. »Wie können Sie so ruhig bleiben und Scherze machen! Carla ist noch keine achtundvierzig Stunden tot. Sie sollten sich schämen!«

Jackie steckte eine Zigarette in ihre Zigarettenspitze und ließ sie sich von einem der Kellner anzünden. »Trinken Sie noch einen Schluck Rotwein, Yuri.«

Dem Grafen standen die Tränen in den Augen. »Sie sitzen da, mit dieser Kette um den Hals, mit der Carla ermordet wurde. Wegen der Carla ermordet wurde.«

»Nein, nein. Weder noch. Die Kette war nur ein Ablenkungsmanöver. Das habe ich Ihnen doch eben schon an der Bar gesagt.«

»Woher wollen Sie das so genau wissen? Vielleicht hat

der Mörder die Kette ja ins Wasser geworfen, um sie später zu holen.«

»Ja, genau …«, hauchte Maya. »Daran habe ich noch gar nicht gedacht.«

Samuel Greenberg, der bislang, von Nicken und Lächeln abgesehen, nichts zum Gespräch beigetragen hatte, schüttelte den Kopf und sagte onkelhaft: »Mein lieber Graf, das ist doch sehr weit hergeholt. Jackie hat eine hoch entwickelte Technik benötigt, um die Kette wiederzufinden. Dreißig, vierzig, wenn nicht gar fünfzig Fuß wird das Wasser an der Stelle schon tief sein. Da taucht kein Mensch einfach so hinunter.«

»Doch«, sagte Maya Fay. »Die Perlentaucher im Golf von Mexiko tauchen bis zu einhundert Fuß tief.«

Kit hatte auf einmal wieder den blonden Jüngling vor Augen, den Heinrich zu sich ins Boot geholt hatte. Er war offensichtlich ein ausgezeichneter Schwimmer, vielleicht ja auch ein ausgezeichneter Taucher! Was, wenn Yuris Theorie stimmte? Was, wenn Heinrich den Kerl nicht nur dafür bezahlt hatte, Carla umzubringen, sondern auch dafür, dass er die Kette vom Meeresgrund holte? War Jackie Dupont ihm zuvorgekommen? Würde er einen erneuten Versuch starten? War Di… Jackie in Gefahr? Und was war mit Zeldas Schmuck? Auf den musste es doch jeder Juwelendieb der Erde abgesehen haben.

Wieder versuchte Kit, Blickkontakt zu seiner Frau aufzunehmen. Der Detektivin.

Verdammt! Der Wein zeigte eine erste Wirkung. Der Vorsatz, sie einzig und allein als Jackie Dupont zu betrachten, schwand langsam, aber sicher, denn die Frau, die ihm gegenübersaß, war immer noch und unverändert, selbst beschienen von einem gewaltigen Kronleuchter, Diana St. Yves, geborene Gould.

Diana … nein, nein, nein, Jackie, Jackie, Jackie! … war einmal mehr mit dem Oberkellner beschäftigt.

»Waren die Muscheln zu Ihrer Zufriedenheit, Madame la Duchesse?«

»Ausgezeichnet, Matthieu. Bringen Sie ruhig den Hauptgang.«

»Sehr wohl, Madame la Duchesse.« Der Kellner ging um den Tisch herum und nahm Kits Teller. Dabei sagte er: »*Merci*, Monsieur le Duc.«

Greenberg lachte verhalten. »Glaubt der Mann etwa, Sie beide wären verheiratet?«

Jackie lachte ebenfalls, dann legte sie Greenberg, der neben ihr saß, die Hand auf den Arm. »Ja, das glaubt er.«

»Wie bitte?«, entfuhr es Anne.

Kit fühlte sich, als wäre er an ein Eisenbahngleis gekettet und könnte in der Ferne das Tuten einer Dampflok hören. Der Zusammenstoß stand unmittelbar bevor.

»Es ist doch schön, eine Duchess zu sein, oder nicht?« Jackie zog an ihrer Zigarette. »Da müssen Sie mir zustimmen, Anne, schließlich wollen Sie selbst eine werden.«

»Christopher?« Annes Stimme war vor Empörung eine Tonlage nach oben gewandert. »Christopher!«

Aber Kit sah nur die Lok, die unaufhaltsam auf ihn zuraste.

Lord Wrexley räusperte sich. »Sie wissen schon, dass die Anmaßung eines Adelstitels in Großbritannien verboten ist, nicht wahr, Miss Dupont?« Er kicherte steif. »Nicht, dass man Sie noch verhaftet.«

Lady Wrexley lachte schrill. »Clifford, du bist unmöglich.« Auch bei ihr entfaltete der Wein seine Wirkung. Oder hatte Jackie ihnen ein Wahrheitsserum verabreicht? Kit traute ihr alles zu. Die Impulskontrolle der Dinnergäste war jedenfalls gering.

»Christopher!« Anne stieß ihn in die Seite. »Das lässt du zu?«

»Es ist«, hauchte Kit, »doch nur ein kleiner Scherz.«

»Ein Scherz, der mich entehrt! Sollen die Angestellten des Hotels denken, ich sei deine Konkubine? Ich weiß nicht, was Sie sich bei Ihrem Scherz gedacht haben, Miss Dupont, aber ich finde ihn nicht sehr komisch.«

Jackie zog lässig an ihrer Zigarette und sagte nichts.

»Das nächste Mal, wenn der Oberkellner an den Tisch kommt, möchte ich, dass du ihn darüber aufklärst, dass Miss Dupont nicht deine Frau ist«, forderte Anne.

»Anne, sei nicht albern.«

»Nicht albern? Du weißt, wie schnell geredet wird.«

Kit überlegte krampfhaft, was er erwidern sollte. Der Raum verschwamm vor seinen Augen. Er zwang sich, einen Punkt an der gegenüberliegenden Wand zu fokussieren. Anne war eine anständige Person, eine gute Frau, sie hatte es wahrhaftig nicht verdient, so behandelt zu werden, und doch konnte er es nicht verhindern. Eine letzte Chance gab es noch, sie für den Moment zu beruhigen. »Hast du schon in Erwägung gezogen«, flüsterte er schnell, »dass es etwas mit den Ermittlungen zu tun haben könnte?«

»Das ist mir egal«, meinte Anne laut. Offenbar wollte sie sich nicht beruhigen lassen. »Außerdem darf jeder hören, was wir einander zu sagen haben. Ich bestehe darauf, dass du aufklärst, dass es sich bei Miss Dupont nicht um die Duchess of Surrey handelt.«

Wieder zog Jackie an ihrer Zigarette, und immer noch schwieg sie. Sie beobachtete Kit in aller Ruhe, gänzlich unverhohlen.

Hier, vor all diesen Menschen, zwang sie ihn zum Offenbarungseid. Warum war sie so grausam? Sie musste doch wissen, dass er sie nicht verleugnen würde. Nur warum musste sie Anne so quälen und sie derart provozieren? In aller Öffentlichkeit! Eifersucht? Rache? Oder diente die ganze Szene wirklich einem nicht ersichtlichen Zweck? Den Ermittlungen? Wollte sie ihn testen? Hielt sie ihn etwa doch für den Mörder, und ihr Auftritt vom Vorabend war nichts als eine Scharade gewesen? Wollte sie feststellen, ob er die Rolle des halluzinierenden Ehemannes nur spielte, um den Hals aus der Schlinge zu ziehen? Ob er sie auch vor seiner Verlobten aufrechterhalten würde?

Der Oberkellner und sein Gefolge eilten mit Platten voller Fleisch herbei. »*Voilà,* Madame la Duchesse, der Hirsch.«

Anne stand auf. »Kit!«

Er hielt sich die Hand vor die Augen. »Setz dich, bitte, Anne.«

Sie warf ihre Serviette auf den Tisch. »Mir ist der Appetit vergangen. Gute Nacht.«

Als Kit die Hand wieder herunternahm, war sie verschwunden.

Die gesamte Tischrunde blickt betreten auf die Fleischplatten, mit Ausnahme von Jackie Dupont.

»Also, ich muss schon sagen.« Samuel Greenberg hob schließlich den Kopf und schaute Kit streng an. »Das war nicht gerade nobel von Ihnen, Duke.«

Kit holte tief Luft. Er hatte keine Kraft, diesen Kampf auszufechten. Dass Anne zum Kollateralschaden werden würde, wusste er schon seit einer Weile. Lieber ein Ende mit Schrecken als ein Schrecken ohne Ende. Womöglich war das eine schwache Entschuldigung, aber eine bessere fiel ihm nicht ein. »Vergessen wir das.«

»Prima«, schnurrte Jackie Dupont. »Dann wollen wir nun alle wieder fröhlich sein und den Hirsch genießen, bevor er kalt wird. Horrido!«

New York, 26. Juni 1912

Sir,
nach eingehender Prüfung teilen wir Ihnen hiermit den Umfang Ihres Erbes mit. Sie sind nunmehr Inhaber folgender Unternehmen:
Gould Iron & Railways
Gould Mining Company
North West Pacific Railways
Manhattan Concrete & Construction Company
The Great California Mining Company
Gould Steel Mines International Company
(...)

Darüber hinaus verfügen Sie über die Aktienmehrheit in folgenden Unternehmen:
Vermont Railway Corp.
Central Iron Corp.
Copper of America Corp.
Eastern Shipping Corp.
Bank of The West
(...)

In Ihren Besitz treten außerdem folgende Immobilien, Grundstücke und Produktionsstätten:
The Gould Building, Hochhaus, New York City, NY

The Gould Tower, Hochhaus, Boston, CT
Manhattan Ave. 155, Hochhaus, New York City, NY
24th Street 400, Hochhaus, New York City, NY
6th Street 510–750, Wohngebäude, New York City, NY
Park Avenue 200–240, Wohngebäude, New York City, NY
Gould Residence, Newport, Rhode Island
Villa Jacquetta, Rom, Italien
Palais de la Chouette, Genf, Schweiz
(…)
Die sonstigen Vermögenswerte, wie Gold, Schmuck, Bargeld, Reit- und Rennpferde, Sportboote etc., finden Sie im Anschluss an dieses Schreiben im Einzelnen aufgelistet.
Wir weisen Sie darauf hin, dass – gemäß Ihrem Ehevertrag – Ihr Anspruch auf das Erbe erlischt und an Misses Maria Dalton übergeht, sollten Sie innerhalb von acht Jahren nach dem Todestag Ihrer Frau erneut heiraten.
Mit freundlichen Grüßen

Thomas Richards
Rechtsanwalt & Notar

10.

Jackie Dupont schleuderte ihre Schuhe durch das Zimmer und sprang auf Kits Bett, wo sie sich genüsslich räkelte. »Wissen Sie, es gefällt mir außerordentlich gut, eine Herzogin zu sein. Ich denke, ich werde eine bleiben.«

»Du *bist* eine Herzogin. Aber warum musstest du Anne so quälen? Ich wollte es ihr vorsichtig beibringen.«

Sie drehte sich auf den Bauch. »Wirklich zu komisch. Sie glauben tatsächlich, dass ich Diana Gould bin, nicht wahr? Nicht einmal in Gegenwart Ihrer Verlobten sind Sie davon abgerückt. Wenn ich wollte, könnte ich morgen in Ihr Schloss einziehen, stimmt's?«

Er presste die Lippen aufeinander und nickte.

»Herrlich. Wahrscheinlich glauben Sie auch noch, ich wäre die Verwirrte von uns beiden. Ich frage mich, was Sigmund Freud zu Ihrem Zustand sagen würde. Wenn das alles hier vorbei ist, würde ich Ihnen dringend empfehlen, ihn aufzusuchen.«

Kit seufzte. »Freud kennst du also auch? Wen kennst du eigentlich nicht?«

Sie drehte sich auf den Rücken, stützte sich auf die Unterarme und zuckte mit den Schultern. Dann fand sie ein Feuerzeug auf dem Nachttisch und holte ihre Zigarettenspitze hervor. Mit der freien Hand tätschelte sie die Matratze. »Kommen Sie her, Christopher.«

»Wie bitte?«

Wollte sie wirklich, dass er sich zu ihr legte? Kit wurde heiß und kalt zugleich. Er wusste nicht, was er tun würde, wenn er ihr so nahe kam. Sie sah zwar aus wie seine unschuldige Diana, doch wo Diana einst sanft und gefügig gewesen war, hatte diese Frau alles, was Kit in seinen kühnsten Träumen begehrte. Sie war ruchlos, rätselhaft und wild. Er begehrte sie. Er wollte nichts anderes, als sich ihrem Sog hingeben, doch ein letztes Quäntchen Vernunft hielt ihn zurück. Es würde nicht gut für ihn enden, wenn er ihr jetzt nachgab.

»Haben Sie etwa Angst vor mir? Sie, der berühmte Duke of Surrey?«

Kit ließ sich mit letzter Willenskraft in einen Sessel fallen. »Rauchen im Bett ist lebensgefährlich.«

Ihre Augen funkelten. »Vielleicht habe ich ja sieben Leben, wie eine Katze. Ihrer Meinung nach habe ich sogar ein Bad im Nordatlantik überlebt.«

»Nicht nur vielleicht.«

Die Verführerin wich der Pragmatikerin. »Kommen wir zur Sache. Berichten Sie mir alles, was Sie heute erfahren haben. Wort für Wort.«

»Wie du bereits weißt, haben wir mit den Wrexleys eine Wanderung unternommen.«

Sie hob eine Hand. »Halt. Von Anfang an. Konzentrieren Sie sich. Haben Sie alleine gefrühstückt?«

Kit zögerte. »Nein …« Er schloss die Augen und versetzte sich zurück zum Morgen. »Ich war schwimmen, dann habe ich mit Heinrich Weidemann gefrühstückt. Diana, er hat etwas mit der Sache zu tun! Da bin ich mir ganz sicher!« Das Bild von Weidemann im Ruderboot vertrieb den bittersüßen Nebel der Versuchung, und Kit konnte wieder klar denken.

»Ruhig Blut. Einfach erzählen. Von vorne bis hinten.«

Er fing an zu reden. Währenddessen versorgte Jackie sich mit Cognac und Zigaretten und legte sich wieder aufs Bett.

Am Ende fragte Kit: »Hältst du es für möglich, dass der Mörder zur *Celluloid* geschwommen ist?«

Sie schnalzte und erhob sich.

»Diana?«

»Wo sind meine Schuhe?«

»Diana, glaubst du, ein Schwimmer hätte an der Jacht emporklettern können?«

»Ah, da hinten.«

»Diana, ich habe dich etwas gefragt! … Jackie!«

»Na endlich.« Sie sah ihn direkt an. »Also, Christopher, wenn Ihre Theorie stimmt und ein Schwimmer den Mord an Carla Tush verübt hat, dann hat heute Nachmittag jemand versucht, mich umzubringen. *Au revoir.*«

Wie der Blitz war sie zur Tür hinaus, und Kit blieb nichts anderes übrig, als ihr fassungslos nachzusehen.

»*Au revoir*«, seufzte er und ließ sich in die Kissen sinken.

Aus den Memoiren der
JACKIE DUPONT

Ich rannte durch den Korridor und die Treppe hinab in die Lobby.

»Madame la Duch…«, fing der Rezeptionist an.

»Wo ist das nächste Telefon?«

»Die Kabine befindet sich dort hinten, am anderen Ende der Lobby.«

Ohne ein weiteres Wort an ihn zu richten, lief ich zur Telefonkabine und nahm den Hörer ab. »Zentrale? Das Polizeipräsidium von Monaco. Aber schnell.«

Es klickte und piepste eine gefühlte Ewigkeit, bis ich einen diensthabenden Gendarmen an die Strippe bekam.

»Hier spricht Jackie Dupont. Alarmieren Sie auf der Stelle Maréchal Tranquil. Ich muss noch einmal auf die *Celluloid.* Er soll dafür sorgen, dass an Bord alle Lichter brennen, wenn ich eintreffe.«

»Natürlich, Madame Dupont. Wann darf der Maréchal mit Ihnen rechnen?«

»In zehn Minuten.« Ich legte auf und stürmte aus dem Hotel. Die Mühe, die Wagentür zu öffnen, machte ich mir gar nicht erst, stattdessen sprang ich mit gerafftem Rock darüber. »Dann wollen wir doch mal sehen, was du draufhast«, sagte ich zur Cigare, ließ den Motor an und preschte über die Küstenstraße zurück nach Monaco.

Bis auf die kleine Szene von Anne Fortescue war das Dinner im Hotel ereignislos verlaufen und hatte mir keinen Erkenntnisgewinn gebracht. Auch das Verhältnis von Maya Fay und Samuel Greenberg schien keineswegs spannungsvoll zu sein, daher hatte ich beschlossen, das Gespräch mit der Schauspielerin hintanzustellen. Erst nach dem Dinner, als ich mich mit Christopher zur Beratung in seine Suite zurückzog, kamen Informationen ans Licht, die auf einen Durchbruch hoffen ließen. Zwar schien der Duke nicht ganz begriffen zu haben, dass eine verdeckte Ermittlung genau das zu sein hatte, nämlich verdeckt, denn er warf mir während des Abendessens andauernd bedeutungsschwangere Blicke zu, die nicht mal einem Maulwurf entgangen wären. Es war beinahe so, als würde ich das Tischgespräch unterbrechen, um ihn zu fragen, was er in meinem Auftrag über die Anwesenden herausgefunden hatte. Dennoch beinhalteten seine naiven Schlussfolgerungen Ansätze, die den Ermittlungen eine entscheidende Wendung geben konnten.

Er offenbarte mir, dass er Heinrich Weidemann bei einem geheimen Rendezvous mit einem blonden Mann beobachtet habe, und ging davon aus, Heinrich habe ihn als schwimmenden Killer angeheuert. Tatsächlich hatte Heinrich einfach nur seinen hübschen Norweger mit in wärmere Gefilde gebracht, und wer konnte ihm das schon verdenken? Allerdings tappte Christopher in dieser Hinsicht im Dunkeln. Er schilderte mir *en détail*, wie Heinrich den sportlichen Skandinavier an Bord geholt und ihm ein Paket überreicht hatte. Schließlich fragte er: »Hältst du es für möglich, dass der Mörder zur *Celluloid* geschwommen ist?«

Das war der Knackpunkt.

Geschwommen?

Hielt ich es für möglich? Wäre in der Tatnacht bei lauter Jazzmusik das leise Plätschern eines Schwimmers zu hören gewesen? Wohl eher nicht. Jedoch hätte sich ein heller, nackter Körper im Meer dem Blick eines zufälligen Beobachters sicher nicht entzogen. Und wo hätte der Schwimmer überhaupt ins Wasser gehen sollen? Der nächste Punkt – noch immer eine Meile vom Ankerplatz der *Celluloid* entfernt – war die Landzunge des Cap-d'Ail. Jene Landzunge, wo Sargent und ich beinahe von den Felsbrocken erschlagen worden wären.

War der Steinschlag kein Zufall gewesen? Kein Naturereignis, sondern ein gezielter Anschlag? Hatte jemand verhindern wollen, dass Sargent und ich die Stelle erreichten, wo der Täter ins Wasser gegangen war? Gab es dort Spuren, die zum Täter führten? Nur hätte Sargent die Fährte des Täters dann nicht schon am Strand aufnehmen müssen? Oder gab es etwa einen zweiten Zugang, aus der Richtung von Nizza und Cap Ferrat?

Im Jachthafen brachte ich die Cigare mit quietschenden Reifen zum Stehen.

Maréchal Tranquil trabte aufgeregt im Morgenmantel die Straße entlang. »Madame Dupont! Was ist passiert?«

»Eine neue Theorie.« Der Motor der *Celluloid* begann zeitgleich mit seiner Ankunft zu brummen, und hinter den Bullaugen ging das Licht an. »Na, das war knapp.«

»Ich konnte auf die Schnelle nur einen der Lotsen bitten, an Bord zu gehen, damit er sich um die Beleuchtung kümmert … Was für eine Theorie?«

»Kommen Sie einfach mit.« Wir gingen an Deck. »Ich werde direkt weiter nach oben gehen, Maréchal. Sie bleiben bitte hier unten im Salon.«

»Wie Sie wünschen.«

»Bitte bewegen Sie sich im Raum hin und her, und schauen Sie hinauf. Sobald Sie mich sehen, schlagen Sie Alarm.« Ich eilte die Treppe empor und schritt, möglichst nahe an der Wand, an der Balustrade oberhalb des Salons entlang.

»Laufen Sie umher, Tranquil!«, rief ich. »Sehen Sie mich?«

»Ich laufe bereits, Madame. Und nein, ich sehe Sie nicht.«

»Gehen Sie zu der Tür, hinter der die Treppe zur Küche führt.«

»Jawohl, Madame.« Es dauerte einige Sekunden, dann rief er: »Ich bin jetzt hier und kann Sie immer noch nicht sehen.«

Etwa eine Viertelstunde lang probierten wir allerlei Konstellationen aus und kamen zu dem Schluss, dass sich ein Eindringling durchaus von den Gästen unbemerkt auf der oberen Ebene hätte bewegen können.

Schließlich bat ich Tranquil zu mir nach oben.

»Was wollen Sie damit beweisen?«, fragte er. »Wie lautet Ihre neue Theorie?«

»Ein Schwimmer.«

»Ein Schwimmer?«

»Ganz genau. Ich bin mir allerdings über die Machbarkeit der Sache noch nicht ganz schlüssig. Ein Schwimmer kann unmöglich in Carlas Kabine eingestiegen sein. Der Teppich ist dort bis unters Fenster festgeklebt. Er wäre klamm gewesen, wenn ein tropfnasser Mensch darauf gestanden hätte. Außerdem hätten wir Abdrücke gefunden. Ein Handtuch wird für den Mörder, wo auch immer er an Bord gegangen ist, nicht bereitgelegen haben. Aber«, ich gab Tranquil ein Zeichen, mir zu folgen, »in Ronalds Kabine liegt ein Orientteppich, der nicht festgeklebt ist. Was, wenn der Täter dort eingestiegen ist? Das Fenster war ebenfalls geöffnet, damit sich die aufsteigende Feuchtigkeit aus dem Salon nicht im oberen Teil des Schiffes staute und zu kondensieren begann.«

Wir erreichten Ronalds Suite. Tatsächlich lag der Orientteppich etwa drei Fuß von der Fensterfront entfernt.

»Hier am Bug wären die Gäste einem Eindringling nie begegnet, und auch die Crew hätte die Brücke verlassen müssen, um den vorderen Teil des Schiffes im Blick zu haben.«

»Aber Madame, das Schiff lag beinahe zweitausend Meter weit von der Küste entfernt. Selbst für einen geübten Schwimmer ist eine solche Distanz kaum zu meistern, und das Wasser war nicht gerade warm. Immerhin hätte er auch wieder zurückschwimmen müssen.«

»Das ist richtig, aber es wäre machbar, für einen Rettungsschwimmer zum Beispiel. Vergessen Sie nicht, dass der Täter ein Motiv gehabt haben muss. Entweder ein persönliches oder ein materielles. Das setzt besondere Kräfte frei.«

Tranquil hüstelte. »Dann hätten Sie … Ich meine natürlich, dann hätten wir bisher in die falsche Richtung ermittelt. Wenn es doch ein Dieb war.«

»Papperlapapp, was reden Sie denn da? Ein Dieb hätte sich die ganze Mühe nicht gemacht, um dann das Collier auf den Grund sinken zu lassen.«

»Ein Versehen, eventuell?«

»Bestimmt nicht.« Ich betrat Ronalds Badezimmer. Der Morgenmantel hing immer noch am Haken hinter der Tür. »Was, wenn der Täter sich zunächst ins Bad geflüchtet hat, ohne über den Teppich zu laufen, immer außen herum. Dann hätte er sich mit dem Morgenmantel abtrocknen können. Möglicherweise ist er so überhaupt erst auf die Idee gekommen, den Gürtel zur Mordwaffe zu machen.«

»Was ist mit den Tropfen, die er auf dem Parkett hinterlassen hätte, Madame?«

»Sehen Sie sich das Parkett einmal an. Dadurch, dass ständig das Fenster offen steht, sprüht regelmäßig Gischt herein. Hier sind überall Rückstände vom Salzwasser. Außerdem wissen wir doch gar nicht, wie lange der Mörder schon an Bord war, bevor er die Tat beging, und ob er sich noch an Bord befand, nachdem Ronald die Leiche entdeckt hatte. Die Tropfen wären bis dahin getrocknet. Er hätte sogar eines von Ronalds Handtüchern benutzen können, um sie wegzuwischen. Die Spurensuche hat sich bestimmt nicht sonderlich für ein harmlos aussehendes Handtuch interessiert, und mehr als Wasser hätten die Kollegen nicht daran gefunden. Fingerabdrücke und weiche Textilien vertragen sich nun mal nicht. Wenn es wirklich ein Schwimmer war, eröffnen sich uns ganz neue Überlegungen. Er hätte sich nach dem Mord an Bord versteckt halten und bei Erreichen des Hafens unbemerkt ins Wasser gleiten können. Bei der allgemeinen Aufregung hätte das keiner bemerkt. Die Theorie, die ich favorisiere, ist aber eine andere. Ich vermute, der Mörder wollte Carla erst töten, nachdem die Gäste von Bord gegangen waren, im Dunkel der Nacht. Ich meine, er hat sich, dicht an die Wand gepresst, von Ronalds in Carlas Kabine geschlichen und sich dort versteckt. Eventuell hinter dem Paravent oder in ihrem Badezimmer, vielleicht auch hinter dem Vorhang. Nur leider hat er nicht damit gerechnet, dass Heinrich Weidemann im Rahmen seiner Zittershow ein Glas Wodka über die Gastgeberin schütten würde, was sie dazu veranlasste, in ihr Schlafzimmer zu gehen und in den Kleiderschrank zu schauen. Oder hinter den Paravent oder ins Badezimmer oder hinter den Vorhang. Carla muss den Mörder entdeckt haben, der daraufhin nicht länger zögern konnte und sie mitten im Zimmer erwürgte, wo sie später auch gefunden wurde. Dann löste er rasch das Collier von ihrem Hals, warf es aus dem Fenster, ging mit der Mordwaffe in der Hand zurück in Ronalds Suite und verschwand auf demselben Weg, auf dem er gekommen war. Wenn diese Theorie stimmt, glaube ich sogar zu wissen, wo er den Gürtel – der im Gegensatz zum Collier nicht auf den Meeresgrund gesunken ist – später entsorgt hat, nämlich irgendwo im Bereich der Landzunge des Cap-d'Ail.«

»Genau dort, wo Sie heute beinahe von den Felsbrocken erschlagen worden wären.«

»Ja, ich auch, aber vor allem Sargent. Der Hund hätte den Gürtel nämlich gefunden. Jemand wollte verhindern, dass er sich der Landzunge nähert.« Ich ballte die Fäuste. »Wenn jemand Sargent nach dem Leben trachtet, hört bei mir der Spaß auf.«

»Aber Madame, wenn es ein Schwimmer war, dann begreife ich immer noch nicht, wie er überhaupt an Bord gelangen konnte. Oder hing etwa eine Leiter ins Wasser?«

Das war eine gute Frage. Ich versuchte, mit geschlossenen Augen die Szene zu visualisieren, wobei ich vermutlich aussah wie Ségolène bei ihren gedanklichen Anstrengungen. »Die Ankerkette. Er muss die Ankerkette hochgeklettert sein.«

»Ist das denn möglich? Ist so eine Kette nicht furchtbar rutschig?«

Ich seufzte. »Es gibt nur einen Weg, das herauszufinden. Kommen Sie, wir gehen auf die Brücke.«

Zwei Minuten später standen wir neben dem Lotsen

auf der Kommandobrücke der *Celluloid.* Sie war hochmodern und entsprach den allerneuesten Standards.

»Bitte gehen Sie hinunter und machen die Leinen los«, wies ich den Lotsen an. »Und warten Sie am Pier, bis wir zurück sind.«

»Was haben Sie vor?« Die Stimme des Maréchal klang ausgesprochen dünn.

»Wir werden ein Stück hinausfahren und den Anker werfen.«

»Können Sie dieses Schiff denn steuern? Also ich nicht.«

»Natürlich. Ich verfüge über ein Kapitänspatent vom Amt für Seefahrt des Staates Massachusetts. Dieses Schiff hat bereits einen der neuen Dieselmotoren, da brauchen wir keine armen Tagelöhner, die für uns Kohle schippen, damit wir ablegen können.«

»Massachusetts«, war alles, was der Maréchal noch sagte, dann wurde er blass und schwieg.

So ein Chauvinist! Wäre ich ein Mann gewesen, hätte er sich selig zurückgelehnt.

Der Lotse winkte uns vom Pier aus zu, und ich setzte die *Celluloid* in Bewegung. Da sie mit dem Heck an der Kaimauer gelegen hatte, musste ich zunächst nur geradeaus fahren, dann legte ich sie seitlich in die – glücklicherweise sehr schwache – Brandung, stellte den Motor ab und bediente eine Kurbel, die den Mechanismus zum Herunterlassen des Ankers in Gang setzte. Logischerweise ging das Licht aus, kaum dass der Motor nicht mehr lief, und leider hatte der Lotse das Aggregat, das bei Stillstand der Schraube für die Stromzufuhr sorgte, im Maschinenraum nicht angestellt.

»Was jetzt?«, fragte Tranquil.

Wie auf jeder anständigen Brücke gab es auch hier eine tragbare Gaslampe. Ich zündete sie an. »Jetzt gehen wir zum Bug.«

Dort angekommen, beäugte ich die Ankerkette unter uns. Die Glieder waren so dick wie meine Unterarme.

Ich stellte die Lampe ab. »Sieht stabil aus. Könnten Sie mir bitte das Kleid öffnen?«

»Warum das denn, Madame?«, keuchte er.

»Glauben Sie etwa, ich springe in einem Einzelstück von Lanvin ins Mittelmeer? Halten Sie die Hand auf.«

Er tat wie geheißen, und ich legte das Collier hinein. »Nicht, dass Sie mir damit durchbrennen.«

»Wie sollte ich das tun, Madame?«

»Das war nur ein Scherz. Jetzt machen Sie schon, wenn ich die Ösen selbst lösen muss, sind wir morgen noch nicht fertig.«

Seine Blässe wich flammender Röte. »Ihr Wunsch ist mir Befehl, wie immer, Madame.«

Mit tiefem Bedauern im Herzen schlüpfte ich aus dem Kleid, nachdem Tranquil es mehr als ungelenk geöffnet hatte – vermutlich trug seine Frau nur Kittelschürze. Dann bedachte ich das Wasser zehn Fuß unter mir mit einem Blick der Verachtung.

»Na gut, wenn es denn sein muss. Aller guten Dinge sind drei.« Damit sprang ich hinein.

Nach mehreren Versuchen gelang es mir, die Ankerkette emporzuklettern. Einem einigermaßen motivierten und sportlichen Menschen sollte es demnach gelingen, sich über die Ankerkette an Bord der *Celluloid* zu begeben. Aber wer? Und warum? Zudem hatte Tranquil mich die ganze Zeit hervorragend sehen können, selbst als ich mich ein ganzes Stück vom Schiff entfernte. Trotzdem musste meine Theorie stimmen. Nur so ergab alles einen Sinn.

In der folgenden Nacht machte ich kaum ein Auge zu. Ich reihte Szenario um Szenario aneinander. Nach den ersten intensiven Überlegungen konnte ich einen außenstehenden, bisher unbekannten Mörder ausschließen. Schließlich wusste nur ein sehr kleiner Kreis, dass an jenem Abend eine Party an Bord stattfinden sollte. Selbst wenn einer der Gäste einem Dritten von der Veranstaltung erzählt haben mochte, war die Wahrscheinlichkeit, dass ausgerechnet dieser Dritte ein Motiv für den Mord an Carla Tush hatte, viel zu gering.

Natürlich konnte es immer einen Fremden geben, der bisher noch nicht in Erscheinung getreten war. Einen mysteriösen Antagonisten von Carla. Dagegen sprach jedoch ihr aufgeschlossenes Wesen. Hatte sie nicht die Wrexleys auf die Jacht eingeladen, obwohl sie erst kürzlich mit dem Paar Bekanntschaft geschlossen hatte? Auch Maya Fays Gegenwart an Bord sprach dafür, dass Carla nicht davor zurückschreckte, unliebsame Personen willkommen zu heißen. Mein Instinkt sagte mir, Carla hätte jeden noch so flüchtigen Bekannten eingeladen, um mit der *Celluloid* und dem Gemälde anzugeben, und daraus schlussfolgerte ich, dass alle Personen, mit denen Carla hier an der Riviera in Verbindung stand, sich während der Tat an Bord des Schiffes befunden hatten.

Über alldem stand außerdem die Frage der Gelegenheit. Jeder, der eine Enthüllung durch Carla zu befürchten hatte, die ihren sofortigen Tod verlangte, hätte sie längst auf unkomplizierterem Wege zum Schweigen gebracht. Warum einen riskanten Mord begehen, wenn man es auch leichter haben konnte? Stundenlange Anstrengung, ein hohes Entdeckungsrisiko, eine sehr körperliche Tötung. Das alles verlangte fast übermenschliche Kräfte. Überhaupt musste ein kräftiger Schwimmer, der zum Morden bereit war, erst einmal aufgetrieben werden. So jemand stand nicht an jeder Ecke herum!

Ich stellte mir vor, ich selbst hätte den Mord in Auftrag geben wollen. Bademeister und Rettungsschwimmer wären meine erste Wahl gewesen, weil sie nicht sonderlich gut verdienten und zu einer solche Leistung fähig wären, gefolgt von Kampfschwimmern der Marine, die über ähnliche Qualifikationen verfügten. Nur wie sprach man so jemanden an? »Sorry, Darling, kann ich dich kurz vom Beckenrand entführen, du musst schnell jemanden für mich massakrieren?«

Nein. Die Gefahr, dabei an eine ehrliche Haut zu geraten, war viel zu groß. Im Grunde müsste man sich als Auftraggeber eines solchen Täters später entledigen, um vor Verrat oder Erpressung sicher zu sein. Denn kein Auftragsmörder, der etwas auf sich hielt, wäre von einem derart gewagten Vorgehen zu überzeugen gewesen. Ein gezielter Schuss, ein gekonnter Stoß mit einem Messer zwischen die Rippen, Gift und natürlich vermeintliche Unfälle – dazu wäre so jemand sicher bereit. Aber eine Meile hin- und, mit Pech, auch noch eine zurückzuschwimmen, um unter hoher Entdeckungsgefahr halb nackt über ein Schiff zu schleichen – das zeugte von Dringlichkeit und schlechter Planung.

Wenn ein Mann wie Samuel Greenberg jemanden umbringen lassen wollte, dann gab es da gewiss Personen in seinem Kundenstamm, die das für einen Gefallen effizient und unbürokratisch erledigten. Das Gleiche galt für Lord Wrexley. Niemand regierte Indien und blieb dabei ein unbeschriebenes Blatt. Mir war darüber hinaus keine bisherige Verbindung zwischen den Wrexleys und Carla Tush bekannt. Das Büro in Boston übernahm in solchen Fällen die schnöde Recherche in Archiven und Katalogen, doch außer vom Schneefall hatte Onkel Daniel mir nichts zu berichten gehabt.

Ségolène und Zelda kannten Carla Tush seit Ewigkeiten. Gerade die Opernsängerin verkehrte regelmäßig mit ihr in New York. Aber Zelda war frühzeitig von Bord gegangen, was sie im Grunde weniger verdächtig machte, da der Auftraggeber keine derartige Aufmerksamkeit auf sich lenken würde. Ich konnte mir außerdem kaum vorstellen, dass Zelda die Möglichkeit gehabt hätte, an Land zu gehen und auf der Stelle einen unmoralischen Olympioniken zu finden, der in ihrem Auftrag zur *Celluloid* gekrault wäre.

Eigentlich entsprach nur eine Person dem Typus, der hier agiert hatte: Maya Fay. Ein wenig gedankenlos, ein wenig überstürzt, aber durchaus in der Lage, einen Mann so weit zu bezaubern, dass er bereit wäre, alles für sie zu tun. Nur welchen Mann? Gab es da jemanden in ihrem Umfeld? Und wäre sie zur Planung einer solchen Tat überhaupt imstande? War sie eine so gute Schauspielerin, dass sie seit Jahren die Fassade des Dummerchens aufrechtzuerhalten vermochte oder wollte? Jeder, der sie persönlich kannte, wusste im Grunde, dass der auf der Leinwand so geheimnisvoll wirkende Blick in Wahrheit die Aussicht auf die gähnende Leere in ihrem Schädel war.

Dann war da natürlich noch die Sache mit Heinrich Weidemann. Lag der Duke mit seiner Vermutung etwa richtig? Hatte Carla Heinrichs Spiel durchschaut und ihn in eine Ecke gedrängt? Oder barg der Maler noch ganz andere Geheimnisse, neben der vorgetäuschten Krankheit und dem männlichen Liebhaber? War er in Drogengeschäfte verwickelt? Oder in eine Spionageaffäre? Er hatte erwiesenermaßen einen schwimmenden Komplizen vor Ort, das war ein nicht zu vernachlässigendes Indiz.

Was mir – trotz aller Logik – bei all diesen Überlegungen im Wege stand, war der schiere Wille des Mörders, sich bis zur Erschöpfung zu verausgaben, um Carla an Ort und Stelle zu töten. Dafür bedurfte es einer ganz besonderen Seelenlage. Gier oder Rachsucht lösten solche Zustände meiner Erfahrung nach nur selten aus, sie führten eher zu besessenem Ränkeschmieden. Aber blinde

Wut, Eifersucht, Panik oder Scham kamen durchaus infrage.

Wer war so wütend, eifersüchtig, panisch oder beschämt gewesen, dass er es für nötig gehalten hatte, zwei Meilen durchs eiskalte Meer zu schwimmen, um Carla Tush brutal zu erwürgen?

Wer?

Seventree, 7. Mai 1913

Liebste Zelda,
ich hoffe, es geht Dir gut in Wien. In den Gazetten ist ja nur das Beste zu lesen, und die Wiener liegen Dir offenbar zu Füßen.
Zunächst einmal möchte ich mich für Deinen lieben Brief bedanken. Entschuldige, dass ich mir mit der Antwort so lange Zeit gelassen habe, doch ich bin derzeit in großer Sorge. Christopher ist in eine tiefe Depression gefallen und will sich partout nicht helfen lassen. Sein Butler berichtet mir von schrecklichen Alkoholexzessen. Alles begann wohl mit dem Erhalt eines Briefes, dessen Inhalt niemand kennt, außer Christopher selbst. Es ist fast so, als habe er eine tiefe Sehnsucht nach dem Tode! Er nimmt keine Telefonanrufe mehr entgegen und empfängt auch keinen Besuch.
Ach, Zelda, ich bin am Ende meiner Kräfte. Ich bange so sehr um mein Kind.
Schreib nur recht bald wieder, Du ahnst kaum, wie viel Trost mir Deine stetig gute Laune und frohgemute Zuversicht spenden. Ich weiß, Christopher ist für Dich wie ein Sohn.
Deine treue Freundin

Elizabeth St. Yves

11.

»Ich werde heute Abend abfahren, sofern die Polizei es mir gestattet. Eine Reisebegleiterin habe ich bereits anheuern lassen.« Anne setzte sich mit einer Tasse in der Hand zu Kit an den Frühstückstisch in einer abgeschiedenen Ecke der Hotelterrasse und sah ihn erwartungsvoll an.

Er wusste nicht, welche Antwort sie sich von ihm erhoffte. »Wie du wünschst. Mister Gingrich steht dir selbstverständlich bei deinen Vorbereitungen zur Verfügung. Er wird außerdem alle Kosten für dich begleichen.«

Annes Lippen bebten. »Das ist alles, was du dazu zu sagen hast, Kit? Ist das dein Ernst?«

»Es tut mir leid.«

Mit einem lauten Klirren ließ sie den Löffel, mit dem sie eben noch ihren Tee umgerührt hatte, auf die Untertasse fallen. »Es tut dir leid? Was genau tut dir leid? Du fragst nicht einmal, warum ich nach Hause fahren möchte! Kaum drei Tage nach unserer Ankunft hier.«

Kit schluckte und senkte den Blick. »Wegen gestern

Abend. Weil ich nicht sagen konnte, dass Di… dass Miss Dupont nicht die Herzogin von Surrey ist.«

Eine Weile redete keiner von beiden. Dann verschränkte Anne die Arme vor der Brust, gerade so, als wollte sie sich vor Kits Antwort schützen. »Warum nicht?«

Er hatte darauf nur eine Antwort, aber die wollte er nach Möglichkeit nicht aussprechen.

Annes Stimme begann zu zittern. »Meinst du nicht, dass ich, nach zwei Jahren Verlobung, nach allem, was ich mit dir durchgestanden habe, verdiene zu erfahren, warum du dich nicht zu mir bekennst? Warum du dieser Person erlaubst, sich als deine Frau auszugeben, in meiner Gegenwart?«

»Anne, bitte, ich …«

»Warum du mich so demütigst? Mich zum Gespött machst? Was ist mit dir passiert, Kit? Hat der Mord an Carla damit zu tun, dass du mich jetzt ablehnst? Hast du auf einmal Angst bekommen, eine neue Ehe einzugehen?«

»Nein, ich …«

»Nein?«, schluchzte sie auf. »Nicht einmal das ist es? Was dann, hm? Machst du dich auf einmal über mich lustig? Bin ich dir angesichts deiner alten Freunde nicht mehr glamourös genug? Gefalle ich dir nicht mehr, weil ich nicht so geheimnisvoll bin wie Maya Fay?«

Kit hob den Blick und streckte die Hand nach ihr aus.

»Fass mich nicht an«, zischte sie. »Ich bin kein strahlender Diamant wie die aufregende Jackie Dupont, ich weiß, aber das ist noch lange kein Grund, mich ihretwegen zu erniedrigen. Hat sie dich verführt?«

Seine Augen wurden groß. »Bitte, Anne, nicht hier. Lass uns woandershin gehen.«

»Ich gehe nirgendwohin. Sag es mir, ist Miss Dupont deine Geliebte?«

»Natürlich ist sie nicht meine Geliebte!«, entfuhr es Kit. »Das kann sie gar nicht sein.«

»Was redest du denn da für einen Blödsinn? Wieso kann sie nicht deine Geliebte sein?«

»Weil sie meine Frau ist.«

Sie starrte ihn an. Fassungslos. »Was?«

»Jackie Dupont ist … Diana.«

»D… Diana … Welche Diana?«

»Diana Gould. Diana St. Yves, meine Frau.«

Sie schüttelte den Kopf und presste dabei die Augen so fest zusammen, wie sie nur konnte. »Was redest du denn da?«

»Ich habe keine Ahnung, ob sie es weiß oder ob sie an einer Amnesie leidet, aber so wahr mir Gott helfe, sie ist meine Frau.«

Anne erhob sich, wobei sie sich auf der Tischplatte abstützen musste. »Du brauchst einen Arzt, Kit. Du redest wirres Zeug.«

»Nein, das tue ich nicht.« Nun, da das Geheimnis endlich ausgesprochen war, war Kit eigenartig redselig, ja beinahe euphorisch. »Wären wir in London, könnte ich dir alte Fotografien von ihr zeigen. Ich habe nach ihrem Tod alle zusammengesammelt, die ich finden konnte.«

»Deine Frau«, Anne holte tief Luft, »ist tot.«

»Nein, ist sie nicht.«

»Kit«, sagte sie eindringlich, »deine Frau ist mit der *Titanic* untergegangen.« Wieder schloss sie die Augen. »Du machst gerade eine psychotische Phase durch, die vermutlich durch den Mord an Carla ausgelöst wurde.«

Kit schüttelte den Kopf. »Ich bin klar und rational wie lange nicht. Sie muss vergessen oder verdrängt haben, wer sie wirklich ist, und bildet sich ein, diese Superdetektivin zu sein.«

Anne raufte sich die Haare. Dann sprach sie mit ihm wie mit einem uneinsichtigen Kind. Oder einer senilen Großmutter. Sehr langsam und sehr präzise. »Nein, Kit. Sie *ist* eine Superdetektivin, sie ist nicht deine Frau. Außerdem ist sie viel älter, als deine Frau es heute wäre.«

»Nein, du musst mal genauer hinsehen, das ist alles nur Show. Hinter der mondänen Fassade wohnt ein verängstigtes Mädchen. Meine Diana! Diana, die sich für mich opfern wollte!«

»Deine Diana!« Das war zu viel für Anne. Sie begann hysterisch zu lachen. »Die du mit einem Flittchen betrogen hast, dem du auch noch ihr Geld in den Rachen geworfen hast. Dein schlechtes Gewissen zaubert dir gerade die schönste Halluzination.« Sie wischte sich die Augen, atmete einmal tief durch und richtete sich nach bester britischer Manier auf. Nicht nur Lady Wrexley beherrschte die Kunst der steifen Oberlippe. »Entschuldige bitte, Kit, aber ich muss sagen, das macht es mir leichter abzureisen. Du brauchst zwar dringend Hilfe, doch ich steige an dieser Stelle aus. Gott sei Dank zeigt sich der Grad deiner Schädigung rechtzeitig und nicht erst nach unserer

Heirat … Nein, bleib sitzen. Wir sehen uns vermutlich in England. So etwas lässt sich in unseren Kreisen ja nicht vermeiden. Adieu, Christopher.«

»Anne … Nun warte doch.«

Sie wartete nicht, sondern schritt mit kerzengeradem Rücken aus seinem Leben.

Eine Viertelstunde später hatte Kit, was ihm im Nachhinein durchaus peinlich sein würde, Anne bereits vergessen. Obwohl – vergessen war nicht das richtige Wort. Er hatte mit ihr abgeschlossen. Sosehr sie ihm auch leidtat und sosehr er bedauerte, dass ihr gemeinsamer Wunsch nach einem geruhsamen Leben so jäh zunichtegemacht wurde, blieb ihm dennoch keine Wahl. Nachdem er einer dritten Person gegenüber ausgesprochen hatte, dass er Jackie Dupont für seine Frau hielt, gab es kein Zurück mehr. Er musste einen Weg finden, Jackie davon zu überzeugen, dass sie Diana war. Er musste ihr beweisen, dass seine Reue aufrichtig war, dass er sie liebte, dass er ihr von nun an immer treu sein würde, damit sie es wagen konnte, ihre schützende Maske abzulegen und wieder sie selbst zu sein. Bevor das geschehen konnte, musste jedoch der Mörder von Carla Tush dingfest gemacht werden, denn nach allem, was Kit über die Detektivin wusste, würde sie nicht ruhen, ehe der Fall gelöst war.

Kit war sich immer noch sicher, dass Heinrich Weidemann und sein blonder Gespiele hinter der Sache steckten. Wenn er das schon nicht beweisen konnte, wollte er doch zumindest ein Auge auf Heinrich haben und wissen, wo der Deutsche sich aufhielt. So konnte der Zugriff unmittelbar erfolgen, sobald Jackie die nötigen Indizien gesammelt hatte.

Kit hatte Weidemann vor dem Frühstück kurz auf dem Flur gesehen. Möglicherweise war er noch im Hotel. Eventuell konnte Kit ihm einen Ausflug nach Cannes vorschlagen, um dort zu malen, wie in alten Zeiten.

Er kannte Heinrichs Zimmernummer nicht. Daher begab er sich an die Rezeption, wo ihm ein Hotelmitarbeiter diensteifrig entgegenlächelte. »*Oui*, Monsieur le Duc?«

»Könnten Sie bitte per Haustelefon Monsieur Weidemann anrufen und ihn fragen, ob er mit mir nach Cannes fahren möchte?«

»Monsieur Weidemann hat das Haus vor etwa zwanzig Minuten verlassen.«

»Verdammt!«

Der Hotelangestellte überging diesen ungewöhnlich herben Ausruf seitens des erlauchten Gastes. »Wenn Sie wissen möchten, wo er ist und wann er zurückkommt, können Sie natürlich den Gendarmen fragen.«

Kit schlug mit der Faust auf den Holztresen der Rezeption. »Natürlich! Ich bin aber auch ein Rindvieh. Entschuldigen Sie.«

»Sehr wohl, Monsieur le Duc.«

Kit eilte durchs Foyer, hin zu dem Gendarmen, dem jeder, der in den Fall Carla Tush verwickelt war, seinen Aufenthaltsort melden musste, sobald er das Hotel verließ. Noch während er zu dem Beamten hinüberlief, wurde Kit zwar klar, dass Weidemann schon mehrfach gelogen haben musste, was sein tatsächliches Ziel betraf, einen Versuch war es dennoch wert. »Entschuldigen Sie, Monsieur le Gendarme. Können Sie mir sagen, wohin Monsieur Weidemann gegangen oder gefahren ist?«

Der Polizist nickte. »Oh ja, er hatte einige Bilder dabei und war damit auf dem Weg zu Madame Pistou.«

Kit lief es eiskalt den Rücken herunter. Heinrich wollte zu Ségolène und Zelda? Plante er etwa schon den nächsten Diamantencoup? Würde die Opernsängerin die Nächste sein, die Heinrichs mörderischen Machenschaften zum Opfer fiel? Er durfte keine Sekunde zögern, sonst war es vielleicht schon zu spät für Zelda.

»Danke. Einen Wagen bitte!«, rief er dem Portier zu. Fünf Minuten später saß er auf der Rückbank eines Rolls-Royce und fuhr in Richtung Cap-d'Ail.

Vor dem Anwesen von Ségolène war kein Automobil zu sehen, das auf einen Besucher hinwies, aber wenn Heinrich einen Wagen des Hotels bemüht hatte, war der längst zurückgefahren.

Kit stieg aus, gab dem Chauffeur ein Trinkgeld und läutete an der Glocke neben dem eisernen Tor. Sogleich kam der Pförtner aus seinem Häuschen, gefolgt von zwei Windhunden. »*Oui*, Monsieur?«

»Ich möchte zu Madame Pistou und Dame Zelda.«

Der Pförtner inspizierte Kit von Kopf bis Fuß, sah einen teuren Maßanzug, handgenähte Schuhe und die unverkennbare Statur und Körperhaltung eines Mannes, der seine Jugend in Eton und Oxford verbracht hatte.

»Wen darf ich melden?«

»Surrey.«

»Oh, natürlich, Monsieur le Duc. Bitte, kommen Sie doch herein. Die Damen halten sich im Wintergarten auf. Am besten gehen Sie direkt um das Haus herum.«

Kit folgte der Empfehlung des Pförtners und lief den gepflasterten Pfad entlang, der sich um die Villa zog. Bald öffnete sich ihm der Blick auf den Blumengarten und den dahinter liegenden Park, der sich bis zu den abfallenden Klippen erstreckte. Mochte Ségolène in ihren Fantasien auch dem Düsteren huldigen, so bevorzugte sie in ihrem Zuhause doch das Licht und die bunten Farben der Riviera, mit Orangenbäumen, Lavendel und Thymian. Die Mimosen blühten hier, wie schon seit einigen Tagen überall an der Küste, in strahlendem Gelb, dazu leuchtete das saftige Grün des Grases.

Van Gogh hätte seine Freude an diesem Ort gehabt, dachte Kit. Schade, dass er es nie gemalt hatte. Vielleicht sollte er selbst einen bisher unentdeckten van Gogh kreieren, der diese Villa darstellte. Das wäre sicher unterhaltsam. Er rügte sich umgehend für den Gedanken und beschleunigte seine Schritte.

Bald sah er den Wintergarten und durch die Glasscheiben die unverkennbare Gestalt Zeldas. Sie trällerte gerade ein Lied, was sie immer zum Aufwärmen ihrer Stimme tat; ob nun von Schubert oder Schumann oder wem auch immer, konnte Kit nicht beurteilen. Er umrundete den Wintergarten und winkte.

Zelda lachte erfreut und öffnete ihm die Tür. »Kit! Was

für eine schöne Überraschung! Komm herein. Möchtest du einen Tee, einen Kaffee? Wasser? Oder schon etwas Stärkeres?«

Kit küsste sie auf die Wange. »Hallo, Zelda, nein danke, ich habe spät gefrühstückt. Wo ist denn Ségolène?«

»Ach, die hat sich noch mal hingelegt. Die Gute wird auch nicht jünger. Setz dich, mein Junge, setz dich. Du siehst ganz aufgewühlt aus, ist etwas geschehen?«

Kit ließ sich auf einem der Korbsessel nieder. »Nichts Wichtiges. Sag mal, im Hotel hat man mir berichtet, Heinrich Weidemann sei bei euch.«

»Das stimmt, er war hier. Aber er ist schon wieder weg. Er hat zwei Bilder vorbeigebracht und ist gleich weitergefahren.«

»Dieses Schlitzohr«, fluchte Kit. Heinrich war ihm entwischt. Gott allein wusste, wo der Deutsche sich jetzt aufhielt. Clever, tatsächlich zum Pistou'schen Anwesen zu fahren und sich erst danach abzusetzen. Ein etwaiger Beobachter der Polizei würde somit bezeugen, dass Heinrich beim Gendarmen im Hotel ehrliche Angaben gemacht hatte.

»Wie meinst du das?« Zelda fasste sich mit der Hand an den Hals, an dem ein gewaltiges Collier im Stile der Pharaonen hing. Überhaupt war sie an diesem Tag als eine beleibte Version von Kleopatra unterwegs. Oder in ihrem Fall wohl eher Aida. Vermutlich probte sie gerade für die Verdi-Oper und wollte sich in die richtige Stimmung versetzen. »Hat er etwas getan, der arme, kranke Mann?«

Kit erwog einen Augenblick lang, Zelda von seinem Verdacht zu erzählen, entschied sich jedoch dagegen. Das würde sie nur unnötig in Gefahr bringen. Zelda konnte viel zu oft nicht an sich halten und würde womöglich im falschen Moment ihr Wissen hinausposaunen.

»Nein, nein«, log Kit daher. »Er wollte in diesen Tagen zu einem Kunstsammler nach Cannes fahren, und ich hatte ihn gebeten, mich mitzunehmen, weil ich mir erhoffte, dort einige Werke der späten Impressionisten zu Gesicht zu bekommen. Jetzt ist er wahrscheinlich ohne mich dorthin gefahren und pickt sich die schönsten Stücke heraus.«

»So ein Schlawiner«, gurrte Zelda. »Aber du siehst nicht gesund aus, Kit. Du bist ganz blass und machst einen schrecklich nervösen Eindruck. Geht dir der Mord so nah, du Ärmster? Wo ist überhaupt deine reizende Verlobte?«

»Tja.« Kit schnalzte. »Die wird heute Abend abreisen, sofern Miss Dupont ihr die Erlaubnis erteilt.«

Zelda sah Kit überrascht an. »Ja, warum denn das? Ihr seid doch gerade erst eingetroffen!«

»Es kam zu einem Zerwürfnis.«

»Um Himmels willen! Komm, Kit. Es ist draußen viel zu schön, um hier drinnen herumzusitzen. Lass uns einen Spaziergang machen. Bewegung an der frischen Luft ist immer noch das beste Heilmittel für eine leidende Seele. Dann kannst du mir in Ruhe alles erzählen.«

Kit stand auf, und gemeinsam traten sie in den Garten hinaus. Zelda hatte recht. Das Licht der Sonne war zwar schon ziemlich intensiv, aber die Luft war noch kühl und frisch. Genau wegen dieser klimatischen Besonderheit verschlug es die Eliten Europas bereits seit dreihundert Jahren im Winter in diese Gegend.

Kit atmete tief durch. »Weißt du, es ist so …«

Seventree, 8. September 1914

Meine liebste Zelda,
ich hoffe, diese Zeilen erreichen dich vollständig in New York. Seit der Krieg ausgebrochen ist, wird die Korrespondenz vom Kriegsministerium zensiert. Allerdings konzentrieren sich die Bemühungen derzeit auf die Post von der Armee. Und damit komme ich auch schon zu meinen schrecklichen Nachrichten. Mein Sohn hat sich, wie es sich für einen britischen Aristokraten gehört, zum Kriegsdienst gemeldet. Zu allem Übel hat er sich dazu entschlossen, nicht etwa im Generalstab tätig zu sein, sondern an vorderster Front!
Ich habe versucht, es ihm auszureden, ich habe ihn angefleht und wollte ihm begreiflich machen, dass es für einen Herzog des Königreiches fahrlässig ist, sich einem solchen Risiko auszusetzen. Schließlich hat er noch keinen Erben gezeugt! Doch wollte er davon nichts hören. Seine Augen leuchteten wie vom Fieber, wie im Wahn, als er aufbrach. Nun kann ich nur noch beten, dass er unversehrt bleibt.
Ich wünschte, ich könnte mich zu dir nach Amerika retten, doch jetzt, da Christopher sich dazu entschieden hat, in Frankreich zu kämpfen, bleibt mir nichts weiter übrig, als hier auf ihn zu warten.
Lass mich nur recht bald von dir hören.
Deine treue Freundin

Elizabeth St. Yves

Aus den Memoiren der JACKIE DUPONT

»In dieser Oper wird es eine männliche und zwei weibliche Hauptrollen geben, was für die Opernhäuser zwar sehr interessant, für die Intendanten jedoch sehr schwierig zu besetzen sein wird.« Puccini grinste und spielte eine fröhliche Kadenz auf dem Flügel. »Stellen Sie sich vor, Sie müssten mit zwei Operndiven gleichzeitig fertigwerden.«

Das Publikum lachte – sofern man überhaupt von Publikum sprechen konnte. Außer mir und den Mitgliedern der fürstlichen Familie waren nämlich nur zwei ausgewählte Gäste anwesend: Beatrice de Rothschild, deren herrliches Anwesen hoch oben über Saint-Jean thronte, und ein guter Freund meines Onkels, der britische Kriegsminister Winston Churchill, der sich einige Tage an der Riviera von den Allianzverhandlungen mit uns Amerikanern erholte.

Churchill konnte es nicht lassen, mir durchweg freche Bemerkungen zuzuflüstern, die mich bei anderer Gelegenheit gewiss zum Lachen gebracht hätten, diesmal aber meine Gedankenkonstrukte regelmäßig zum Einsturz brachten.

»Vielleicht sollte er stattdessen versuchen, mit Woody fertigzuwerden. Dein Onkel Daniel könnte ihm ein Lied davon singen. Im wahrsten Sinne des Wortes.«

»Sei nicht so ungnädig, Winston«, zischte ich gereizt. »Woody, wie du ihn nennst, hatte gerade erst einen Schlaganfall.« Ich hatte für britischen Small Talk gerade nichts übrig.

Mit Woody war übrigens Woodrow Wilson gemeint, der Präsident der Vereinigten Staaten.

Churchill verschränkte die Arme und zog genüsslich an seiner Zigarre.

Puccini fuhr fort: »Die Oper spielt im fernen China. Es geht um eine junge Sklavin, die sich in den Sohn eines Tartarenkönigs im Exil verliebt, und um eine wunderschöne Prinzessin, die das Gleiche tut. Manche Kerle haben eben bei den Damen mehr Erfolg als andere.«

»*Moi*, zum Beispiel«, frotzelte Churchill, und ich blies genervt den Rauch meiner Zigarette gen Himmel, oder besser gesagt, gen vergoldete Vertäfelung an der Decke des Salons.

»Lassen Sie mich Ihnen den Entwurf der Heldenarie vorspielen.« Puccini griff wieder in die Tasten. »Sie werden zustimmen, dass mir hier ein ganz besonderer Wurf gelungen ist. Er heiratet am Ende übrigens die Prinzessin und nicht das Sklavenmädchen. Wir sind schließlich in der Oper und nicht im Märchen. Das ist eine ernste Angelegenheit.«

Wieder lachten alle.

Ich nutzte die Gunst des Moments, um meine Gedankenfäden wieder einzusammeln, die wie glitzernde Spinnweben vor meinem geistigen Auge umherflogen. Ich griff danach und legte sie sorgsam übereinander, dennoch wollten sie kein Muster bilden. Es war gerade so, als fehlte mir ein einziger hauchdünner Faden, um daraus ein Netz weben zu können, in dem sich der Täter verfing.

»Ich singe in der Badewanne«, säuselte Churchill. »Aber meistens tauche ich unter, um zu sehen, wie lange ich die Luft anhalten kann.«

Ich verdrehte die Augen und widerstand dem Drang, ihm meine Zigarettenspitze ins Ohr zu rammen.

Kaum hatte der Maestro zu spielen aufgehört, hob Churchill die Hand, wartete jedoch nicht darauf, bis er zum Sprechen aufgefordert wurde. »Sagen Sie, Maestro Puccini, können Opernsänger länger die Luft anhalten als normale Menschen? Wenn sie zum Beispiel in der Badewanne untertauchen?«

Ich trat gegen sein Stuhlbein.

Puccini schaute zwar ein wenig verwundert, spitzte dann aber die Lippen und dachte ernsthaft nach. »Nun denn, große Sänger haben gewiss eine weitaus bessere Kontrolle über ihren Atem als unsereiner. Um manche Arien perfekt singen zu können, müssen sie über ein enormes Lungenvolumen verfügen und selbiges zudem richtig einsetzen. Aber selbst das ist von der Tagesform abhängig und von diversen äußeren Faktoren, wie der Lufttemperatur oder der Höhe des Ortes. Denken Sie nur, vor einigen Tagen hatte ich die Ehre, mein *Mädchen aus dem goldenen Westen* hier am Opernhaus dirigieren zu dürfen. Dame Zelda musste sich sichtlich anstrengen, um die … zugegebenermaßen äußert schwierigen … Modulationen der Arie ›Oh, se sapeste‹ in einem Atemzug zu singen. Sie stand noch unter Schock, wegen der Ermordung ihrer Freundin. Dennoch muss man sagen, dass sie auf der ganzen Welt die einzige Sängerin ist, der das überhaupt gelingt. Ihr Lungenvolumen ist wirklich außerordentlich, beinahe wie das eines Mannes. Alle anderen Damen müssen bei solchen Arien zwischendurch Luft holen. Sie sehen, Signor Churchill, es hat weniger damit zu tun, wie gut man die Luft anhalten kann, sondern vielmehr damit, wie langsam man sie herauslässt.«

»Siehst du?« Churchill drehte sich zu mir um. »Das ist doch mal eine Antwort. Ich lasse wohl die Luft an der falschen Stelle heraus.«

»Mann!«, fluchte ich, drückte meine Zigarette aus und stand auf.

»Was ist denn los, Jacqueline? Du bist doch sonst nicht so verklemmt.«

Wortlos drehte ich mich um und ging.

Ich rannte durch die Flure des Palastes, so schnell mich meine hohen Schuhe trugen. »Mann!«, schimpfte ich wieder und wieder. »Mann! Mann! Mann!«

Hier war sie, die Lösung. Hier war das Spinnennetz, brillant und klar, lückenlos und fest. Hier war das große Geheimnis, dessen Offenbarung einen weltweiten Skandal auslösen und den Täter unausstehlicher Scham aussetzen würde. Sargent hatte es von Anfang an gewusst. Wieder und wieder hatte er mich auf den Mörder hingewiesen. Jetzt, da ich endlich die Zusammenhänge begriff, war die Erklärung ganz simpel, ja geradezu billig.

Ein reiches Ehepaar, die Vanderhoffs, ihres Zeichens amerikanische Reeder, befanden sich einst mit ihrem Ozeanliner auf den Philippinen, genauer in Manila, der Hauptstadt der damals noch spanischen Kolonie. Ein Perlentaucher, eines der vielen Waisenkinder spanischer Abstammung, stahl ihnen ein berühmtes Diamantcollier. Ein kleines Mädchen, die Tochter der Reeder, beobachtete den Diebstahl und wusste daher, dass der Dieb ein Perlentaucher war. Woher nur? Vermutlich hatte sie bei einem Landgang den Perlentaucher gesehen, und er war ihr in Erinnerung geblieben. Wegen seiner hübschen Augen vielleicht. Schwarz wie die Perlen der Südsee. Oder wegen seiner glockenhellen Stimme, unvergleichlich schön, so schön, dass Kaiser und Könige ihre Schätze dafür hergaben. So wertvoll, dass ein weltenbummelnder Filou mit krimineller Energie, ein Mann, der oft im Theater zu finden war und der sich nach seiner Karriere bei der britischen Marine einer Handelsflotte anschloss, ihren Wert erkennen würde, genauso wie ihre Vergänglichkeit.

Der kleine Perlentaucher, so stellte ich mir vor, war nach den Versprechungen dieses Mannes die Ankerkette des amerikanischen Dampfers emporgeklettert, wobei ihn die neugierige Carla beobachtete, die sich möglicherweise an einem Ort aufhielt, wo sie nichts zu suchen hatte. Sie erkannte in dem Dieb den Jungen, der auf dem Markt sang und Perlen verkaufte und so schöne schwarze Augen hatte. Der Junge entkam mit dem Collier und verschaffte so seinem Hehler, dem eigentlichen Bösewicht in diesem Drama, die Mittel, um seinen teuflischen Plan zu vollenden. Der reiste mit dem Kind nach Konstantinopel, wo die Experten für jenen Eingriff lebten, den er im Sinn hatte. So erhielt er die Stimme des Jungen für die Ewigkeit. Das Collier blieb als Bezahlung für die grausame Operation im Osmanischen Reich und wurde Jahre später einem russischen Diplomaten geschenkt. Als Carla Tush eines Tages die Augen des Perlentauchers wiedersah und seine Stimme hörte – ob nun an der Mailänder Scala oder in der Metropolitan Opera von New York –, beschloss sie, ihr Geheimnis für einen Tag in ferner Zukunft zu hüten.

Ich erreichte meine Unterkunft und öffnete die Tür. Sargent riss entsetzt den Kopf hoch, als ich eintrat.

»Ich bin es nur, Darling. Wir müssen sofort aufbrechen. Wir haben den Fall gelöst.«

Sargent nieste und rieb sich mit den Pfoten über die Augen, dann guckte er mich skeptisch an und brummte beleidigt.

»Na gut, ich gebe es zu, *du* hast den Fall gelöst. Aber du musst mir zugutehalten, dass ich nicht über deine olfaktorischen Fähigkeiten verfüge. Dennoch muss ich dich bitten, dich jetzt zu erheben.«

Sargent begann sich ausgiebig zu recken und zu strecken, doch dafür war keine Zeit. Ich hob ihn zärtlich hoch, wobei er einen Schrei losließ, als würde ich ihn häuten wollen, und setzte ihn auf den Boden.

»Wir müssen los.«

Ich wuchtete die Matratze in die Höhe und bemächtigte mich der Roten Neun und ausreichend Munition, um ein ganzes Bataillon auszulöschen. Dann warf ich mir den Pelzmantel über die Schulter und verließ mit dem noch immer mürrischen Sargent die Suite. Wir eilten zurück in den fürstlichen Musiksalon, wo soeben Puccini mehrere dissonante Akkorde in die Tasten hämmerte.

»Albert!«, rief ich.

Der Prinz hörte mich jedoch nicht, weil Puccini so ohrenbetäubend tönte. Gerade bewegte sich das düstere Grollen des Flügels auf seinen absoluten Höhepunkt zu, aber die Kunst musste der Realität weichen, und meine Geduld war am Ende.

Die Rote Neun war zwar die tödlichere Waffe, dennoch gab sie beim Abschuss einer Kugel eher den Laut eines Knallfroschs im Kontertenor von sich. Daher griff ich zu dem Colt, den ich immer bei mir trug, und feuerte in die getäfelte Zimmerdecke.

Die Zuhörer schrien und drehten sich furchterfüllt um.

»Entschuldigen Sie diesen Paukenschlag, Albert«, sagte ich, »aber Sie müssen sofort die Sureté in Nizza verständigen. Sie sollen mit einem Großaufgebot zum Anwesen von Ségolène Pistou fahren. Ich werde sie dort treffen.«

Der Prinz sprang von seinem Stuhl auf. »Wissen Sie, wer der Mörder ist?«

»Ja. Ich erkläre Ihnen die Details später. Ich muss aufbrechen.«

»Jawohl, Madame. Ich werde auf der Stelle nach Nizza telefonieren lassen.«

»Danke.«

»Soll ich mitkommen?«, fragte Churchill, der sich eine Zigarre anzündete.

»Nein, du passt nicht in mein Auto … Spielen Sie ruhig weiter, Giuseppe, und vergessen Sie nicht, den Schuss in die Partitur aufzunehmen. *Au revoir.*«

Keine Minute später saßen Sargent und ich in der Cigare und brausten durch das Tor der Palastanlage auf die Straßen von Monaco. Bis zum Anschlag trat ich das Gaspedal durch. Die Aerodynamik des Fahrzeugs hatte sich enorm verbessert, seit die gefälschte Georgiana Cavendish nicht länger auf dem Ersatzreifen mitfuhr. Ich hatte sie per Kurier an Ronald Tush liefern lassen.

»Wirklich eine Frechheit, dass sie Hunde nicht beim Grand Prix starten lassen!«, rief ich Sargent zu, dessen Laune sich seit Erklingen des Schusses schlagartig gebessert hatte. Entschlossen hielt er nun die Nase in den Wind, und der Druck seiner Pfoten gab mir zu verstehen, dass er vorhatte, den Geschwindigkeitsrekord von Monaco nach Cap-d'Ail zu brechen. Wir würden sicher lange vor der Polizei dort eintreffen.

Der Palast der Grimaldis lag am westlichen Ende des kleinen Fürstentums, und bald erreichten wir die mir mittlerweile wohlbekannte kurvige Küstenstraße, die Monaco mit Nizza verband. Das Plateau, auf dem die Villa von Ségolène lag, war dem eigentlichen Cap vorgelagert und befand sich oberhalb der steilen Klippen, daher mussten wir stetig bergauf fahren und uns dabei gewaltig in die Kurven legen. Zu unserem Unglück blockierten um diese Uhrzeit diverse Lieferanten die Fahrbahn, und wir waren zu einigen waghalsigen Überholmanöver gezwungen.

Gerade kämpfte sich vor uns ein Karren den Berg hinauf, der bis oben hin mit Zitronen beladen war. Als tierlieber Mensch machte ich einen möglichst großen Bogen um das davor gespannte Maultier, weshalb die Reifen auf der linken Seite der Cigare ins Kiesbett gerieten, was uns ausbremste. Wütend trat ich das Gaspedal wieder bis zum Anschlag durch. Der Wagen schnellte nach vorn, und wir umrundeten die nächste Kurve. Zwei Meilen trennten mich noch von meiner Beute. Mein Blickfeld verengte sich. Ich dachte nur noch daran, wie ich den Mörder stellen würde. Ich wollte ihn dingfest machen, mit allen Mitteln.

Ein lauter Knall riss mich aus meinen Gedanken. Ich trat das Gaspedal immer noch voll durch, doch der Motor reagierte nicht mehr. Die Cigare verlor an Geschwindigkeit, blieb stehen und rollte schließlich rückwärts. Es bedurfte einiger Sekunden, bis ich begriff, was geschehen war. Sargent bellte und heulte gleichzeitig, und seine Krallen gruben tiefe Furchen in meine Beine.

»Verdammt!«, schrie ich und zog gewaltsam die Handbremse an. »Der Motor ist überhitzt.« Ich stieg aus, nahm den fuchsteufelswilden Sargent in den Arm und knallte die Wagentür zu. »So was will um den Großen Preis von Frankreich mitfahren? Dass ich nicht lache!« Ich versetzte dem Vorderreifen einen Tritt. »Ettore sollte sich was schämen!«

Doch ich durfte hier nicht verweilen. Mein Ziel lag mir direkt vor Augen, dort vorne, jenseits der steilen Felshänge. Der Gedanke, auf hohen Schuhen und mit zwanzig Pfund Hund im Arm die steile Küstenstraße emporzustöckeln, gefiel mir zwar ganz und gar nicht, nur blieb mir wohl nichts anderes übrig. Ich beschloss, in den sauren Apfel zu beißen.

»Sauer!«, sagte ich zu Sargent. »Das ist unser Stichwort.«

Entgegen meiner Pläne lief ich jedoch nicht bergauf, sondern bergab. Hinter der Kurve kam der Maultierkarren mit den Zitronen zum Vorschein.

»Monsieur!«, rief ich dem alten Bauern zu, der auf der Pritsche saß und mich grimmig ansah.

»Was wollen Sie, Sie Verrückte?«, fragte er mürrisch. »Leute wie Sie gehören auf den Straßen verboten.«

Seine Meinung kümmerte mich wenig. »Monsieur, ich muss ihr Fahrzeug konfiszieren. Es handelt sich um eine polizeiliche Maßnahme.«

»Es gibt keine Frauen bei der Polizei.«

»Ich bin nicht bei der Polizei. Steigen Sie jetzt endlich ab, wenn Sie nicht mit dem Gesetz in Konflikt geraten wollen.«

Er drohte mir mit der Peitsche. »Was fällt Ihnen ein? Die Zitronen müssen nach Saint Antoine! Wollen Sie mich etwa um meinen Lohn bringen? Dafür bekomme ich zwei Goldfranc vom Obsthändler!«

Sargent fauchte und spie, und ich überlegte, ob ich dem Zitronenbauern eher mit Sargent oder mit einer meiner Schusswaffen drohen sollte. Doch das würde nur zu weiteren Diskussionen führen, und ich konnte schlecht einen armen Bauern auf einer französischen Landstraße niederschießen. Der Papierkram wäre endlos.

»Ich tausche Ihren Karren gegen meinen Wagen«, erklärte ich und deutete auf die stehen gebliebene Cigare. »Es ist ein Prototyp von Bugatti mit vier Zylindern.«

Der Mann sah plötzlich aus wie ein Karpfen. Sein Mund öffnete und schloss sich immer wieder.

»Er ist nur überhitzt. In ein, zwei Stunden springt er sicher wieder an.«

Noch immer wollte der Alte nicht glauben, was er da hörte. »Machen Sie Witze?«

»Niemals. Also bitte, steigen Sie ab.«

Er verließ den Karren, und ich kletterte mit Sargent im Arm hinauf. Dann gab ich dem Bauern den Schlüssel zur Cigare, und er wollte mir im Gegenzug seine Peitsche reichen.

»Danke, die brauche ich nicht«, sagte ich. »Es gibt keinen Equiden, der unter meiner Führung nicht zur Hochleistung bereit wäre. Ich war nordamerikanische Meisterin im Jagdrei…«

Sargent hielt es nicht länger aus. Er riss sich los und sprang dem Maultier mit einem großen Satz auf den Rücken. Das arme Tier erschrak dermaßen, dass es in hektischen Trab verfiel.

»Sehen Sie?«, rief ich dem verdutzten Bauern zu. »Ich

verabscheue jede Form von Gewalt. Sie sollten es mir gleichtun. Ihre Tiere werden es Ihnen danken.«

Das Maultier trabte weiter den Hang hinauf, während ich mir eine Zigarette anzündete, und nach einer Weile konnte ich die Mauern sehen, die das Anwesen der Familie Pistou zur Landseite umgaben. Zu meinem Leidwesen standen dort bereits zwei Polizeiwagen. Gegen einen lehnte Commissaire Chatillon. Er schenkte dem herannahenden Karren keine Beachtung. Erst als ich dem Maultier durch eine feinfühlige Zügelhilfe befahl stehen zu bleiben, sah er auf und stieß einen Schrei aus.

Ich warf die Zigarette auf den Boden. »Wie viele Männer haben Sie dabei?«

»Se… sechs«, stotterte er. »Mehr sind unterwegs … Was treiben Sie denn da? Ich meine, ergebenst, Madame, was haben Sie auf diesem Karren zu suchen?«

»Mein Wagen war den Strapazen der letzten Tage nicht gewachsen. Da habe ich ihn gegen dieses Gefährt hier eingetauscht.«

Chatillon rang nach Luft. »Den Bugatti?«

»Welchen Wagen denn sonst? Meinen Sie, ich handele neuerdings mit Zitronen? Jetzt starren Sie mich nicht so an, sondern helfen Sie mir herunter. Wir müssen den Mörder fassen.«

»Richtig.« Er fing sich wieder und hielt mir eine Hand hin. »Wer ist der Mörder?«

»Na, wer wohl?« Ich hob Sargent vom Rücken des Maultiers. »Dame Zelda natürlich.«

»Aber … aber … aber.«

»Kein Aber.« Ich zog die Rote Neun hervor. »Wir lassen die Autos hier stehen und nähern uns dem Anwesen zu Fuß.«

»Äh, sehr wohl, Madame.«

»Zunächst werde ich allein läuten.«

»Sehr wohl, Madame.«

»Damit kein Verdacht aufkommt.

»Sehr wohl, Madame.«

»Was ist mit Ihrem Vokabular passiert? Antworten Sie mir doch bitte variantenreicher.«

»Sehr w… gewiss, Madame.«

Schon stand ich vor dem Tor, an dem Sargent und mich am Vortag die beiden Windhunde begrüßt hatten. Ich hielt die Rote Neun unter dem Pelzmantel versteckt und betätigte die Glocke.

Bald zeigte sich der Pförtner. »Ah, Madame Dupont.« Er öffnete und warf Sargent einen vorsichtigen Blick zu. »Madame Pistou hat sich zur Ruhe begeben.«

»Das macht nichts, ich möchte zu Dame Zelda. Ist sie anwesend?«

»Oh ja, aber sie hat Besuch.«

Ich lächelte gewinnend. »Interessant. Wen unterhält sie denn?«

»Seine Durchlaucht, den Duke of Surrey. Die beiden machen einen Spaziergang an den Klippen.«

»Christopher ist hier?« Ich muss zugeben, diese Information schnürte mir die Kehle zu. War der Duke etwa von allein auf die Lösung des Falles gekommen und wollte seine alte Freundin stellen? Dann war er in höchster

Gefahr. Ich warf jeglichen Vorwand über Bord. »Chatillon!«, rief ich. »Es geht los. Ihre Männer sollen sich bewaffnen. Jede Sekunde zählt!«

»Aber Madame!«, entrüstete sich der Pförtner und versperrte den Weg. »Sie können doch nicht …«

Ich zog die Maschinenpistole hervor und richtete sie auf seine Brust. »Stellen Sie sich nicht zwischen mich und meinen Ma… den Mörder.«

Bleich trat er beiseite.

»Chatillon, die Kollegen mögen schnellstens ausschwärmen«, befahl ich. »Dame Zelda ist mit dem Duke in Richtung Klippen unterwegs. Aber lassen Sie Vorsicht walten. Gut möglich, dass Dame Zelda zu allem bereit ist. Sie wird nicht kampflos mit uns gehen.« Dann setzte ich Sargent auf den Boden und kniete mich neben ihn. »Lauf, Liebling«, flüsterte ich ihm ins Ohr. »Lauf, so schnell du kannst, und finde Kit.«

12.

Die Worte sprudelten nur so aus Kit heraus. Er erzählte Zelda alles. Dass er Jackie für seine Frau Diana hielt und nicht wusste, ob sie oder er an einem Trugschluss litt. Er berichtete ihr von der Zeit nach Dianas Tod und von dem Brief, den er von den anonymen Damen aus Rettungsboot X erhalten hatte. Von der Scham, die er empfand, weil er Diana ein so schlechter Ehemann gewesen war, von seiner Todessehnsucht, die ihn an die Front getrieben hatte, deren Erfüllung ihm aber verwehrt blieb, und nicht zuletzt von seiner – wohl törichten – Hoffnung, mit Anne Fortescue endlich ein normales Leben führen zu können.

»In sechs Wochen läuft die Frist hinsichtlich Dianas Erbe ab. Danach wollte ich Anne heiraten. Stell dir nur mal vor, was passiert wäre, wenn Jackie Dupont erst danach aufgetaucht wäre.«

»Hm«, summte Zelda, die sich bei Kit eingehakt hatte. »Hast du schon mal in Erwägung gezogen, dass Miss Dupont nicht ganz zufällig genau in diesem Moment in dein Leben getreten ist? Wenn sie wirklich deine Diana ist … ich kann das gewiss nicht beurteilen, da ich bisher nur eine einzige Fotografie von deiner Frau gesehen habe, als junge Braut in ihrem Schleier ... wird sie dich sicher nicht aus den Augen gelassen haben. Vielleicht hat sie den ominösen Brief aus dem Rettungsboot ja selbst geschrieben.«

Kit schnaubte. »Das kann und will ich nicht glauben. Warum sollte sie so grausam sein?«

»Aus Rache? Du hast selbst gesagt, dass sie dich verlassen hat, als sie von deiner Liebschaft mit Rose Munroe erfuhr. Sie wird dich über alles geliebt haben, wenn sie für dich ihr komfortables Leben in Amerika aufgegeben hat.«

»Um die Duchess of Surrey zu werden«, protestierte Kit, obwohl er selbst wusste, dass der Titel Diana nie etwas bedeutet hatte.

Zelda tätschelte ihm beschwichtigend die Hand. »Diana hätte jeden heiraten können. Einen Rockefeller, einen Astor, einen Carnegie ... Sie war ... oder ist ... mütterlicherseits eine Dalton, vergiss das nicht. Dadurch gehörte sie zur amerikanischen Aristokratie, wenn man es so beschreiben will. Erlaubst du mir die Frage, wie hoch ihre Mitgift war?«

Kit errötete. »Sehr, sehr hoch. Es war genug, um mehrere Schlösser zu bauen.«

»Und weil sie die Alleinerbin ihres Vaters war und du der ihrige bist, gehörst du demnächst zu den reichsten Menschen der Welt, mein lieber Kit.«

»Nicht, wenn sie noch lebt.«

»Natürlich, auch dann noch. Denn in dem Fall seid ihr ja immer noch verheiratet.«

»Das ist mir egal! Ich würde alles Geld dieser Welt hergeben, wenn ich Diana diesen schrecklichen Untergang hätte ersparen können!«

»Das sagst du jetzt, Kit, da du es hast. Das Geld. Lass mich dir einen guten Rat geben, als alte Freundin deiner Mutter: Lebe im Hier und Jetzt. Frage nicht immer nach dem Wenn und dem Warum. Das sind nur unnötige Spekulationen. Genieße die Möglichkeiten, die dir das Leben geschenkt hat. Sieh dir doch nur mal die arme Carla an. Eben ist sie noch eine lebenslustige Millionärin, im nächsten Moment erwürgt jemand sie mit dem Gürtel eines Morgenmantels. So spielt nun mal das Schicksal.«

Kit schurzte nachdenklich die Lippen. »Wahrscheinlich ist es so, und ich lebe zu sehr in der Vergangenheit. Ich sollte mich endlich mit meinem Los abfinden. Der Gürtel eines Morgenmantels war es also, hm? Weißt du das von ihr? Von Jackie? Mir hat sie es nicht erzählt, obwohl sie mich gebeten hat, ihr bei diesem Fall von Nutzen zu sein. Wahrscheinlich hält sie mich für einen verwöhnten Taugenichts.«

»Bestimmt nicht, sonst hätte sie dich doch nicht gefragt.«

»Sicher, um mich zu martern. Du hättest mich mal sehen sollen, als ich vor ihr im Polizeipräsidium zu Boden gegangen bin. Wie in einem schlechten Theaterstück.«

»Das Leben schreibt nun mal die unglaublichsten Geschichten … Mein Junge, du bist immer noch so blass. Meinst du, wir sollten eine Pause machen? Ich habe ganz vergessen, dass du im Krieg eine schwere Verletzung davongetragen hast. Da vorne ist eine Bank, von der hat man einen herrlichen Blick. Hin und wieder kann man sogar Korsika sehen, jetzt, da die Luft noch klar ist.«

»Gern.«

Sie gingen schweigend bis an den Rand des Kliffs, wo die schmiedeeiserne Bank im Sonnenlicht glänzte.

»Komm, setz dich«, sagte Zelda. »Ich massier dir den Nacken.«

Kit tat wie befohlen. Zelda stellte sich hinter ihn und knetete ihm die Schultern. »Was bist du groß und stark geworden. Ich weiß noch genau, wie du als kleiner Junge warst. So hübsch und klug und ein überaus begabter Zeichner. Du warst der Trost und der ganze Stolz deiner Mutter.«

Kit spürte, wie die Anspannung von ihm abfiel. Es tat gut, sich mit einer vertrauten Person zu unterhalten, mit jemandem, der alles von einem wusste und auf den man sich verlassen konnte.

Durch halb geöffnete Augen schaute er sich um. »Führt da vorne eine Treppe hinunter?«, fragte er nach einer Weile.

»Oh ja, da kann man zum Baden gehen. Sonst müsste man den weiten Weg an der Straße entlanglaufen. Allerdings gehe ich hier nie hinab, weil das ja bedeuten würde, dass ich die Treppe auch wieder hinaufsteigen müsste. Das ist so, als wollte man zu Fuß in den zehnten Stock gehen. Nein danke.«

»Ich kann mich noch gut daran erinnern, wie ich nachts betrunken zwischen Nizza und Cap Ferrat von den Klippen ins Meer gesprungen bin. Völlig verrückt. Uns hätte alles Mögliche zustoßen können.«

Zelda hörte auf, ihn zu massieren. »So sind junge Männer nun mal … Oh, sieh nur, da ist Korsika! Tatsächlich! Man erkennt gerade so die Umrisse am Horizont.«

Kit richtete den Blick in die Ferne. »Wo? Ich sehe nichts.«

»Doch. Du musst weiter nach links schauen. Dann entdeckst du die Zacken der Berge.«

Kit strengte sich an. Konzentriert beobachtete er die Stelle, wo seiner Einschätzung nach Korsika zu finden sein müsste. Nach einer Weile gab er auf.

»Du musst Augen haben wie ein Luchs.« Er drehte sich zu Zelda um und erstarrte.

Sie stand hinter ihm, in der rechten Hand einen Stein. Ohne eine Miene zu verziehen, holte sie aus.

Instinktiv hob Kit die Hände, aber er wusste, dass er den Schlag nicht würde abwehren können. Zeldas Hand schoss auf ihn zu, und alles um ihn herum verblasste. Gleich würde der Stein seinen Schädel treffen.

Ein weißer Blitz zuckte in Kits Augenwinkel, dann ertönte ein gellender Schrei. Der Stein landete neben ihm auf der Bank und fiel von dort zu Boden.

»Keine Bewegung!«, schrie jemand und gleich darauf noch jemand anders.

Kit sprang auf die Füße, reflexartig, wie im Gefecht. Bereit zur Flucht, bereit zum Kampf. Dann entdeckte er Zelda. Sie lag am Boden, und auf ihrem Brustkorb stand Jackie Duponts weißer Hund.

»Sind Sie verletzt, Christopher?«, rief eine Frauenstimme.

Kit sah sich um und erblickte Jackie Dupont, die etwa dreißig Fuß von ihm entfernt eine Waffe auf Zelda richtete. Hinter ihr machte er außerdem den französischen Kommissar aus, der bei seiner Vernehmung dabei gewesen war, sowie zwei weitere Polizisten. Auch sie hatten ihre Waffen gezückt.

»Christopher! Antworten Sie mir. Geht es Ihnen gut?«

»J-ja«, stotterte Kit. »Es geht … es geht mir gut.«

»Gut. Hierher, Sargent!«

Der Hund ließ von Zelda ab und sauste zu seiner Herrin. Jackie hob ihn mit der freien Hand hoch und setzte ihn in ihre Armbeuge.

»So ein feiner Hund! Du bist der beste Hund der Welt. Du hast den Mörder gestellt, mein Schatz. Du hast es die ganze Zeit gewusst, während wir anderen im Dunkeln tappten … Stehen Sie auf, Zelda. Oder wie auch immer Sie ursprünglich heißen mögen.«

Zelda rappelte sich auf, staubig und mit zerzausten Haaren.

»Grundgütiger Gott!«, rief Kit entsetzt. Er konnte nicht fassen, was sich da vor seinen Augen abspielte. »Du hast Carla umgebracht?«

Zelda atmete schwer. Ihre schwarzen Augen huschten hin und her, auf der Suche nach einem Ausweg, einer Möglichkeit, doch noch zu entkommen.

»*Du* hast Carla umgebracht?«, wiederholte Kit.

»Es besteht kein Zweifel daran«, meinte Jackie Dupont und zündete sich eine Zigarette an.

Zelda schien sie gar nicht zu hören.

»Warum sollte sie das getan haben?«, fragte Kit die Detektivin. »Und warum wollte sie mich umbringen?«

Jackie stieß Rauch durch Mund und Nase aus. »Aus Angst.«

»Zelda hätte doch vor Carla keine Angst haben müssen und schon gar nicht von mir. Ich verstehe das alles nicht. Zelda, sag ihr, dass es nicht wahr ist!« Kit wusste nicht, warum er Zelda verteidigte. Eben hatte sie noch versucht, ihn mit einem Stein zu erschlagen. Trotzdem ergab das alles keinen Sinn. »Zelda! Du kannst Carla nicht umgebracht haben.«

»Doch! Das habe ich!«, kreischte Zelda plötzlich und fing an, sich an den Haaren zu ziehen. Sie riss sich förmlich die Haare aus. »Und ich würde es jederzeit wieder tun! Sie hat es verdient!« Schaum bildete sich auf den Lippen der Sängerin. »All die Jahre hat sie die Wahrheit gekannt, all die Jahre hatte sie mich in der Hand. Und jetzt musste sie es mir offenbaren? Ausgerechnet jetzt? Mir sagen, dass sie mich jederzeit hätte zerstören können? Und sich auch noch über mich lustig machen? Über mich, die ich mir mein Schicksal nicht ausgesucht habe? Die ich so unendlich gelitten habe für dieses Leben? Die ich endlich meinen Frieden gefunden hatte mit dem, was ich bin? Sie war doch meine Freundin! Meine Freundin!«

Zelda musste den Verstand verloren haben. Kit hatte keine Ahnung, wovon sie sprach. »Was … was bist du denn?«

Zelda antwortete nicht. Ihre wirren Augen füllten sich mit Tränen.

»Ein Perlentaucher«, sagte Jackie Dupont stattdessen.

»Ein … was? Wie bitte? Wovon …«

»Ein Perlentaucher. Ein spanisches Waisenkind vermutlich, aufgezogen von katholischen Priestern in Manila. Ein Waisenkind mit einer herrlichen Stimme, das als kleiner Junge auf dem Markt stand, Perlen verkaufte und sang, bis eines Tages ein englischer Handelsvertreter vorbeikam und das unglaubliche Talent des Kindes erkannte.«

Zelda schnappte nach Luft.

»Lady Wrexleys jugendliche Einschätzung des Mannes war nicht ganz korrekt«, fuhr Jackie fort. »Er war nicht nur ein Lebemann, er war durch und durch verdorben. Ich nehme an, als Handelsvertreter gelangte er an Bord des Schiffes von Carlas Eltern und sah dort das Collier. Wer weiß, was er daraufhin dem Kind versprach, damit es für ihn die Diamanten der reichen Amerikanerin stahl. Sein Versprechen hielt er jedenfalls nicht, sondern verschleppte das Kind mitsamt den Diamanten nach Konstantinopel, wo man sich gut damit auskennt, wie sich eine so göttliche Stimme vor dem drohenden Heranreifen schützen lässt. Wir erinnern uns, dass der russische Prinz Tursunov einst die Diamanten in Konstantinopel bekam. Vor vierzig Jahren gab es im Palast des Sultans noch eine Menge Ärzte, die sich auf eine gewisse Operation spezialisiert hatten. Für die Diamanten von Désirée Bernadotte waren sie gewiss bereit, von ihrem Können auch außerhalb des Harems Gebrauch zu machen, nicht wahr? Eine schmerzhafte Prozedur mit langwieriger Heilungsphase und lebenslangen Nachwirkungen … Sargent hat es sofort bemerkt, schließlich hat er schon einmal schlechte Erfahrungen mit einem ehemaligen Haremswächter gemacht. Einem Eunuchen wie Ihnen, Zelda. Fälschlicherweise habe ich seine Aversion gegen Sie auf Ihren Gesang zurückgeführt. Nicht auf Ihr Geschlecht. Er mag einfach keine Männer. Aber ich gebe zu, Ihre Tarnung war perfekt. Ich wäre nie darauf gekommen, hätte Puccini nicht zufällig erwähnt, dass Sie das Lungenvolumen eines Mannes hätten … Haben Sie Major Smith damals eigentlich auch umgebracht? Wenn ich so darüber nachdenke, kam Ihnen sein früher Tod sehr gelegen. Sie sollten sein Goldesel sein, aber am Ende waren Sie wohl zu schlau für ihn. Ich nehme an, Sie haben ihm einen Hauch Digitalis verpasst. Bei einem Malariakranken fragt doch keiner genauer nach. Sie sagten, für Sie konnte es keinen anderen Mann mehr geben. Die Welt hielt Sie für eine trauernde Witwe. Dabei haben Sie sich Ihres Peinigers entledigt, und dass eine zweite Ehe nicht infrage kam, versteht sich von selbst.«

Zelda zitterte. »Er hat mich verstümmelt und mich gezwungen, als Mädchen zu leben. Er wartete, bis ich dreizehn Jahre alt war, dann fuhr er mit mir nach London und gab mich als seine kindliche Braut aus. Und er wollte alles für sich behalten! Ich musste in einer winzigen Kammer hausen und jeden Abend die strahlende Diva geben.«

»So etwas habe ich schon vermutet. Na, dann wollen wir mal. Meine Herren, bitte nehmen Sie Lady Zelda fest.«

»Niemals!«, schrie Zelda. »Ihr glaubt doch nicht, dass ich mit dieser Schande leben werde?« Ohne zu zögern rannte sie los, auf die Klippe zu und an Kit vorbei, ins Leere.

Kit fühlte sich eigenartig schwerelos. Nur langsam wurde ihm das Ausmaß der Ereignisse der vergangenen Minuten bewusst. Wären seine Retter auch nur eine Sekunde später aufgetaucht, er wäre jetzt tot.

Die Polizisten senkten die Waffen, der Kommissar strich sich übers Kinn. »Sie … oder er … hat sich selbst gerichtet. Wie Sie es vermutet haben, Madame Dupont.«

Die Detektivin nickte. »Es war leider davon auszugehen.«

Kit sah Jackie fassungslos an. »Wie …? Woher hast du das alles gewusst?«

Jackie klopfte ihr zartrosa Kleid aus Musselin ab. »Ich bin wirklich nicht für dieses Terrain angezogen. Wie ich darauf gekommen bin? Das hat noch etwas Zeit. Kommen Sie erst mal mit, Christopher. Wir bringen Sie ins Hotel zurück, dort gönnen wir uns alle einen kühlen Drink, und dann erzähle ich Ihnen, wie ich den Fall gelöst habe. Die anderen werden sicher froh sein, dass sie sich endlich wieder frei bewegen können.«

Eintrag ins Protokoll eines Feldlazaretts der Royal British Army – Schlacht an der Somme

Datum: 4. März 1916
Name des Verletzten: St. Yves, Christopher, Duke of Surrey
Rang: Major
Alter: 32
Diagnose: Der Patient erlitt erhebliche Verletzungen im Oberkörperbereich durch Granatsplitter, vornehmlich an der linken Schulter, sowie mehrere Rippenbrüche. Darüber hinaus sind Anzeichen eines schweren Schädel-Hirn-Traumas erkennbar sowie Schocksymptome. Eine Schädigung des Gehirns ist wahrscheinlich. Die Fortsetzung des Kriegsdienstes scheint ausgeschlossen.
Prognose: untauglich, womöglich in Zukunft beschränkt zurechnungsfähig

13.

»Aber warum wollte Zelda *mich* umbringen? Ich war doch keine Gefahr für sie.«

Kit saß gemeinsam mit den Wrexleys, Maya Fay, Yuri Balaton, Samuel Greenberg, Commissaire Chatillon und dem Maréchal der monegassischen Polizei in der Bar des Hotels. Heinrich Weidemann hatte sich entschuldigen lassen, er sei von den Ereignissen zu mitgenommen. Anne war bereits in Richtung Nizza unterwegs, wo sie den Nachtzug nach Calais besteigen wollte, und Ségolène befand sich unter ärztlicher Aufsicht in ihrem Haus. Die Nachricht über die Geschehnisse hatte bei ihr einen Schwächeanfall verursacht.

Vor den Versammelten stand Jackie Dupont, ihren Hund auf dem Arm, und schilderte zum wiederholten Male, wie selbiges Tier Zeldas und Kits Spur aufgenommen und durch einen gezielten Biss ins Handgelenk sowie den gekonnten Einsatz seiner fast zwanzig Pfund Körpergewicht die Opernsängerin zu Fall gebracht hatte.

Auf Kits Frage hin zündete sich die Detektivin eine Zigarette an und erklärte: »Das dürften Sie eigentlich besser wissen als ich. Entweder Sie haben etwas gesagt, das Zelda annehmen ließ, Sie wären ihr auf der Spur, oder sie glaubte, sich Ihnen gegenüber verraten zu haben.«

Kit dachte nach. Das fiel ihm allerdings ziemlich schwer, denn er litt noch immer unter den Nachwirkungen des Schocks und konnte sich nur schlecht konzentrieren. In Gedanken spulte er das Gespräch mit Zelda zurück, bis ihm schließlich ein Licht aufging. »Der Gürtel des Morgenmantels!«

Jackie legte den Kopf schief. »Sieh an. Die Tatwaffe.«

»Ja«, stimmte Kit zu. »Sie sagte, Carla sei damit erwürgt worden, und dass du … Sie … es ihr erzählt hätten.«

»Da haben wir es also. Ich habe keinem von Ihnen etwas davon gesagt. An der Stelle hat sie sich verraten.«

»Oder er«, gluckste Maya Fay.

»Ich darf dich bitten, Maya, gegenüber dieser traurigen und inzwischen verstorbenen Gestalt ein wenig Mitgefühl zu zeigen. Zelda war das Opfer betrügerischer Machenschaften.«

»Von Major Smith!«, rief Lady Wrexley, halb entsetzt und halb begeistert. »Ich kannte ihn, ich habe mit ihm getanzt. Nicht auszudenken, was er alles mit mir geplant hatte. Er wollte mich bestimmt als weiße Sklavin verkaufen.« Durch ihre Bekanntschaft mit diesem Herrn war sie persönlich Teil der schrecklichen Geschichte geworden; eine Tatsache, unter der die britische Gesellschaft noch für geraume Zeit leiden sollte.

»Jetzt aber noch mal von vorne, Miss Dupont«, verlangte Lord Wrexley, der nach erwiesener Unschuld wieder ganz der Alte war und das Ruder übernehmen wollte. »Wann ist Ihnen bewusst geworden, dass es Zelda war?«

Jackie sah zufrieden in die Runde. »Heute Morgen, während einer Matinée im Palast. Winston Churchill erkundigte sich bei Puccini nach der Fähigkeit von Opernsängern, die Luft anzuhalten, und da fügte sich das Puzzle zusammen. Zu Beginn der Untersuchung mussten wir davon ausgehen, dass der Täter sich die ganze Zeit über an Bord befunden hatte, weil ein sich näherndes Boot ohne Frage entdeckt worden wäre. Die Idee, dass jemand zum Schiff geschwommen sein könnte, kam schließlich vom Duke, der zufällig einen jungen Mann beobachtet hatte, offenbar ein ausgezeichneter Langstreckenschwimmer. Aus Gründen, die ich hier nicht näher ausführen möchte, glaubte der Duke daher, jemand hätte diesen jungen Mann angeheuert, um die Tat zu begehen. Mir erschien das allerdings widersinnig. Den Mord an Carla hatte jemand begangen, der sich in Rage befand und der unbedingt noch am selben Abend zur Tat schreiten wollte oder musste. Das sprach gegen einen Auftragsmord. Trotzdem manifestierte sich gestern im Verlauf des Tages der Verdacht, dass es sehr wohl ein Schwimmer war, der Carla tötete, weil jemand mich und meinen Hund daran hindern wollte, die Landzunge vom Cap-d'Ail zu erreichen.«

»Das ist ja infam!«, empörte Lord Wrexley sich, und seine Frau nickte eifrig.

»Mittlerweile wissen wir, dass Zelda es war, die mich dort attackierte. Sie hatte mitgehört, wie ich dem Commissaire mitteilte, dass ich im Anschluss an meinen Besuch bei Ségolène die Landzunge zur Vermessung nutzen wollte. Die Geografie der Gegend rund um das Cap-d'Ail ist trügerisch. Oft kann man einen Punkt zu Fuß in wenigen Minuten erreichen, zu dem man mit dem Automobil eine halbe Ewigkeit fährt. Deswegen war Zelda längst da, als wir den Strand erreichten, und lauerte auf uns. Vermutlich wollte sie verhindern, dass Sargent den an der Landzunge vergrabenen Gürtel aufspürt und ihre Spur bis zu der Treppe verfolgt, die hinauf zu Ségolènes Anwesen führt. Dort ist sie nämlich hinuntergegangen, am Abend der Tat, kaum dass sie zur Villa zurückgekehrt war. Sie entledigte sich am Strand ihrer Kleidung, versteckte sie womöglich hinter einem Felsen und schwamm zur *Celluloid*, wo die Party nach dem Dinner immer ausgelassener wurde. Das letzte Stück wird sie getaucht sein, um ihre Entdeckung zu vermeiden, bis sie sich unterhalb des Bugs befand, für niemanden sichtbar. Dann hangelte sie sich an der Ankerkette nach oben, und die Dinge nahmen ihren Lauf. Zelda entsprach zunächst keineswegs unserem Täterprofil, deswegen bin ich erst heute auf sie gekommen. Wir suchten einen starken Mann, einen ausgezeichneten Schwimmer und keine übergewichtige, wasserscheue Operndiva.«

»Ich kann es einfach nicht glauben!«, rief Samuel Greenberg fassungslos. »Sie wollen mir sagen, dass diese rundliche ältere Dame erst eine Meile geschwommen, dann zehn, zwölf Fuß an einer Ankerkette emporgeklettert und über die Reling gestiegen ist? Und nachdem sie Carla Tush erwürgte, soll sie den ganzen Weg zurückgeschwommen sein? Niemals!«

»Keine ältere Dame. Ein Eunuch Mitte vierzig«, korrigierte Jackie. »Sie wissen sicher, dass es Studien gibt, laut denen die Kraft eines Kastraten der eines Mannes in nichts nachsteht. Bitte vergessen Sie auch nicht, dass Zelda in frühester Kindheit damit begonnen hat, nach Perlen zu tauchen. Nach den schwarzen Perlen der Südsee, wie Carla es wohl beschrieben und damit Zelda in mörderische Rage getrieben hat. Zelda war aufgrund ihrer hervorragenden Schwimm- und Atemtechnik in der Lage, diese für die meisten Menschen unmögliche Aufgabe zu bewältigen. Außerdem kochte sie vor Wut und war getrieben von der Angst, dass Carla ihr Wissen um Zeldas Geheimnis nicht nur vor Zelda selbst offenbart hatte, sondern es auch anderen offenbaren würde. Zelda ist durch Ronalds Fenster eingestiegen, hat sich mit dem Morgenmantel abgetrocknet, sich des Gürtels bemächtigt und ist waghalsig, über Ihrer aller Köpfe hinweg und dicht an die Wand gepresst, in Carlas Suite geschlichen, wo sie die Vorhänge herunterließ und sich dahinter versteckte. Dann schüttete Heinrich Weidemann Carla Tush versehentlich ein Glas Wodka über, und Carla sah sich gezwungen, sich umzuziehen. Sie wechselte das Kleid, wobei ihr die heruntergelassenen Vorhänge aufgefallen sein müssen. Sie selbst hatte sie nicht geschlossen, und die Zimmermädchen waren nicht an Bord … davon wusste Zelda jedoch nichts. Carla schaute hinter den Vorhang und entdeckte die nackte Zelda, der daraufhin keine Wahl blieb, als ihr – vom Anblick eines entblößten Eunuchen mit verlaufener Schminke versteinertes – Opfer auf der Stelle zu töten.«

Yuri Balaton schüttelte den Kopf. »Ich kann mich erinnern, dass Carla Zelda hin und wieder stichelte, sie würde sich nur unter Schmerzen von ihren Juwelen trennen.«

»Eine Anspielung, die Zelda erst am Abend der Tat auf die Kastration bezog. Sie haben übrigens meine Gedanken in diese Richtung gelenkt, Yuri, als Sie sagten, ein Mann bliebe immer ein Mann …«

»Am Abend ihrer Ermordung sagte Carla außerdem, die russische Familie, die das Collier zuletzt besaß, sei unschuldig an seinem Verschwinden. Und dass jemand Zelda als Kind die Murmeln gestohlen haben müsse, weil sie nun so sehr an ihren Steinen hinge.«

»Wer weiß, was sie ohne Zeugen alles zu Zelda gesagt hat. Dabei können wir uns nicht einmal sicher sein, ob Carla wahrhaftig ahnte, dass Zelda der Perlentaucher war, der einst das Collier in Manila stahl, oder ob Zelda die vermeintlichen Anspielungen nur in diese Richtung gedeutet hat. Möglicherweise lebte Zelda einfach zu lange mit ihrem Geheimnis, und das Wiederauftauchen des Colliers trieb sie endgültig in den Wahnsinn … Eine unglückliche Wortwahl an dieser Stelle, gebe ich zu.«

Kit hielt sich das kalte Whiskeyglas gegen die heiße Stirn. »Mein Gott, sie war wie eine Tante für mich. Meine Mutter wird das nicht gut aufnehmen. Die beiden standen einander mal sehr nah und unterhalten … äh … unterhielten bis heute eine regelmäßige Korrespondenz.«

Jackie drückte ihre Zigarette aus. »Ihre Mutter wird die Nachricht schon verkraften. Die britischen Ladys sind immerhin für ihre steife Oberlippe bekannt.«

»Hört, hört«, sagte Lady Wrexley. »Wenn ich bedenke, dass ich mit so einem Mann getanzt habe …«

Kit erhob sich. »Ich glaube, ich werde heute Abend aufs Dinner verzichten und gleich zu Bett gehen.«

»Erlauben Sie, dass ich Sie ein Stück begleite, Christopher?«, fragte Jackie. »Ich hätte da noch ein paar Fragen an Sie.«

Kit wunderte sich zwar, aber er nickte. War denn nicht alles geklärt, der Mörder überführt? Hatte er seine Aussage etwa nicht oft genug gemacht?

Gemeinsam verabschiedeten sie sich, durchquerten die Lobby und fuhren mit dem Fahrstuhl nach oben.

»Ronald Tush hat übrigens seinen Gainsborough wieder. Ich finde, die drei Tage an der salzigen Meeresluft haben der schönen Georgiana sichtlich gutgetan. Sie sieht echter aus als je zuvor.«

»Was willst du, Diana?«, fragte Kit, kaum dass sie seine Suite betreten hatten. »Ich bin wirklich erschöpft.«

Unter anderen Umständen hätte er sie jetzt damit konfrontiert, dass sie ihre Identität leugnete, was er nicht akzeptierte. Er hätte sie dazu aufgefordert, ihr grausames Spiel zu beenden. Stattdessen wusste er kaum mehr, wer er selbst war. Jeglicher Fokus schien ihm zu entgleiten. Er kannte ähnliche Phänomene bereits aus dem Krieg. Ein Stoff im Körper namens Adrenalin verursachte diesen Zustand, das hatte ihm ein Feldarzt in Frankreich erklärt. Er ermöglichte es dem Körper, in Momenten des Schocks weiterzufunktionieren, später ließ der Überschuss den Menschen dann schwindeln.

Jackie setzte Sargent auf dem Sofa im Wohnsalon ab. »Nichts … Bleib schön hier, Schätzchen, ja?«

Der Hund rollte sich auf dem Sofa zusammen und schloss die Augen.

»Nichts?« Kit sah sie entgeistert an. Verstand er denn gar nichts mehr?

»Nichts.« Sie kam auf ihn zu, nahm ihn bei der Hand und zog ihn mit sich ins Schlafzimmer.

»Diana, bitte hör auf, ich kann das jetzt nicht.«

Sie schlang ihm die Arme um den Hals, und ihr Duft drang in seine Nase. Eine Mischung aus teurem Tabak und exotischem Parfum, darunter: Diana. Sie sah zu ihm auf, ihr Mund kam dem seinen immer näher. Nein, er war es, der sich zu ihr hinunterbeugte. Er küsste sie, packte sie, und in einer einzigen Bewegung hob er sie hoch und warf sie aufs Bett.

»Und wie du es kannst, Darling.« Selbstzufrieden zog sie sich das Kleid von den Schultern. »Und wie.«

Kit blinzelte. War etwa schon der nächste Morgen? Hatte es geklopft?

Nein. Es war ganz still im Zimmer. Er blickte neben sich, aber da lag niemand. Sollte er das alles nur geträumt haben? Diana in seinen Armen? Diana und doch wieder nicht Diana. Die gleiche Haut, der gleiche Körper und doch ein ganz anderes Wesen?

Er sprang auf und hastete ins Wohnzimmer.

Auf dem Sofa lag Sargent und hob bei Kits Eintreten mürrisch den Kopf.

»Hast du mich gesucht, Darling?« Diana – oder besser gesagt Jackie Dupont, denn Diana Gould wäre niemals splitterfasernackt und mit einer Zigarette zwischen den Lippen durch eine Hotel-Suite stolziert – trat auf Kit zu und küsste ihn auf die Wange. Dann hielt sie ihm die Zigarette hin. Es war das erste Mal, dass Kit sie ohne ihre Zigarettenspitze rauchen sah. »Halt bitte mal.«

Kit nahm die Zigarette entgegen und sah ihr nach, während sie im Schlafzimmer verschwand. Kurz darauf kehrte sie zurück. Nun trug sie wieder das Kleid, in dem sie am Vortag im Hotel erschienen war, und darüber ihren Nerzmantel.

»Danke, Sweetheart.« Sie ließ sich die Zigarette aushändigen. »Komm, Liebling.«

Sargent sprang vom Sofa und lief mit wedelndem Schwanz zur Zimmertür, ohne Kit auch nur eines Blickes zu würdigen. Jackie folgte ihm.

Kit brauchte eine Sekunde, um zu begreifen, was da gerade geschah.

»Warte. Warte!«

»Ja?«

»Du kannst doch jetzt nicht einfach gehen.«

»Warum nicht?«

Kits Wangen wurden heiß. Musste er es etwa aussprechen?

»Nach allem, was zwischen uns war, meine ich.«

Sie hob die Augenbrauen. »Ich verstehe dich nicht. Ich möchte jetzt gehen, also gehe ich.«

Kit konnte sich nicht länger zusammenreißen. Er

machte einen Satz auf sie zu und packte sie am Arm. »Du bist meine Frau! Ich liebe dich!«

»Oh, Schätzchen«, trällerte sie und befreite sich sanft aus seinem Griff. »Wie nett von dir, mir zum Abschied noch etwas Hübsches zu sagen. Aber ich muss los. Der nächste Fall wartet bereits auf mich.«

»Ich … du …«, stotterte Kit unbeholfen.

Sargent kratzte ungeduldig mit der Pfote an der Tür.

»Was denn noch?« Jackie tätschelte Kit die Wange. »Du siehst doch, dass ich es eilig habe.«

Er schob ihre Hand weg. »Du bist meine Frau Diana St. Yves, die Duchess of Surrey, geborene Gould, und als dein Ehemann verbiete ich dir, jetzt durch diese Tür zu gehen.«

Sie küsste ihn noch einmal auf die Wange. »*Good bye*, Christopher.« Damit drehte sie sich zur Tür, öffnete sie und ging hinaus. »Sieh an«, sagte sie noch, als sie in den Korridor trat, »da liegt ein Brief für dich.« Dann schwebte sie davon wie auf einer Wolke.

»Diana!«, brüllte Kit. »Diana, bleib stehen! Jackie!«

»*Au revoir*, Kit«, sang sie und winkte, ohne sich umzudrehen.

»Werde ich dich jemals wiedersehen?«

Sie warf ihr Haar zurück, blickte im Gehen über die Schulter und zwinkerte. »Lass dich überraschen, Darling.«

Sie war längst verschwunden, als Kit der Brief vor seiner Zimmertür wieder einfiel. Er hob ihn auf und öffnete das Kuvert.

Nizza, 19. Februar 1920

Sir,

die Sonne der Riviera scheint Ihnen zu bekommen. Die Leichtigkeit des Lebens kehrt zu Ihnen zurück, kaum mehr ist Ihnen die tiefe Schuld anzusehen, die Sie in sich tragen.

Doch glauben Sie nicht, wir hätten Sie vergessen. Wir vergessen nicht, genauso wenig wie wir verzeihen.

Wir kennen die Wahrheit

Die Damen von Rettungsboot X

Dank

Besonderer Dank gilt Anja Mathes vom Textstilhaus für ihren kritischen Blick. Außerdem meiner Agentin Katrin Kroll, meinen Lektorinnen Anna Mezger und Angela Troni, meiner Familie, meinen Freunden und natürlich Emil, ohne den es keinen Sargent gäbe.

Lesen Sie weiter >>

LESEPROBE

Drei Frauen, die für die Liebe kämpfen.
Ein Schicksal, das sie verbindet.

Pisa im 13. Jahrhundert: Der geheimnisumwitterte Schiefe Turm soll endlich fertig gebaut werden, um aller Welt die Macht der Stadt zu bekunden. Die junge Aziza träumt davon, eines Tages von seiner Spitze aus das Meer zu sehen. Und sie träumt von Nino della Gherardesca, in den sie sich unsterblich verliebt hat. Doch eine alte Fehde spaltet Pisa in zwei Lager und macht Nino zu ihrem Feind. Nicht nur, dass Aziza der Kontakt zu ihrem Geliebten verboten wird – sie muss auch hilflos miterleben, wie er in den Krieg zieht. Kann ihre Liebe diese Prüfungen überstehen? Viele Jahre später macht sich eine junge Frau auf die Suche nach ihren Wurzeln. Sie ahnt nicht, dass ihr ihre Herkunft zum Verhängnis werden kann …

I.

Das Schandmal der Stadt

1269 – 1276

Wenn in Bugia, jener von schroffen Klippen und mächtigen Bergen umgebenen Stadt in Nordafrika, einem Kind das Leben geschenkt wurde, wurde es in Blumenwasser gebadet. Eine Dienerin lief mit Salz durch den Raum, um die *dschinn* zu vertreiben, jene aus rauchlosem Feuer erschaffenen Dämonen, und nicht weit von der Wiege entfernt brannte ein starkes Feuer, an dem drei Tage und drei Nächte lang kein Mensch vorbeischreiten durfte, ansonsten brachte er Unglück über das Kind. Am allerwichtigsten aber war, dass man dem Kleinen Brot, Zucker und Gold in die Wiege legte: Zucker, damit es freundlich werde, Brot, damit es lange lebe, Gold, damit das Glück ihm lache.

Ja, das geschah, wenn in Bugia, einer der wichtigsten Hafenstädte in Nordafrika, ein Kind geboren wurde – zumindest wenn es das Kind einer reichen Familie war. Die Eltern von Aziza aber waren nicht reich, sie waren so bitterarm, dass ihre Hütte nicht einmal mit Stroh bedeckt war, nur mit Fladen aus getrocknetem Ziegenmist. Die erste Mahlzeit ihrer Mutter nach der Geburt war keine Suppe aus Weizenmehl, Hammelfett und Traubenmus gewesen, und Aziza wurde kein Brot, Zucker und Gold in die Wiege gelegt. Kein Wunder also, dass die Menschen, denen sie in den ersten Jahren ihres Lebens begegnete, sie nicht für freundlich, sondern für verblödet hielten. Sie erwarteten, dass sie bald wie eine der nutzlosen schwarzen

Fliegen dahingerafft werden würde, und glaubten nicht daran, dass sie jemals ihr Glück fände.

Zunächst schienen sie recht zu behalten. Ihre Eltern starben so früh, dass sie sich nicht an sie erinnern konnte – nur manchmal vermeinte sie in ihren Träumen das Echo vom Singen und Lachen der Mutter zu hören. Ihre Tante, die sie nach deren Tod aufnahm, sang und lachte nicht. Sie beklagte sich ständig über das Schicksal, das ihr eine solch nutzlose Last aufgebürdet hatte.

»Wenn du wenigstens gut im Weben wärst!«, rief sie oft, aber in Azizas Händen verknotete sich jeder Faden.

»Wenn du wenigstens ein Kunststück vollbringen könntest!«, jammerte sie, aber die einzigen Kunststücke unter ihrem Dach vollbrachte die einohrige Katze, die noch die schnellste Maus fing.

»Und wenn du wenigstens ein liebreizendes Lächeln hättest«, kam es schließlich, »die Menschen würden nicht achtlos an dir vorbeigehen, sondern dir mehr Geld zustecken.«

Nun, Aziza konnte durchaus lächeln, aber wenn sie am Boden lungerte und bettelte, wie die Tante es befahl, hob sie den Kopf nicht weit genug, um den Menschen, die an ihr vorbeischritten, ins Gesicht zu sehen. Auch ihre Tante lächelte sie sehr oft an, meist entschuldigend, weil sie ihr das Leben schwer machte, aber die bemerkte es gar nicht. »Du taugst einfach zu gar nichts«, erklärte sie nur.

Eines Morgens setzte sie sie wieder einmal in einer der Gassen ab, kam am Abend jedoch nicht zurück, um sie wieder nach Hause zu holen. Auch am nächsten Tag erschien sie nicht.

Aziza, die durch das Labyrinth an Straßen und Gassen unmöglich den Heimweg finden würde, blieb sitzen. Sie kaute tagsüber an Schalen von Feigen, die jemand achtlos weggeworfen hatte, und leckte Wasser aus einem undichten Rohr, das vom nächstgelegenen Hamam wegführte. Irgendwo tief drinnen wucherten Schmerz und Angst. Zugleich hoffte sie ganz selbstlos, die Tante würde nun, da sie sie los war, fröhlicher sein, den ganzen Tag singen und lachen. Sie nahm ihr nichts übel. Sie war ja selbst der Meinung, dass sie zu nichts taugte.

Doch ihre Tante und sie irrten sich beide. Aziza hatte durchaus ein großes Talent, obwohl noch niemand davon wusste, und sie verhungerte nicht im Staub der Straße. Stattdessen wurde sie mit nunmehr sechs Jahren ein zweites Mal geboren, und an diesem Tag – oder vielmehr war es die dritte Nacht, die sie mittlerweile im Freien verbrachte – wurde ihr ein Schatz geschenkt, kostbarer als Gold, Brot und Zucker.

Der Mann, der Aziza diesen Schatz anvertraute, war Abelardo Gualandi, ein Pisaner Kaufmann. An dem Tag, da er Aziza ein zweites Leben schenkte, war er zuvor zweimal dem Tod begegnet. In den frühen Morgenstunden gebar seine Frau Riccia nach langen Monaten des Leidens ein Kind, so blau wie der abendliche Himmel, wenn die nahende Nacht fast sämtliches Licht und Wärme verscheuchte, und faltig wie ein Greis, als wäre es im Mutterleib nicht einfach nur gewachsen, sondern unaufhörlich gealtert. Es hatte Kraft für genau sechs Atemzüge, dann war es tot. Die Hebamme, die weniger von Geburten, dafür umso mehr von Zauberei verstand, meinte, es wären besser sieben oder zwölf gewesen. Die Sieben stände für die Unendlichkeit, die Zwölf für Vollständigkeit.

Abelardo befahl ihr zu schweigen. Mit dem leblosen Bündel in den Händen trat er an das Bett seiner Frau. Riccias dunkelbraunes Haar, das ihr sonst in geschmeidigen Locken über den Rücken fiel, klebte am bleichen Gesicht. Sie hatte während der

Geburt viel Blut verloren, viel zu viel Blut, wie die Hebamme mehrmals klagend gerufen hatte. Ihre Kraft reichte gerade noch für eine letzte Frage.

»Lebt es?«, wollte sie wissen, ehe ihr Kopf schwer zurückfiel, sie das Bewusstsein verlor.

»Ja«, sagte er, und er würde nie erfahren, ob sie diese Lüge noch gehört und geglaubt hatte. Ihre Atemzüge zählte er nicht; bis zu ihrem Tod dauerte es noch quälende, keuchende, rasselnde Stunden, in denen die Hebamme vergebens versuchte, den fortwährenden Blutfluss zu stoppen.

Als sie nicht länger nach Luft rang, legte er das Kind auf jene Brust, nach der es nie schnappen und aus der niemals ein Tropfen Milch quellen würde, und er fühlte sich so trostlos und verzweifelt, dass er sich am liebsten dazugelegt und gewartet hätte, bis der Tod auch ihn holte.

Die junge Bona, die seit zwei Jahren Riccias Dienerin war, breitete erst ein weißes Tuch über ihre Herrin aus, dann ein weiteres über das blaue Kind. Sie weinte immerzu und klagte: »Wenn sie wenigstens in Pisa hätte sterben können. Pisa war doch ihr Zuhause.«

Mehr sagte sie nicht, aber er konnte all die Fragen hören, die ihr auf den Lippen lagen. Warum war er ständig unterwegs, anstatt das Leben in seinem prächtigen Palazzo zu genießen? Warum zog es ihn ausgerechnet in das Land der Heiden, obwohl die Kirche wetterte, man solle keinen Handel mit ihnen treiben? Und warum war Riccia bloß nicht stark genug gewesen, ihm laut zu trotzen, und er so blind, dass er nicht bemerkte, wie sie es leise tat – indem sie ständig kränkelte, meist im Bett lag?

»Ich … ich bin doch ein Kaufmann«, stammelte Abelardo. »Und ein Kaufmann reist. Es war ihre Entscheidung, mich zu begleiten.«

Bona weinte noch mehr, sagte nichts mehr, aber Abelardo wusste auch so: Riccia hatte ihn nicht begleiten wollen, es jedoch tun müssen, um ihn überhaupt noch zu Gesicht zu bekommen.

Was ihn im Übrigen in ferne Städte trieb, ob Damietta und Alexandrien, Kairo und nun eben Bugia, war nicht nur die Gier eines Kaufmanns. Er verkaufte zwar Weizen aus Sizilien gegen Gold aus Ghana, Holz und Eisen gegen Kupfer und Salz, Olivenöl und Wein gegen Tierhäute. Seine wahre Gier aber galt etwas anderem, und dem jagte er nicht nur selbst nach, er hatte Riccia dabei stets hinter sich hergezerrt. Am Ende hatte es ihm aber bloß ein totes Weib, einen toten Säugling und ein klaffend leeres Herz eingebracht.

Er schaffte es nicht, in dessen Abgrund zu schauen. Er schaffte es nicht einmal, die tote Frau und das tote Kind unter den Leinentüchern liegen zu sehen. Hastig floh er aus dem Haus – eines der prächtigsten im Fondaco der Pisaner, wie man an der Küste Nordafrikas die Stadtviertel der ausländischen Händler nannte. Man fand dort alles, was man zum Überleben brauchte und was das Leben obendrein annehmlich machte: Herbergen und Handelskontore, Lagerräume und Kirchen, Fleischereien und Bäckereien. Nur das, was Abelardo suchte, ließ sich heute nirgendwo finden. Er hoffte nicht einmal auf Trost oder Seelenfrieden, er hoffte auf einen Funken Gewissheit – nicht größer als ein Senfkorn –, dass er in seinem Leben nicht alles falsch gemacht hatte, dass er nicht sinnlos dem falschen Schatz nachgejagt war.

Er hatte zum Hafen gehen wollen, um sich vom Anblick des Meeres bestärken lassen. Ob es nun bedrohlich rauschte oder türkis glitzerte – mit jedem Wellenschlag bewies es, dass des Menschen Geist für die Weite gemacht ist, nicht für die Enge.

Doch der eigene Geist schien ein paar Schritte vor oder hinter ihm zu gehen, und er selbst war eine Hülle, die bald nur mehr den Wunsch verspürte, in einer ärmlichen Gasse von einem Dieb gemeuchelt zu werden.

Leider war hierzulande auf Diebe kein Verlass. Im fernen Byzanz gab es ununterbrochen Überfälle, Messerstechereien und Plünderungen, weil die Pisaner den Venezianern nichts gönnten und die Venezianer nichts den Genuesen. Im heidnischen Nordafrika aber galten die christlichen Händler als Gäste, und wer ihnen unrecht tat, wurde genauso hart bestraft, als hätte er die Hand gegen seinesgleichen erhoben. Einem Dieb begegnete er also nicht, in eine ärmliche Gasse geriet er allerdings schon. Er musste den Kopf einziehen, weil so viele Lumpen zum Trocknen aufgehängt waren, riss dennoch einen mit sich und sah nun nichts mehr. Erst als er fast über einen Köter fiel, der aufsprang, knurrte, die Zähne fletschte, danach aber leider floh, anstatt ihn totzubeißen, zog er den Lumpen wieder vom Gesicht. Wenige Schritte später stolperte er dennoch wieder – diesmal über ein Bündel Stoff. Bis er erkannt hatte, dass sich unter dem Bündel ein Mensch befand, war er schon dem Kopf voran auf den Boden gekracht, und es wurde schwarz um ihn.

Als er wieder erwachte, schien der Himmel auf ihn zu fallen und zu zerbrechen, als wäre er aus Glas. Allerdings schnitt sich keine Scherbe in seine Haut, stattdessen fühlte er eine Hand, eine weiche, kleine Hand, die ihn vorsichtig anstupste. Natürlich gelang es dieser Hand nicht, ihn auf den Rücken zu wälzen, dazu war sie zu schwach. Er versuchte es selbst, schaffte es allerdings ebenfalls nicht, ein Stöhnen entfuhr ihm. Immerhin konnte er die Augen aufschlagen, und als er das Mädchen musterte, das da vor ihm kauerte, vergaß er fast, dass er heute zweimal dem Tod begegnet war. Das Mädchen mochte dreckig sein, das schwarze Haar vor Schmutz starren, es war viel zu dünn für seine Größe und das Gesicht vom fahlen Ton eines Menschen, der niemals aufs offene Meer geschaut, den salzigen Wind eingesogen hatte. Aber ihre Züge waren von solchem Ebenmaß, das er bislang nur den berühmten Pisaner Bauwerken, strikt nach den Gesetzen der Geometrie erbaut, zugesprochen hatte. Und was noch mehr als diese Schönheit seine Lebensgeister weckte, war ihr Blick, der mehr Neugierde auf das Leben verriet als Angst.

Was sie wohl sah, wenn sie ihn betrachtete? Hielt sie ihn für einen Kranken, einen Betrunkenen? Nun, als Christ war er nicht zu erkennen, denn er hatte heute vergessen, sich den hellen Gürtel anzulegen und das Kreuz umzuhängen, wie es vorgeschrieben war. Ganz sicher hielt sie ihn für alt, waren seine Haare, obwohl buschig, doch längst von weißen Fäden durchzogen, die Haut, die sich über spitze Wangenknochen und eine nicht minder markante Nase spannte, von Luft und Sonne gegerbt und gefurcht. Wobei es nicht das war, was ihre Aufmerksamkeit auf sich zog.

»Deine Augen sind ja blau«, stellte sie fest, »blau wie das Meer.«

Er richtete sich etwas auf, stellte fest, dass ihre Augen schwarz waren – und nicht nur Neugierde darin stand, sondern auch Güte. Jede andere hätte seinen Leib nach Schmuck oder Geldmünzen abgetastet, hätte ihm die rote weiche Mütze vom Kopf gezogen und die seidigen Hosen von den Beinen, doch das Mädchen streichelte in einem fort über sein Gesicht, warnte schließlich: »Du solltest nicht hier sein, sonst wird man dich bestehlen.«

Rührung überkam ihn, weil ihr an seinem Wohl mehr zu

liegen schien als an dem eigenen. »Für dich … für dich ist es doch auch gefährlich, hier zu sein.«

»Warum?«, fragte sie ehrlich erstaunt. »Ich habe nichts, was man mir nehmen könnte. Meine Tante sagt immer, jemand wie ich wäre der Staub, der anderen an den Sohlen klebt.«

Wie konnte man Derartiges zu einem so hübschen Kind sagen! Die Wut, die ihn auf die Tante überkam, gab ihm die Kraft, sich endgültig aufzusetzen, sich umzublicken. Die Häuser standen hier so dicht nebeneinander, dass kaum mehr als zwei Menschen auf einmal durch diese Gasse gehen könnten, der Köter, über den er vorhin gestolpert war, war wieder näher gekommen, knurrte aber nicht. Wahrscheinlich hockte er häufig bei Verhungernden und wartete geduldig darauf, bis sie starben und er sich an ihnen gütlich tun konnte.

Er aber würde nicht sterben. Und dieses Mädchen, so entschied er jäh, würde auch nicht sterben. Er tastete sein Wams ab, fand ein Ledersäckchen und holte Nüsse und Feigen heraus. Beides wurde hierzulande Ziegendreck genannt, doch er fand, dass es gut schmeckte und vor allem satt machte. Das Mädchen war lange nicht satt gewesen, vielleicht noch nie. Als er ihr das Essen reichte, blickte es ihn kurz fragend an, machte sich dann schmatzend darüber her. Auf Abelardos Lippen lag die Frage, wie sie hieß, aber noch stellte er sie nicht.

So war es schließlich sie, die als Erstes wieder sprach. »Dass du blaue Augen hast, verrät, dass du nicht von hier stammst. Warum beherrschst du dennoch meine Sprache?«

»Ich bin Pisaner, und die Pisaner rühmen sich, viele Sprachen zu sprechen. Ich verstehe sogar derer alle.«

»Alle Sprachen der Welt?«

»Nun ja, alle, die ich jemals gehört habe, habe ich auch zu lernen versucht. Auf diese Weise habe ich meinen Schatz gemehrt.«

»Welchen Schatz?«

Er ging nicht darauf ein. »Deine Sprache habe ich mir übrigens angeeignet, um den Koran nicht nur in der Übersetzung zu lesen, auch im Original. Du weißt doch, was der Koran ist, oder? Das Heilige Buch der Muslime! Wenn du hier geboren wurdest, bist du auch eine von ihnen.«

Sie starrte ihn fragend an. Wie war es möglich, dass in ihrem Blick so viel Hunger auf die Welt stand, wenn ihr Geist zugleich so leer schien? Aber vielleicht war das nicht widersinnig, denn wo es viel Leere gab, gab es auch viel Platz, diese zu füllen.

Er rappelte sich auf, begann zu sprechen, erklärte dem Mädchen, so wie er es Riccia so oft zu erklären versucht hatte, was ihn in die Welt trieb. Es war nicht der Handel mit teuren Waren, es war der Handel mit Wissen. Dieses galt es unaufhaltsam zu vermehren. Das Gute war, dass man es tauschen konnte – zum Beispiel, indem er mit Rabbinern und Muftis disputierte –, ohne etwas dabei zu verlieren. Man konnte auch Wucher treiben, ohne Angst vor der Höllenstrafe zu haben, und selbst geringster Einsatz erbrachte mannigfaltige Zinsen. Das Vermögen, das man sich verdiente, konnte man zwar nicht einfach in einer dunklen Lagerhalle absperren, man musste sich stets aufs Neue vergewissern, dass man es noch besaß. Aber anders als ein Beutel Münzen ging der Wissensschatz nie zur Neige – selbst wenn man ihn mit vollen Händen ausgab.

Riccia hatte nie verstanden, was er meinte. Sie wollte in Pisa bleiben, schöne Kleider tragen, auf den Marktplatz gehen und Schmuck kaufen. Ob das Mädchen ihn verstand, wusste er nicht, es starrte ihn nur mit offenem Mund an.

»Wie gesagt: Ich habe den Koran gelesen und die Bibel, den Talmud und die Schriften vieler Philosophen. Und ich bin überzeugt, dass Gottes Botschaft nicht nur etwas ist, wofür wir unser Herz öffnen müssen, sondern das auch unsere Vernunft erfassen kann. Diese Vernunft ist ein Schatz, noch kostbarer als Münzen aus Gold. Würden Menschen sie wie diese horten, es würde keine Gewalt mehr geben, keinen Streit, keine Kriege, es würde keinen …«

Er brach ab, denn etwas schnitt in seine Gedanken, einem Splitter gleich.

Den Tod aber würde es immer noch geben, dachte er. Der Tod ist stärker als die Vernunft.

Gerade erst heute hatte der ihm seine Fratze gezeigt, hatte ihn daran gemahnt, dass er – sein geschliffener Verstand hin oder her – irgendwann zu Staub werden würde.

Dieser Gedanke tat so weh, dass er unvermittelt jene Frage stellte, die er vorhin vermieden hatte. »Wie heißt du?«

»Aziza.«

Er wiederholte den Namen einmal, mehrmals, und sie lauschte mit der gleichen Verwunderung, mit der sie vorhin seinen Worten gelauscht hatte.

Schrecken, Hoffnungslosigkeit, Trostlosigkeit überkamen ihn. Allerdings spiegelte sich nichts davon in den dunklen Augen des Mädchens. Es sah ihn immer noch neugierig an, schien von dem Tod zu wenig zu wissen, um ihn zu fürchten – oder vielleicht zu viel.

Und plötzlich kam ihm ein Gedanke. Wenn man in einem solchen Mädchen die Vernunft erweckte, konnte man zwar nicht dem Tod trotzen, jedoch allen Menschen bekunden, dass diese Vernunft eine unerschöpfliche, niemals versiegende Quelle war. Man konnte beweisen, dass sie wirklich in jedem wohnte, sogar in einem Heidenkind, in einem Wesen, das dreckig war und in Lumpen steckte.

Der König braucht eine Krone, der Händler Gold, der Krieger ein Schwert, dachte er, aber die Vernunft ist die größte Macht, sie bedarf keiner schillernden Insignien, sie bedarf nur dieses wachen Blickes.

Anstatt seiner Idee Zeit zum Reifen zu geben, rappelte er sich auf, streckte ihr die Hand entgegen und sagte: »Komm mit.«

Sie hatte wohl erwartet, er würde weiterhasten, starrte verwirrt auf seine Hand, nahm sie schließlich zögerlich.

Er zog sie hoch und ging in die Hocke, damit er ihr geradewegs ins Gesicht schauen konnte. »Willst du ... willst du künftig bei mir leben?«, fragte er. »Willst du mir helfen, meinen Schatz zu mehren?«

Aziza war nicht sicher, ob sie seine Frage richtig verstanden hatte. Eigentlich war sie sich schon die ganze Zeit über unsicher gewesen, wovon er redete. Ihr fiel es schwer, sich vorzustellen, wie die Vernunft aussah. Am ehesten, kam sie zu dem Schluss, glich sie wohl Ameisen. Diese vermehrten sich ebenfalls unablässig, und wenn man ein paar zerquetschte, kamen neue nach. Allerdings krabbelten über das Gesicht des Mannes keine Ameisen, und über seinen Leib auch nicht. Sie entdeckte dort jedoch etwas anderes, sehr Merkwürdiges: dass sein Bauch nämlich die Form eines Vierecks hatte. Alle Bäuche, die sie bislang gesehen hatte, waren ausschließlich rund gewesen. Zögernd hob sie die Hand, berührte den Bauch. Er war nicht nur viereckig, er war hart.

»Was ist das?«

Der Kaufmann folgte ihrem Blick, zog etwas unter dem Wams hervor. Und nun erkannte sie es – sein Bauch war nicht viereckig, nur dieses Ding, das er bei sich trug. Was es war, wusste sie nicht, seine Oberfläche fühlte sich jedenfalls warm an.

»Was ist das?«, fragte sie wieder, und ihr Erstaunen wuchs, als der Kaufmann das Ding öffnete. Es bestand aus dünnen gelblichen Blättern, die von Zeichen übersät waren. Entfernt erinnerten sie sie an die Spuren, die Tiere im Staub hinterließen, der Hund, das Huhn, die Katze. Doch als sie sich darüberbeugen wollte, sie eingehender betrachten, schlug er das Ding wieder zu.

»Das ist ein Buch«, sagte er, »ich … ich werde dich lehren, Bücher zu lesen. Ich werde dich auch lehren, Bücher zu schreiben. Ich werde dich mit nach Pisa nehmen, werde dir alle Sprachen beibringen, die ich kenne, und dafür sorgen, dass du noch mehr lernst. Ich werde der Welt beweisen, dass es kein Fehler ist, auf die Vernunft zu setzen. Allerdings ist dieses Buch kein gewöhnliches. Nicht jeder kann es lesen … nicht jeder *darf* es lesen.«

Das Gebilde war also ein Buch. Aziza war dankbar, dass sie nun mehr wusste als zuvor, allerdings wusste sie immer noch viel zu wenig, um zu erkennen, welchen Zweck ein solches Ding erfüllte. Erst recht hatte sie keine Ahnung, ob er das Angebot, bei ihm zu leben, ernst meinte und was sie davon halten sollte. Ihr Blick ging zu ihrem staubigen Plätzchen, wo sie die letzten Tage über gekauert hatte, armselig zwar, aber vertraut. Sie kannte alle Köter hier, obwohl die meisten sie ankläfften, auch die anderen Bettler, obwohl die meisten sie beschimpften.

»Kommst du nun mit?«, fragte der Kaufmann.

Eine Weile war sie nicht sicher, ob sie es wollte. Dann war sie sich nicht sicher, ob sie konnte. Als sie einen Schritt machte, drohten ihre schwachen Beine jedenfalls nachzugeben. Da aber hielten seine Hände sie schon fest, kräftige, gleichwohl weiche

Hände, ganz ohne Schwielen. Er hob sie mühelos hoch, presste sie an seinen warmen Leib, trug sie mit sich. Sie fühlte sich beschützt, wie sie sich noch nie beschützt gefühlt hatte – höchstens, wenn ihre Mutter sang oder lachte. Aber das Echo dieses Klangs wurde selbst in ihren Träumen immer leiser, während das, was sie eben erfuhr, kein Traum war. Und auch wenn der Kaufmann nicht sang und lachte – er versprach erneut, ihr die Welt zu erklären, und das war ihr genauso recht.

»Ja«, sagte sie, »ja, ich will mit dir kommen … bei dir leben … alles lernen …«

Ihr Gesicht sank gegen seine Brust. Sein Geruch war fremd, aber angenehm. Sie hörte sein Herz pochen, vielleicht war es auch ihr eigenes. Zärtlich strich er ihr über den Kopf.

»Du wirst nun frische Kleidung bekommen, etwas zu essen, ein weiches Bett …«

Aziza wusste nicht, was ein weiches Bett war. Erst recht hatte sie nie so ein schönes Haus gesehen wie das, in dem sie wenig später ankamen. Vor Staunen stand ihr der Mund offen.

Wer nicht minder staunte, war die junge Frau, die sie erwartete, die Dienerin Bona, der der Kaufmann den Befehl erteilte, sich um dieses fremde verwahrloste Mädchen zu kümmern.

»Großer Gott! Ihr habt über den Tod von Frau und Kind den Verstand verloren!«

Erstaunlicherweise klang sie nicht entsetzt, eher erleichtert, war sie offenbar der Meinung, dass der Verstand nicht so wichtig war wie das Herz. Dass sie selbst ein sehr großes hatte, zeigte sich, als sie dem Kaufmann das Mädchen abnahm, mit ihm in die Küche ging und es dort mit Naschwerk zu füttern begann, so süß, dass Aziza vermeinte, die Zunge würde vor lauter Wohlgefühl platzen.

Ja, bei Azizas zweiter Geburt gab es kein Gold, kein Brot –

aber überreichlich Zucker. Und das bedeutete, dass ihr das Glück vielleicht nicht immer geneigt sein und sie kein langes Leben haben, dass sie aber ein freundlicher Mensch sein würde. Sie bewies es noch an diesem Abend, als sie Bona einen Kuss auf die Wange hauchte und sie dankbar anlächelte. Dass sie auch so klug war, wie der Kaufmann erhoffte, stellte sich dagegen erst viele Jahre später heraus.